古典文學研究輯刊

五　編

曾永義　主編

第7冊

宋元話本小說的時間觀研究

林珊妏　著

從思維方式剖析《封神演義》中「封神」的意義

蕭鳳嫻　著

國家圖書館出版品預行編目資料

宋元話本小說的時間觀研究　林珊妏 著　從思維方式剖析《封
神演義》中「封神」的意義　蕭鳳嫻 著 — 初版 — 新北市：
花木蘭文化出版社，2012〔民 101〕
目 2+110 面／目 2+80 面：19×26 公分
（古典文學研究輯刊　五編：第 7 冊）
ISBN：978-986-254-928-5（精裝）
1. 封神演義 2. 宋元話本 3. 文學評論
820.8　　　　　　　　　　　　　　　101014713

ISBN-978-986-254-928-5

9 789862 549285

古典文學研究輯刊
五 編 第七 冊　　　　　　ISBN：978-986-254-928-5

宋元話本小說的時間觀研究
從思維方式剖析《封神演義》中「封神」的意義

作　　者　林珊妏／蕭鳳嫻
主　　編　曾永義
總 編 輯　杜潔祥
出　　版　花木蘭文化出版社
發 行 所　花木蘭文化出版社
發 行 人　高小娟
聯絡地址　新北市永和區中正路五九五號七樓
　　　　　電話：02-2923-1455／傳眞：02-2923-1452
網　　址　http://www.huamulan.tw 信箱 sut81518@gmail.com
印　　刷　普羅文化出版廣告事業
初　　版　2012 年 9 月
定　　價　五編 20 冊（精裝）新台幣 33,000 元

宋元話本小說的時間觀研究

林珊妏　著

作者簡介

林珊妏，1969 年生，臺灣省臺北縣人。中國文化大學中文研究所文學博士（2002.1），任職於德霖技術學院通識教育中心副教授。著有〈談《三教開迷歸正演義》小說中的林兆恩思想〉（2000.12 漢學研究第十九卷第二期）、〈談《東度記》小說中的矛盾——從作者試圖融合宗教立意與娛樂效果角度分析〉（2000.12 國家圖書館館刊第二期）、〈明代知篇小說中之僧犯戒故事探討〉（2005.4 南大學報三九卷一期）。

提　　要

　　宋元話本小說為中國白話小說之開創先驅，為後代明清擬話本和長篇白話章回小說奠定基礎，其現實主義的手法和藝術技巧的創作，深深影響了後世的文學創作。其獨特的敘述角度和故事情節，足以作為結構主義評析文本之典型範例，基於小說組織之內外結構，本論文從敘事時間和故事時間兩方面，進行宋元話本小說之時間觀分析。敘述時間包括自然流動的順時性、韻律感的時間重複性、舞台效果的時間凝縮性、詩詞諺語的時間延續性、話本術語的瞬時性等。而故事時間則有夢之完整流動時間區段、純展示插序之靜止時間、離魂性之時差時間、仙鄉時差等各式各樣的故事時間類型。從敘事時間和故事時間的觀點與角度，可以理解原本潛藏在宋元話本小說平靜故事表層底下的時間意識，進而開發出眾多的時間意義和特殊的時間性質，藉以呈現出豐富多姿的宋元話本小說的時間觀。因此本論文藉由各種時間觀之研究成果，解讀此期小說文本之時間意象，探究文學作品的時間觀運用，從現代哲學研究觀點切入古典白話小說領域，突顯宋元話本小說的文學特色，賦予其深刻之內涵意義。

目

次

第一章　緒　論

第一節　宋元話本小說概述

　　源遠流長的中國小說史上，宋代是個革新的轉捩點。含蓄蘊藉的文言小說，奇瑰璨麗的貴族文學至此有了異聲。北宋至南宋時期發展出來的短篇小說，以坦率直樸的白話語詞，描繪中下階級的市民生活，在語言形式、題材內容、主題風格上，都與六朝、唐代的文言小說不同，對傳統中國古典小說產生極大深遠的影響，開闢了白話小說的先例，為後來的明清小說奠下基礎，使擬話本和長篇白話章回小說在文學史上大放異彩。而其現實主義的手法和藝術技巧的創作，對後代文學家更具積極的影響。

　　在了解宋元話本小說的內涵之前，可以先來看看宋元話本小說的時代背景。宋代說話業之所以興盛，不外兩項重要的時代因素：一是城市的蓬勃發展造成了人口及生產力的激增；二是坊市制的崩潰導致人民生活型態轉變〔註1〕。這兩項因素形成一種新的市民階級，人數眾多且勢力龐大，這種新興的階級稱之為中產階級。這與中國社會過去的農民階級和貴族階級完全不同，其所形成的意識稱為市民意識，具有反封建又受封建思想影響的矛盾色彩。說話業的通俗題材和豐富生動的表演方式，切近市民的生活層面，表達了一般市民的心聲，以致說話技藝大受歡迎。宋、孟元老《東京夢華錄》卷五「京瓦伎藝」條：

〔註1〕坊市制的崩潰是封建統治力量削弱和市民群眾力量壯大的必然結果。詳情請見胡士瑩先生的《話本小說概論》（北京，中華書局，1982年7月。）第43頁。

> 崇觀以來，在京伎藝：張廷叟、孟子書主張。……孫寬、孫十五、
> 曾無黨、高恕、李孝詳，講史。李慥、楊中立、張十一、徐明、趙
> 世亨、賈九，小說。孔三傳、耍秀才，諸宮調。毛洋、霍伯丑，商
> 謎。吳八兒，合生。張山人，說諢話。……霍四究，說三分。尹常
> 賣，五代史。……其餘不可勝數。不以風雨寒暑，諸棚看人，日日
> 如是。〔註2〕

宋周密《武林舊事》卷六中提到南宋杭州講史有喬萬卷、許貢士等二十三人；
說經有長嘯和尚、彭道士等十七人；小說有蔡和、李公佐、張小四郎等五十
二人。從當時說話人數的眾多，就可看出其時說話業的盛況。說話技藝也可
以說是基於宋代市民生活的需要而蓬勃發展起來。

　　「說話」二字為宋代的市語，是宋人的習慣用語，「說」是講述，「話」
是故事，所以合起來就是說故事的意思。孫楷第曾對說話的定義與歷史源流
作介紹：『宋朝的「說話」，即元、明人所謂「平話」、「詞話」，近人所謂「說
書」。「說話」之「話」，不當話言解，當故事解。……但此語並不始於宋。唐
朝郭湜作的《高力士外傳》，記「上皇在南內，力士轉變說話，冀悅聖情」《元
氏長慶集》第十卷〈酬翰林白學士代書一百韻〉詩自注「嘗於新昌宅（聽）
說一枝花話，自寅至已；猶未畢詞。」一枝花即白行簡《李娃傳》之李娃。
可見唐朝已經以說故事為說話。……』〔註3〕因此說話的產生由來已久，只是
各朝各代的形式略有不同，所講述的內容方向各有所偏。

　　何謂話本？胡士瑩說：「話本是說話人敷演故事的底本。」〔註4〕孟瑤則
指出說話人把講唱時的重點、關鍵、發展、摘要地寫下來。就是話本。〔註5〕
魯迅說：「說話之事，雖在說話人各運匠心，隨時生發，而仍有底本以作憑依，
是為話本。」〔註6〕所以話本是說書人在進行說話技藝時所用的底本，其作用

〔註2〕　宋·孟元老《東京夢華錄》（臺北市，世界書局，民國77年11月），頁137，
　　　　卷五，「京瓦伎藝」。

〔註3〕　孫楷第的〈中國短篇白話小說的發展與藝術上的特點〉（《俗講說話與白話小
　　　　說》，北京，作家出版社，1956年），頁3。

〔註4〕　胡士瑩的《話本小說概論》（北京，中華書局，1982年7月。）頁130。

〔註5〕　孟瑤的《中國小說史》（台北，傳記文學出版社，民國80年4月，再版。）
　　　　頁149。

〔註6〕　魯迅的《中國小說史略》（台北，谷風出版社。）頁115。關於「話本」一
　　　　詞的定義，除了上述各家的說法之外，日人增田涉在〈論「話本」一詞的定
　　　　義〉一文中，曾以多項證據，提出「話本」一詞非「說話人的底本」，而是
　　　　「故事」之義。（《中國古典小說研究專集》三，民國70年6月。）這一說

一方面可使說話人在敷演故事時複習備忘，一方面則爲師徒或子孫相授時傳用的教本。所以最初的話本必是一種簡要的寫本而已，非公開傳閱眾覽。隨著說話技藝的發展，當說話成爲一種流行的風尚，在城市中盛行時，就可從口頭文學進化到書面文學。增刪潤色的寫本，更隨著印刷術的進步和長久集體的藝術加工，開始大量刊印問世。〔註7〕宋元以來官私著述中所載的宋人話本名目多達百種，如宋朝羅燁《醉翁談錄》著錄的宋人說話名目有一百一十三種，明嘉靖晁瑮《寶文堂書目》著錄的宋元話本名目有五十二種，清錢曾《也是園書目》著錄的宋人話本名目有十六種，但這些話本初期應爲單篇形式；直至明代中葉才有結集本《京本通俗小說》問世，不過仍爲寫本〔註8〕。

法有其道理：在此文後的王秋桂之附錄中，曾針對這樣的說法加以修正，認爲話本有些可能類似「腳本」，提供的只是講故事之素材，善說者可任意據以鋪陳，演說實際的情形和腳本可以有很大的區別。所以宋元說書如有底本，形式當較似《醉翁談錄》或其所引的《綠窗新話》，而不是我們目前所見的三言或六十家小說中的作品。以上意見皆十分精闢，有其論斷依據，故於此處介紹之。但在本論文中，仍以說話人的底本之解來詮釋話本一詞，因這樣的解釋畢竟是多數學者普遍認同的看法，故仍採用之。

〔註7〕話本演變歷程的理論，出自胡士瑩的《話本小說概論》頁130~132。

〔註8〕《京本通俗小說》一書，自從繆荃蓀先生在上海無意中發現，將其印行於世，就一直受到專家學者的研究。胡適的〈宋人話本八種序〉，譚正璧的《中國小說發達史》，陳汝衡的《說書史話》，萬賢寧的《中國小說史》，方欣庵的〈白話小說起源考〉，孟瑤的《中國小說史》，皮述民的《宋代小說考證》等各家的看法，都認爲這本書中各話本的年代當爲南宋末年，或稍早，或晚於蒙古滅金以後。首先對此書產生懷疑的是鄭振鐸先生，他於〈明清二代的平話集〉一文中，由對《金主亮荒淫》此篇年代的質疑和話本叢刊產生的年代問題，推論出此書應是明代隆、萬間的產物，出現在《清平山堂話本》之後，馮夢龍的三言之前。（小說月報，第二十二卷，第七期）。胡萬川先生則在〈京本通俗小說的新發現〉一文中推論此書是刊印三桂堂本通言零篇而成的，三桂堂本則是翻刻兼善堂本而成的。（中華文化復興月刊，10：10，民國66年10月。）馬幼垣先生在其〈京本通俗小說各篇的年代及其眞僞問題〉一文中，論述《京本通俗小說》是從《警世通言》和《醒世恆言》抽選出來的，而其編集年代後於三言，極可能是繆荃蓀先生爲求名而僞托古書刊印於世的。不過雖然他認爲此書是一部僞書，但只是編集年代的僞造，對於此書的各篇內容，他仍認爲是宋人的作品（除了《拗相公》是元人話本）。（《中國小說史集稿》，時報出版公司，民國76年3月，二版。）至於那宗訓先生在《京本通俗小說新論及其他》一書中則認爲此書是一獨立存在的小說，絕不是從三言中抽出來的僞造品，是在三言印行以前，早就有的。（台北，文史哲出版社，民國74年2月，初版。）由以上眾說紛紜的情形看來，《京本通俗小說》一書的年代的確是無法輕易下斷言判定。爲了不漏失話本小說的精華，所以本論文仍將此書列入宋元話本小說的範圍之內。

明代嘉靖年間，清平山堂主人洪楩曾大量刊印宋元話本，稱《六十家小說》。今所有的《清平山堂話本》即此書的一部分，是我國話本結集的最早刊本〔註9〕。所以話本的發展歷程是從口頭技藝到草稿底本，由說話人或文人潤色定稿，再逐漸形成純粹白話文學作品。

　　而話本小說所指的是說話四家數中的小說一家〔註10〕，因小說家的話本多爲短篇，且後來集結刊行的話本多屬這類家數的內容（煙粉、靈怪、傳奇、說公案等等），並且題名爲小說，如《一窟鬼懶道人除怪》題下原注：宋人小說舊名《西山一窟鬼》。又集結本如《六十家小說》、《京本通俗小說》等都以小說爲名，而非以話本爲名。胡士瑩的《話本小說概論》對此有詳細的介紹：

> 當時最先被加工成讀物的，大抵是短篇話本（日進一帙），是煙粉、
> 靈怪、傳奇等等的小說話本，可能正是後來大部分故事性文學讀物
> 都被習稱爲小說的一個原因。這類由話本加工而爲文學讀物──小
> 說，我們就應稱爲話本小說。〔註11〕

所以學者大都將此時期的短篇話本作品稱爲「話本小說」。

　　由於宋元時代相隔不遠，習慣上多將兩個朝代的作品合併，統稱這時期的話本小說爲宋元話本小說。而宋元時的話本小說除了書目之外的保存，未能流傳下任何的篇章，今日所見多是明代的傳本；從明代刊印的話本小說，各家考證出來的現存宋元話本篇目和內容不盡相同，如胡士瑩所列出的現存宋元話本小說有五十六篇，而譚正璧則在〈宋元話本存佚綜考〉中認爲《醉翁談錄》的書目現在的傳本只有十七篇，《寶文堂書目》則有三十九篇；韓南則認爲西元1550年前的短篇小說有四十二篇。因此現存宋元話本小說的篇目尚無定論。

　　這種源於唐代的民間說話藝術，直到兩宋方始成熟。歷來學者歸納其形式上的特色凡三：一、「入話」，在故事未進入正文之前，必有一段詩話或小

〔註9〕原書藏日本內閣文庫，由馬隅卿先生於民國23年發現雨窗、欹枕集，與日本
　　　內閣文庫所藏十五種的《清平山堂話本》，是同一叢刻本，並推測每集十篇。
　　　孫揩第在中國通俗小說書目中說到所謂《清平山堂話本》即是《六十家小說》。
　　　這由明田汝成的《西湖遊覽志》中提到「六十家小說，載有西湖三怪時出迷惑
　　　遊人」可得到證明，因清平山堂刻十五種話本中正有《西湖三塔記》一篇話本。
〔註10〕說話分四家數多見於記載宋事的資料，如耐得翁的《都城紀勝》、《都城紀勝》、
　　　《西湖老人繁勝錄》、《醉翁談錄》，四家之中都有小說一家；《東京夢華錄》、
　　　《夢粱錄》、《應用碎金》雖只分三家，但仍具小說一家。
〔註11〕同註4，頁163。

段故事引發正文故事的開展，如《碾玉觀音》以一連串與正文無直接關係的論春詩作導引，《錯斬崔寧》以魏鵬舉因與夫人戲言而至前途斷送的故事作入話；入話的作用為故事開場之用，可以拖延正文開講時間以等候後至聽眾，也作為鎮定安撫聽眾情緒之用，是一道清淡可口的餐前小菜。二、「插詞」，在正文故事進行當中，必有不少詩詞穿插其中，用來裝飾氣氛、娛樂在場聽眾，如《福祿壽三星度世》中女娘與道士鬥法時，當道士拿劍砍女娘的緊要關頭，就來一段插詞：「昨夜東風起太虛，丹爐無火酒盃疏。男兒未遂平生志，時復挑燈玩古書。」三、「篇尾」，話本小說的故事最後都有一段評論以總結全文，有的是直接以詩詞作結，如《勘皮靴單證二郎神》的結評是：「但存夫子三分禮，不犯蕭何六尺條。自古奸淫應橫死，神通縱有不相饒。」；有的是先說白再以詩詞作結，如《志誠張主管》：「只因小夫人生前甚有張勝的心，死後猶然相從。虧殺張勝立心至誠，到底不曾有染，所以不受其禍，超然無累。如今財色迷人者紛紛皆是，如張勝者，萬中無一。有詩贊云：誰不貪財不愛淫？始終難染正心人。少年得似張主管，鬼禍人非兩不侵。」這就是話本小說獨特的形式特色。

　　至於話本小說內容風格的特色，首先是具白話文體的特徵，是一種用語體文寫成的小說；再來則是它的敘述口吻多為第一人稱，如用「話說」、「且說」，或是「說話的，你道這婦人住居何處？姓甚名誰？」《蔣淑真刎頸鴛鴦會》令人覺得似乎正和說話人面對面的溝通著；三是表現了人物心理性格的特徵，並且善於運用對話去描繪情節，使故事生動活潑，例如《志誠張主管》中張員外要娶妻的情節，透過張媒李媒的對話和張李媒二人對話敘述出來，顯得十分深刻有趣。還有，宋元話本小說不像後期的擬話本小說，有什麼特殊的教化目的，只是純以娛樂為目的，內容多為地方新聞或當代風光，是人民生活週遭的故事，所以深具時代性和時代意義，且故事性濃。

第二節　研究範圍及方向

　　對於話本的研究，在民國 4 年《京本通俗小說》殘卷被發現，民國 5 年羅振玉刊《大唐三藏取經詩話》，民國 18 年《清平山堂話本》影本自海外歸來，三言也陸續重現的情形下，話本在民國 10 年到廿幾年間受到學者們的注意而加以研究。這些研究，研究話本的歷史源流、形成背景、體例形制，再則考訂話本篇章的著作年代、刊刻年代，如鄭振鐸〈明清二代的平話集〉中，

介紹話本的特徵，分述明清刊印的話本故事中、可能的原始著作年代；孫楷第的〈中國短篇白話小說的發展與藝術上的特點〉介紹自唐至明、三個不同階段的中國白話短篇小說，並且述說其藝術上的特點。後來對話本的研究，有樂衡軍的《宋代話本研究》，將宋話本從整個話本體系中提出來，專門討論；李本耀的《宋元明話本研究》研究的範圍雖然包括宋元明三個朝代的作品，但其研究的重點仍以宋話本爲主，這可以從其論述的篇幅以宋話本佔多數看出，但其宋話本研究方面多半承襲樂氏之研究，了無新意。另外胡士瑩的《話本小說概論》，詳細介紹了話本小說的整個歷史，所有的體系，故事篇章的內容和年代的考證，資料收集齊全、論述詳實而週到，可說是目前研究話本小說最完善的一部鉅作。在前人詳實考證、仔細推論的研究之下，話本已十分清晰的呈現在世人面前。近年來的話本研究，已漸趨從新的觀點加以探討，例如李騰淵的《話本小說之世界觀研究》，以宋元話本小說和三言故事爲研究對象，從世界觀的角度（人類對所屬世界的觀點）研究話本；咸恩仙的《話本小說果報觀研究》則是以晚明擬話本小說中的果報觀意識進行話本的研究。而在三言方面的話本研究，從李漢祚的《三言研究》到王淑均的《三言主題研究》、咸恩仙的《三言愛情故事研究》、崔桓的《三言題材研究》、柳之青的《三言人物研究》等，亦可看出三言話本研究的新趨勢。以上論著皆有其精要不凡的成就，因此想要參與話本的研究，只有另闢蹊徑一途。故本論文擬從時間觀的角度切入宋元時代的話本小說。

年代上的斷定一向是學術界眾說紛紜的盲點。究竟一篇話本小說如何分判其年代？這點實在很難下斷言。由於本論文研究的是話本小說的內涵問題，對於此點，考慮的是只要一篇話本小說的文類特性和反映出的時代背景符合公認的宋元時代的特質，即可當作研究的對象。至於選定的篇目，則以胡士瑩先生在《話本小說概論》中所列出的五十六篇現存宋元話本小說爲基礎，參考孫楷第、劉麟生、樂衡軍、鄭振鐸、譚正壁、韓南等人的考證，得出四十五篇〔註12〕客觀的宋元話本小說作爲研究的範圍。

〔註12〕

	胡士瑩	孫楷第	鄭振鐸	樂衡軍	劉麟生	錢曾
王魁	宋					
趙伯昇茶肆遇仁宗	宋					
史弘肇龍虎君臣會	宋		宋	宋		

楊思溫燕山逢故人	宋	宋	宋	宋		
張古老種瓜娶文女	宋	宋元		宋	宋	宋
碾玉觀音	宋	宋元	宋	宋	宋	
菩薩蠻	宋		宋	宋		
西山一窟鬼	宋	宋元	宋	宋		
志誠張主管	宋		宋	宋	宋	宋
拗相公	宋		宋			
錯斬崔寧	宋	宋元	宋	宋		宋
馮玉梅團圓	宋	宋元	宋			宋
蘇長公章台柳傳	宋	宋元	宋	宋		
張生彩鸞燈傳	宋		宋	宋	宋	
西湖三塔記	宋	宋元	宋	宋	宋	宋
合同文字記	宋	宋元	宋	宋	宋	
風月瑞仙亭	宋	宋元	宋	宋	宋	
藍橋記	宋					宋
洛陽三怪記	宋		宋	宋	宋	
陳巡檢梅嶺失妻記	宋		宋	宋	宋	
五戒禪師私紅蓮記	宋		宋	宋	宋	
刎頸鴛鴦會	宋		宋	宋	宋	
楊溫攔路虎傳	宋	宋元	宋	宋	宋	
花燈轎蓮女成佛記	宋			宋		
董永遇仙傳	宋					
錢塘夢	宋	宋元				
梅杏爭春	宋			宋		
鬧樊樓多情周勝仙	宋		宋	宋		
鄭節使立功神臂弓	宋	宋元	宋	宋	宋	
錢舍人題詩燕子樓	宋	宋元	宋			
三現身包龍圖斷冤	宋	宋元	宋	宋		
崔衙內白鷂招妖	宋	宋元	宋	宋		
計押番金鰻產禍	宋	宋元	宋	宋	宋	
樂小舍拚生覓偶	宋		明			
白娘子永鎮雷峰塔	宋		明			

宿香亭張浩遇鶯鶯	宋	宋元		宋	
金明池吳清逢愛愛	宋		宋元	宋	
皂角林大王假形	宋		宋	宋	
萬秀娘仇報山亭兒	宋	宋元	宋	宋	宋
福祿壽三星度世	宋		宋	宋	
新橋市韓五賣春情	元		宋	宋	宋
宋四公大鬧禁魂張	元	宋元	宋	宋	
任孝子烈性爲神	元		宋		宋
汪信之一死救全家	元		宋	宋	
柳耆卿詩酒玩江樓	元	宋元		宋	宋
簡帖和尚	元	宋元	宋	宋	宋
快嘴李翠蓮記	元			宋	宋
錯認屍	元		元	宋	
陰隲積善	元		明		宋
曹伯明錯勘記	元				
裴秀娘夜游西湖	元				
綠珠墮樓記	元				
小水灣天孤詒書	元		宋元		
勘皮靴單証二郎神	元		宋	宋	宋
張孝甚陳留認舅	元		宋	宋	
金海陵縱欲亡身	元	宋元	明		
閑雲庵阮三償冤債	明		宋	宋	

附記：

1. 本表之篇名依胡士瑩的《話本小說概論》中所提及之現存宋元話本小說。

2. 孫楷第的部分據《中國通俗小說書目》民國72年之新訂定本，其中的卷一宋元部之小說類，共計二十一種。

3. 鄭振鐸的部分據《明清二代的平話集》中評斷清平山堂所刻話本、京本通俗小說、萬曆板話本小說四種、古今小說、警世通言、醒世恒言的各篇話本年代。

4. 樂蘅軍的部分據《宋代話本研究》第三章《宋話本的考實》所列出的宋代現在短篇話本篇名，共計三十七篇。

5. 劉麟生的部分撰《中國小說概論》中論及現存宋人話本的一節。其摘寶文堂書目的子雜類，所得出的七十四種宋以後的作品。

6. 錢曾的部分據《述古堂藏書目》卷一○的宋人詞話類。

7. 選定論文範圍之標準，即以上六家有三家提及其爲宋元話本小說者，如此

　　「時間觀」一詞是從西洋哲學來的，指的是對時間的觀念和思維，是哲學界的一大範疇。因爲使用了這樣的名詞，所以在第二章中針對哲學式的時間思維，作了西方和中國方面的介紹。此外也針對小說思維的時間觀作理論性的介紹。

　　至於爲何要研究宋元話本小說中的時間觀？這是基於宋元話本小說的敘述性和故事性特色。說話最初即指說故事、講故事，而宋元時期的話本小說最接近原初的說講故事性。結構主義學者在以哲學角度思索文學的敘事問題時，其中探討的重點之一即是時間性。所以在本論文第三章中運用結構主義的敘事學方法對宋元話本小說進行分析，研究其「敘事時間」。宋元話本小說的故事性濃是其藝術特色之一，而佛斯特曾對故事下了這樣的定義「按時間順序安排的事件的敘述」〔註 13〕。所以故事進行的本身即具時間性，因此在第四章中針對話本小說的故事性方面作時間觀的探討，從小說內部結構的概念來理解故事的內涵，研究其「故事時間」。由以上分析可以看出宋元話本小說在本質上的確比後期的擬話本小說在時間觀的探究上更具意義。

　　本論文試著從時間觀的角度研究宋元話本小說，希望能對宋元話本小說有一番新的詮釋。

　　　計有四十篇。

8. 譚正壁曾考證《醉翁談錄》和《寶文堂書目》中的宋元話本，於《宋元話本存佚綜考》、《宋人小說話本名目內容考》、《寶文堂藏宋元明人話本考》三篇文章中，然其有些地方末仔細分隔宋元與明代的界限，故不敢全然採用，但其內容的重要和考據極爲嚴實，故引爲重要的參考資料。另外韓南所指出的早期中國短篇小說，亦十分嚴謹，然其標準以西元 1550 年以前爲界限，則又跨入了明代，故也不能以爲準則。唯此二人的意見十分重要，所以再將以上的範圍稍稍擴大，再搜尋其他人的意見，如馬幼垣、嚴敦易、路工、顧學頡、許政揚的考證結果，將原本只具兩家認定的大篇挑出，發現此六篇除了《金海陵縱欲亡身》未再有其他家評定爲宋元之作，其他五篇都可找到第三家認定；若以此標準來看，《閑雲庵阮三償冤債》一篇（即清平山堂話本的戒指兒），雖然胡士瑩將其列入明話本，但鄭振鐸、樂衡軍都將其列入宋話本，且亦是韓南書目之內的。故特列入論文範圍之內。由以上所言又加入六篇於範圍之內。

9. 《清平山堂話本》的《梅杏爭春》一篇，雖經阿英發現殘片，但僅爲片斷故事，若要納入論文範圍並無意義，所以將此篇刪去。故本論文所採用的篇章，總計有宋元話本小說四十五篇（皆打上＊的標誌）。

〔註 13〕佛斯特的《小說面面觀》。

第二章　時間觀的概念

　　時間是什麼？古今中外的哲人都會探討論述到這個問題。西方哲學在思索宇宙論的課題時，多將時間空間之性質與關係諸問題，置入宇宙論領域中。而西方哲學分析時間問題的態度與方法，使中國現代思想家反過來思考時間問題在中國古代的情形，中國古代思想家雖然很早就注意到時間問題，但思考的方式與論述的語詞，與今日所謂的時間觀有所不同，如管子以「宙合」表示其時空統一的概念、老子以「道」來闡釋其宇宙觀、朱熹以「理」代表時空整體的意義。所以中國的時間觀無法如西方哲學，可以準確的詮釋時間概念，因此在談時間的概念時，有必要將中國的時間觀別立一節專作論述。小說的時間觀與哲學的時間觀有些不同，小說的時間觀以哲學上的時間意識作基礎為其背景思想，但在發展上有不同的方向與呈現，所以小說的時間觀亦有足資探究的地方。故本章論述時間觀的概念，以西方哲學的時間觀、中國的時間觀、小說的時間觀三個小節作理解的重心。

第一節　西方哲學的時間觀

　　時間問題一直是西方哲學思索的重要課題。亞里斯多德說：「時間是按著前後去計算運動」這是說「空間以物體的體積為根據，時間以物體的運動為根據。沒有運動，便沒有時間。」〔註1〕物體運動，先決條件必得在空間中佔有，然後以變化或變動的形式於時間中經歷。而運動按著前後去計算，此前

〔註1〕以上亞里斯多德的論述，引自羅光《理論哲學》頁 72 的介紹。（香港，公教真理學會出版，1961 年 11 月，初版）。

後必有時間因素在其中，所以說運動的數目是時間。另一方面，能知覺運動的心靈才能判定時間的意義，因此，心靈中的記憶能將「過去」搬到「現在」；而心靈的想像則能把「現在」推往「將來」，過去、現在、將來都為心靈的作用。從這方面說來，時間是主觀的知覺存在，能用心來感知和體察。但時間是否有其客觀的存在？有些哲學家則認為時間是無止盡的向前流逝，不論你是否意識到它的存在，它都是不斷的運轉著。以下先對「時間的意義」作認識，再對哲學家們對時間的意見作了解，從客觀與主觀兩方面來進行介紹：

一、時間的意義

時間的意義可從三方面來看，一是時間的量化：時間與久暫的關係；二是時間的本質：實際性和理想性；三是時間的次序區分：過去、現在、將來。以下分述之。〔註2〕

（一）時間的量化：時間與久暫的關係

久暫（Duratio）是物體存在的計算名詞。物體存在有短長，不論其存在無樣短，總是存在過，有存在就有久暫的區別。而久暫的計算便是時間。這是把時間量化處理。時間的量度（Metric of time）將時間想像成等速的流動（uniform flow），與我們觀察到的主觀速率無關；等速性就意味著一種量度的存在，也就是一種測量等時性方法的存在。〔註3〕計算久暫的要件，首先要有「始點」，即開始的一點；另外要有「據點」，即根據那一點去計算；此外還有物體存在的「繼續性」，即物體的存在，不是立時完成，而是繼續完成，如此就有完成和未完成的區別，即為先後；「繼續存在」的先後，為運動，即有時間的產生。除了先後，還要有循環，以循環的運動計算時間，并不是說只有循環的運動才能有時間，而是「一切運動都有時間的久暫，但為計算時間久暫的標準，則只能用一循環運動作標準。」如我們用年月日去計算時間，年月日是一種循環性的運動。

（二）時間的本質：實際性和理想性

時間可以分成「實在的時間」和「理想的時間」兩種。「實在時間」將時間看作一實有物，有久有暫，有起有終，但此存在非獨立的自主體，而是附加在

〔註2〕此部分的理論採自羅光《理論哲學》，頁72至76的論述。
〔註3〕「時間的量度」解釋見《科學的哲學之興起》（萊興巴哈撰，吳定遠譯，民國66年，台北市，水牛出版社）。

物體之上的附加體，因爲久暫必須有物體的存在，才存在的久暫。「理想時間」是一種人想像的時間，從宇宙開始就繼續前行，一直不斷的時間，這種時間是人想理想的時間。雖然計算時間的方法，是人爲的，由人定出來的，但年月日不過是時間的一種說法，說法是一回事，事物本身又是一回事，時間本身乃是存在的久暫，是存在本身所有的，而不是人造的，時間本身爲實在時間。

（三）時間的次序區分：過去、現在、將來

時間的意義，是運動的計算，運動爲什麼可以計算？是因爲運動是繼續的變化，有前有後。有前後的區分就可分成現在、過去和將來。所以羅光說：「時間的三分法，不是人爲的區分法，而是時間本身的區分法。」可是這種區分法不具絕對的一致性，而爲相對的區分法，即每一事物都有三時的分別，其區分的標準，以觀察者本身所立之觀察位置爲標準，而決定「現在」，將「現在」以前稱「過去」，將「現在」以後稱「未來」。雖然這種決定繫於觀察者，但決定的根據常有事實的根據。

此外，「現在」這個觀念，有「本體上的現在」，有「時間上的現在」。本體上的現在」，即是事物的存在。「凡是一件物體存在時，都稱爲現在，未存在以前稱爲已往，存在毀滅了以後稱爲將來。」例如以人來說，活著即稱之爲現在，來生或前生則是現生的以前或以後。「時間上的現在」是指事情和觀察者相遇的一刻，又可稱之爲眼前的一刻。這種時間的現在，也就是空間的現在，以眼前一刻事情變化的位置，在觀察者面前的，即是時間上的現在。

二、哲學家的意見

（一）客觀的時間觀

1. 牛頓的絕對時間

牛頓對時間的主張爲「絕對時間」，其定律的基本觀念是：我們用以量度運動的時間是一個絕對量，亦即時間是絕對不變的。「絕對的、眞正的，數理的時間在己和本質都與外在物沒有關係，同樣地川流，換言之即延續；通俗的相對時間乃可感覺的，外在的運動的測量」（Philosphiae naturalis principia mathematica, Amsterdam 1723, P.5）〔註4〕牛頓認爲「我們必須從我們的感官之中抽離出來，並且清楚地區分事物自身和只是對事物之感官

〔註 4〕本節所引原文書名的格式，引自李震的《哲學的宇宙觀》（臺灣，學生書局，民國 79 年 2 月再版。）

的量度。」〔註5〕故牛頓的絕對時間是獨立自存的，不因外物之變化而變化，不存於空間，也不存於運動。同時牛頓也主張時間爲神的特性，他以爲時間是無限的，包括一切的事物；那麼除了神以外，還有誰有這樣的特性呢？所以他把這個不可觀察的時間實體置於另一深奧且迥然不同的基礎：上帝之上。

2. 易增拉赫（Isenkrahe）的主張

易增拉赫認爲時間不能由變動去看，該由時間本身去看，而且時間也不能在事物以外。時間乃是受造物繼續流行的特性，如一根直線，可以延至無限之長，每件受造物也是繼續延長存留下去。這種繼續的存留，不是永久不變的存留，乃是新陳代謝的繼續流行；於是乃有時間，因爲若是事物永久不變，那便沒有時間可說了。〔註6〕

3. 多瑪斯的主張

多瑪斯肯定時間的客觀性，沒有心靈，時間仍然可能，他說：「有運動，就有時間，因爲運動有先後之別，有先動和後動，由於先後乃可數之物，就有時間……事物之數與人之思想無關，只是計數此之行動與思想有關，因爲計數是人的行動，就如感覺不在時，感覺物仍可存在，同樣沒有計數的心靈，可數之物與數字仍然可以存在」（Phys., IV lectio23）所以說運動是實在的，時間因此也是實在的。

（二）主觀的時間觀

1. 笛卡兒的主張

笛卡兒認爲時間是對於延續所有的認知方式：「當我們認爲時間與一般所謂延續不同時，我們說時間是運動的計數，其實只是思想的方式。我們在運動內所認爲的延續就是在不動事物內所認知的……爲說明一切事物的延續，我們使之與那些最大而相等的運動的延續相比較，由此而形成年日。我們就將此延續稱之爲時間」（Princ. I. n. 57; ed. C. Adam et P. Tannery, vol.VIII Paris 1905, P. 27）。他主張時間絕不是實有物，時間乃是我們對於外物的一種看法。若是我們要以時間爲實有物，時間便該和物體的存在，同是一事。

〔註 5〕 見牛頓之《自然哲學之數學原理》（Mathematical Principles of Matural Philo-sophy），引自愛德華（Paul Edwards）所編之《空間與時間的問題》（Problems of Space and Time）P.81。雙葉書店，72 年。

〔註 6〕 見羅光《理論哲學》頁 72 對易增拉赫時間觀的介紹。

2. 萊布尼茲的主張

萊布尼茲將時間下一定義，認爲時間的久暫，即是彼此繼續的次序。時間本身不是一個實有物。因爲它的各部份都不是實有的，時間的部份，過去、現在和將來都不是實有物，只是一種次序而已。因此時間就爲一種理想物。萊布尼茲反對牛頓的絕對時空，認爲絕對空間和時間都是矛盾的假定，不可能的僞造。「空間是純粹相對的，就如時間；空間是並存事物的秩序，就如時間是接續事物的秩序」（Tertium scripum, n.4; ed. Cit., p. 363）

3. 康德的主張

康德認爲「時間不是由經驗而來的經驗觀念」（Kritik der reinen Vernunft, P. I, n. 4）「時間是先天的，必要的表象，乃一切直覺的基礎」，「時間不是普遍觀念，乃感覺直覺的純粹方式」。所以康德主張時間是種直覺形式，不是一種經驗概念，這是因爲時間的基本特質（共存和相續）不能爲我們覺知，除非在我們心中有一些先驗的時間觀念。「時間是內在感覺的形式」「一切表象，有或沒有外在對象，因爲是精神的變化，皆爲精神狀態；又因爲這種內在狀態依內在直覺的形式條件，亦即時間之條件而成，可見時間乃一切現象的先天條件，時間是我們心靈的內在現象的直接條件，是外在現象的間接條件」（opus citatum, n, 6）。所以康德認爲時間爲直覺形式，是感覺對象的直接體驗，其感覺對象爲現象，其接受感覺對象之表現能力爲感性。對康德而言，時間是人類直覺的一個純粹主觀的條件，我們必需把現象當作是時間的，「就像我們必需戴上紅色的眼鏡才能看到紅色的事物一樣。」「故時間不是事物的屬性，而是我們藉以觀照事物之工具的一種屬性。由於我們除了心靈之外沒有其它的工具來觀照事物，因此我們不得不把世界看成具有時間性的。就時間只存於心靈來說，時間是主觀的。」〔註7〕

4. 柏格森的主張

柏格森的學說要旨在「意識綿延」，及「直覺理知」。自我或內在的生命，其連續持久之狀態曰綿延，認識此狀態之方法曰直覺。柏格森主義之本質就在綿延「眞實的自我」的狀態和直覺的方法。討論綿延爲何即會論述間爲何的課題。綿延是變易之繼續，是「眞實的綿延」、「實在的綿延」，也是指「時間」。此時間其本體必蘊涵「連續」，且是「不可分的」爲一整體。由此論述出柏格森的主張爲具兩種時間的時間類別：一是性質的時間，是感覺、回憶、

〔註 7〕見陳淑敏的《太平廣記中神異故事的時間觀》介紹康德學說的話語，頁 21。

快樂、苦痛、判斷、欲望等心理的知覺，所構成的狀態是「具體的綿延」或「實在的綿延」，是心靈諸意識狀態的繼續不斷。（為異質的內容，不能分割、不可計量。）二是分量的時間，是鐘錶的時間，（是「同質的時間」，可分割、可計量。）能將時間變為空間化，即成「空間化的時間」。這兩種時間內容的混合，即成一矛盾的觀念：「連續」（綿延）置身於「同時」（空間之本質）中之矛盾觀念。〔註8〕

由柏格森的《時間與意志自由》一書可以看到其以空間的認識解析時間，將時間的定義依附在空間的陰影下，認為時間的意義為：無邊界而一色周遭的形式。〔註9〕所以他在論述時間觀念時，時間非單獨的存在，而是以討論數與空間、時間關係呈現：如「一連串的意像」就構成「久」的狀況，即時間感的產生，「排列的描繪」即形成「空間」的意像；計數的活動總處於時間的領域內；數的觀念都含有一個佔於空間中的視覺意像……等。他又認為眾多計數有兩種：一是物體實體方面的數，可以於空間內計數；二是純靈感的心理方面，意識狀態的眾多，必須用一種象徵表識的手續，即表識法。即先用表識法將「計數對象」排列於「想像空間」，因此其要素為空間。除了從以上角度討論時間，柏格森還提出時間有兩種概念：一是脫去一切雜念的，二是暗暗牽入空間觀念的。而時間的真正面目，非一條線上的許多點（因這樣仍含有空間觀念），應像鐘擺，處於非空間的狀態，即一色底時間。時間能透過「動」而外展、而展現。以上就是柏格森的時間主張，他以「蓬勃生氣」為實體，表現在「人的意識」中，這種心理活動成為一種「情感深淺程度」的繼續，表示心理精神活動的久暫和前後，這就是所謂時間。因此他認為在人的意識以外，無所謂時間。而普遍所謂外在的時間，乃是一種理想時間，繼續不斷的流行，一切的事物，都在這個時間中，列成先後。然而這種時間，只是理想的，而不是實在的。

（三）其他學說

西方哲人的時間觀，除了以上各家說法之外，還有一些重要的不同學說。如成中英介紹的佛利塞（J.T. Fraser）「時間之層級論」〔註10〕將世間之

〔註8〕 此段柏格森的學說介紹見於吳康的《柏格森哲學》一書（台灣商務印書館，民國55年5月初版。）頁36到38。

〔註9〕 見柏格森的《時間與意志自由》（台北，先知出版社，民國65年，潘梓年譯）頁114。

〔註10〕 成中英的〈時間之層級論及其與中國哲學的關係〉（《知識與價值》，聯經出版

事件及過程分若干階級，於是這些階段的「時段」都有一始與終。總共可分出六個基本的過程及事件的階段，亦即六個基本的時間之階段：無時序（the atemporal）、原時序（the proto-temporal）、初時序（the eo-temproal）、生時序（the bio-temporal）、以及群時序（the socio-temporal）。每一階段代表一有整體性及相關性的結構以及相當程度的整合狀態，時間之顯現不僅隱含在該階段的某一活動之顯現中，甚至兩者可視爲已同一了。所以佛利塞的理論，將「時間當做某整合結構所發生的事件及過程之性質或限制條件來看。」，其基本論點爲「時間的始與終由事物脫胎而來，而且在事物從無序到有序，或從有序到無序的組合、重組及形變的過程中，適足以代表且顯現出事物之本質。」〔註11〕

　　奧古斯丁的時間哲學爲「超越時間」。他認爲時間問題是一個謎，如何能利用時間、透過時間，達永恒之境？永恒之境需付出時間的代價。他說：「如果沒有人問我時間是什麼，我自覺知道它是什麼。但是如果有人問我時間是什麼，我就不知道它是什麼了。」「假使什麼都不過去，那末也就沒有過去的時間，假使什麼都不來，那末也就沒有將來的時間，假使什麼都沒有，那末也就沒有現在的時間。」（Conf. XI, 14）如此看來他似乎認爲時間與實在事物有關。他又說：「說得更準確些，三種時間是：過去的現在，現在的現在，和將來的現在。此三種時間只在心靈，不在別處。過去的事情的現在是記憶，現在的事情的現在是直覺，將來的事情的現在是期待。」（Conf, XI, 20）所以奧古斯丁又肯定時間的主觀性。奧古斯丁以記憶、直覺、期待的心靈作用，將時間問題的複雜性揭穿了，混亂時間的次序，當然也可以超越時間，而超越了時間就是永恒。所以奧古斯丁討論時間的目的是爲透過時間，走向永恒。這永恒是完全的現在，是全部的現在。其中無過去消逝的威脅，也無將來的掛慮。

　　柏拉圖也在〈蒂買物斯篇〉（Timaios）中指示出時間之來自於永恒。他指出變動與時間之間的關係，認爲造化神願意使自己所完成的世界與永遠的事物相似，於是他創造了永遠的動的形像，因此有了日、月和年的產生。而過去、現在、將來屬於時間，永遠卻只有現在。時間離不開動的事物，永遠是不動的（Timaeus, 37 d～38 a.）「時間是全部變化的影像，是善自體的觀念外

事業公司，民國 78 年 10 月。）頁 81。佛利塞的時間理論著作爲《時間之爲衝突》（Time As Confilct）。
〔註11〕見註 10 的頁 81、82。

洩，但永恒之境內出現了時間的影像存在。時間的存在就表示有開始、過程和終了。」〔註12〕

時間意識淵源於人類對自身存有的覺醒，感受到自然運行與變化，而有時間的概念產生。對於時間的概念，從最初原始樸實的認識，到後來深入複雜的論述，可以看出人類思想的精進歷程。

第二節　中國的時間觀

中國人在思索時間問題時，並非純粹的理解詮釋時間這個概念，有時不可避免的論及空間。畢竟古代哲人在思考問題時，並不能準確的把兩者分開，往往是以物質、宇宙論的立場加以詮釋，體現在元氣、五行、道、理等方面；或是以其他形式的方式表達，如在時間用語上的多樣化，在時間經驗知覺上的展現。所以在處理中國哲學的時間觀上，必須涉及許多思想上的大問題。這樣一來因非本論文主要的重心，所以在闡述這方面的理論時，多用現代學者已釐清的中國古代時間觀，作重點式的介紹，並不求全面系統的展現。以下分別介紹：

一、《管子》的時空觀念

李烈炎的《時間學說史》在介紹古代時空學說時〔註13〕，第一位被提出來的就是《管子》。《管子》認爲天地是世間萬物的口袋，而天地又被時間和空間所包容：「天地萬物之櫝，宙合有櫝天地。」《管子·卷四·宙合第十一》〔註14〕，宙指時間，合指空間。這就將時間與空間作爲一個統一的概念在論述。管子以「宙合」來表達時空統一的概念，而子華子則以「宇宙」一詞表達：「惟道無定形，虛凝爲一氣，散布爲萬物，宇宙也者，所以載道而傳焉者也。」《子華子·卷上·孔子贈》〔註15〕，這句話據李烈炎的解釋，就是說「物質是運動的，而運動又是在空間和時間中進行的。」另外墨子以「宇久」表達其時間與空間的統一概念和無限時空的初步認識：「久彌異時也」「守

〔註12〕鄔昆如的《西洋哲學史》曾介紹柏拉圖關於「時間和永恒」課題的論述。（台北，正中書局，民國60年）頁266。
〔註13〕李烈炎的《時空學說史》（湖北，人民出版社，1988年1月，初版）
〔註14〕本節所引的《管子》原文，所用版本爲《四部叢刊初編·子部》（二十）
〔註15〕本節所引的《子華子》原文，所用版本爲《叢書集成簡編》（三十二）

（宇），彌異所也。」《墨子・卷十・經上第四十》〔註16〕。這就是古代以不同詞語表達時間與空間的概念。沿至今日，我們常用的僅「宇宙」一詞。尸子（尸佼）第一次明確地定義了子華子所引進的宇宙概念，他說：「天地四方曰宇，往古來今曰宙。」《尸子・卷下》這也是目前人們最熟悉的宇宙之解釋。

《管子》認爲時空是無限性的，無所謂大小內外的概念：「宙合之意，上通于天之上，下泉于地之下，外出于四海之外，合絡天地以爲一裏。散之至于無間，不可名而由，是大之無外，小之無內。故曰有檜天地。」《管子・卷四・宙合第十一》。無外無內是古代哲學家在表述宇宙的無限性時，常用的形容詞。不論從大處言之，或是從小處言之，《管子》都認爲宙合是無限的。

另外，《管子》也認識到時間不可逆的特點：「時之處事精矣。不可藏而舍也。故曰今日不爲，明日忘貨。昔之日已往而不來矣。」《管子・卷一・乘馬第五》，所以時間是朝著一個方向流逝的，失去了不會再回來，也是留不住的。此外管子說：「歲有春秋多夏，月有上下中旬，日有朝暮，夜有昏晨半星，辰序各有其司，故曰天不一時」《管子・卷四・宙合》，李烈炎解釋此「不一時」認爲是指「時間不可能永遠停留在同一個時標上，比如總是停留在春天，或停留在早晨，時間總是無聲無息地不停流逝。」〔註17〕

總之，《管子》的觀念爲「時間和空間是統一的，這個統一的觀念就叫宙合；宙合在空間上是無限的，在時間上也是永恒的，無始又無終；時間是一維的線性時間，它是單向的；時間不能停留，所以人們無法把時間靜止在某一個時標上；時間的流逝是由于客觀事物按統一的法則在運動，所以古今又是同一的；時間之推移，歸根結底又是由于陰陽所使然。」〔註18〕《管子》的學說經過李烈炎清楚條理的分析，讓我們對古代哲人的思想，有了一番新的認識。

二、道家的時間觀念

道家的靈魂人物爲老子與莊子。以下分別了解這兩人的時間觀：

（一）老子的時間觀

老子對宇宙的認識歸結爲一個「道」字。其對道的種種解釋，發展了獨

〔註16〕本節所引的《墨子》原文，所用版本爲《四部叢刊初編・子部》（二十四）
〔註17〕見註13的頁5。
〔註18〕見註13的頁6。

特的學說。老子將道的特徵以「無」來表現，認爲道是無名、無爲、無形無
體、無聲無色、無物無象、無有無狀：「道常無名，朴雖小，天下不敢臣。」
《老子・聖德第三十二》〔註19〕，「天下萬物生于有，有生于無」《老子・去
用第四十》，「有物混成，先天地生。寂兮寥兮，獨立而不改，周行而不殆，
可以爲天下母。吾不知其名，字之曰道，強爲之大名曰大。大曰逝，逝曰遠，
遠曰反。」《老子・象元第二十五》。但此處的無非空無，非什麼都沒有。任
何物質實體以及這些實體的運動變化都可說是道的體現。而李烈炎認爲老子
的無，非物質實體，是屬物質的運動狀態〔註20〕這是因道在不斷的運動變
化，所以沒有固定的狀態，無物可象，也沒有語言可將其表述出來，因此稱
之爲無。然成中英則認爲老子的時空學說是從一個道字發展出來的，且道不
是某種有限的物質實體，也不是抽象的概念，而是「萬物及其形成與變化的
本質」〔註21〕。

　　由此又可看出道家的時間觀爲「時間是創造之力及萬物的創造形變的過
程」〔註22〕。道的終極可名之爲「太極」，又可等同於元初之「氣」，而氣又
會分化成「陰與陽」，陰陽的相互作用會發展出：自然元素、自然物體、植物
及動物，然後人類。這樣的生成過程是奠基於時間的創造性及普遍性，所以
時間可以被理解爲道或氣的本身。而道家認爲道是萬物之源，也是萬物之歸
所，因此道與氣都是沒有始終的區別，時間也因此是無窮盡的，包容了使物
體逐漸具體化的各個時段的始與終。

　　王煜在〈道家的時間觀念〉中認爲老子的時間觀念不算複雜，以「象帝
之先」《老子・無源第四》和「先天地生」《老子・象元第二十五》之「先」
表示大道在時間、理則、價值諸方面的先在性；以「天長地久」《老子・韜
光第七》代表空間及地面的永恒性或無時間性；或者以「長久」表長期持續，
「古今」代表永恒。〔註23〕而老子主要教人如何長生久視、安享天年，以久

〔註19〕本節所引的《老子》原文，所用版本爲《四部叢刊初編・子部》（三十一）《老
　　　子道德經二卷》。
〔註20〕見註13的頁104。
〔註21〕成中英的〈時間之層級論及其與中國哲學的關係〉（《知識與價值—和諧、眞
　　　理與正義的探索》，聯經出版事業公司，民國78年10月。）頁93。「時間究
　　　其極必須被理解爲道或終極的氣本身：時間是萬物及其形成與變化的本質，
　　　正如道與氣是萬物及其形成與變的本質。
〔註22〕見註21的頁94。
〔註23〕王煜的〈道家的時間觀念〉（《老莊思想論集》，聯經出版事業公司，民國79
　　　年5月。）主要介紹莊子的時間觀念，老子的時間觀念僅見於頁99和100。

暫、早晚的對照，嚴肅沉重的關注生死、勝敗、壽夭等問題。

（二）莊子的時間觀念

莊子對「宇宙」的定義爲：「有實而無乎處者，宇也。有長而無本剽者，宙也」《莊子・卷六・外篇・雜篇・庚桑楚第二十三》〔註24〕。這是在說有形體的物質實在佔有一定的空間，但這空間是沒有窮處、沒有界限，廣闊無邊的實在空間；而時間有其長度，但其長度又是無始無終的古往今來。因此可以發現莊子的時空觀有兩項特點：一是時空的統一性，二是宇宙的無限性。李烈炎說莊子是我國歷史上第一個比較充分地論述有限無限問題的哲學家，他初步領會到有限無限的辯證法，在《莊子・卷八・雜篇・天下第三十二》所提出的命題：「一尺之捶，日取其半，萬世不竭。」是人類歷史上最早用來解釋「極限」概念的典型例證。

除了時間是無始無終的觀點之外，莊子還認爲時間過程是不可逆的，且古往今來的時間順序也是不可顛倒的：「春夏先，秋冬後，四時之序也。」（《莊子・卷四・外篇・天道第十三》）「古今不代」。（《莊子・卷六・外篇・雜篇・徐無鬼第二十四》），過去的時間是無法攀留的，而未來的時間也永無休止：「不可舉，時不可止」（《莊子・卷四・外篇・秋水第七》）。李烈炎還從莊子的《逍遙遊》中分析出莊子的相對時間觀：「楚之南有冥靈者，以五百歲爲春，五百歲爲秋；上古有大椿者，以八千歲爲春，八千歲爲秋。」《莊子・卷一・內篇・逍遙遊第一》，這是莊子以「幻想的形式猜測到了時間的相對性」〔註25〕。

王煜認爲莊子的時間概念，多與人生密切關聯，他一共列了二十項說明莊子的時間觀〔註26〕：

1. 時間是無限的綿延，無始無終。
2. 時間與空間合稱宇宙，時空相對而不可徹底分離。
3. 天道超越時空。
4. 由於道與時空之無限，人應盡量擴充其「器宇」，以免井娃之「拘於虛（空間）」、夏蟲之「篤於時」（秋水）。
5. 在無窮的時間與流的映照下，人生恰似騏驥過隙，故宜養生悅志。

〔註24〕本節所引的《莊子》原文，所用爲王先謙的《莊子集解》（國學基本叢書，商務印書館，民國57年3月。）
〔註25〕見註13的頁101。
〔註26〕見註23的頁103到111。

6. 時空中的形物或現象雖非虛幻，亦非終極之實在——超時空之道。

7. 人當順應時勢。「時」與「順」並列，幾乎是同義字。

8. 時間不可透支與挽留。

9. 「時」與「命」組成同義複詞。

10. 「時」與「俗」或「世」並列且義近。

11. 「時」與「勢」組成同義複詞。

12. 斥責盲目的厚古薄今，即反泥古或食古不化。

13. 「時」與「物量」、「分」和「終始」並列。

14. 「時」與「知」之類比。

15. 「遭時」指命途康莊，「非遭時」謂命途多舛。

16. 「時爲帝」意謂時勢具備決定性，特別在決定相對的尊賤。

17. 「時」與「幾」並列，甚至連成同義複詞「幾時」。

18. 修心養性必須超越或破除時間性而臻永恒性，但須忘卻永恒，如倡「忘年忘義，振於無竟（窮極），故寓諸無竟」《齊物論》，主張齊生死、破古今、渾是非。

19. 「四時」即「四季」，眞人通合四時。

20. 「時女」乃「處女」。

以上就是王煜所分析整理出的莊子時間觀。因論述的篇幅較廣，限於本論文的寫作旨意，故只列出各項的重點，不再作內容的詳細介紹。

三、中國古代醫學的陰陽時間觀

中國重視人與自然的合諧關係，表現在醫學上則是重視地理環境和天時因素對人體的影響。這是受到傳統思維與傳統觀念的制約。中國古代醫學將時間因素與人體的關係看得較重要，在人體生理、病理、診療、攝生、免疫、功效與時間的關係上累積了大量寶貴的知識和經驗，所以形成了深邃古樸的陰陽時間醫學。劉長林對醫學的陰陽時間觀作過詳細的分析，認爲中國古代的陰陽時間觀，構成傳統醫學的特色，而他所講的時間觀，主要是指一種對時間、對光陰珍視的觀點，有五項特點：萬事成敗的關鍵，時間是具體的，時與道相互滲透，時間有圓形結構，宇宙節律的統一性。以下詳加介紹〔註27〕：

─────────

〔註27〕劉長林的〈陰陽時間醫學〉見於其《中國系統思維》一書（大陸，中國社會

（一）萬事成敗的關鍵

中國學者的重視時間首先表現在天文曆法上：中國古代天文學不僅重視實地觀測，也把曆法當作天文學的中心內容，天文觀測的目的主要就是爲了對曆法進行校正。另外中國對時間的重視還表現在強烈的歷史感、說話的詞序和哲學所理解的無限性上：中國有世界上最精詳的完整編年史，且時間狀語一般總是放在地點狀語的前面，而中國古代哲學所理解的無限性，其內涵主要是指時間的永恒，空間的無限則居於次要地位。所以中國古代學者特別重視時間因素，與其偏重考察事物功能動態屬性的思維方式密切相關：「事物的行爲功能、動態屬性，往往在空間規模上無大變遷，然而卻在時間形式上，表現爲一個前後差異十分顯著的演進系列，特別是在人的主觀感受上，動態功能與時間推移有更緊密的聯係。因此，偏重考察功態動態，勢必引導人們格外看重時間因素對事物的作用和影響。」〔註 28〕因時間往往是萬事成敗的關鍵，所以中國人對時間也格外重視。

（二）時間是具體的

時間的本質如《墨子》所說的：「久，彌異時。」，所以劉長林認爲久是時間的稱謂，由古、今、夕等各不同的時間過程集合而成。古人用干支標記時間次序，天干與地支都包涵一定具體內容，例如《史記‧律書》說：「甲者，言萬物剖符甲而出也；乙者，言萬物生軋軋也」「丙者，言陽道著明，故曰丙；丁者，言萬物之丁壯也，故曰丁。」「庚者，言陰氣庚萬物，故曰庚；辛者，言萬物之辛生，故曰辛」「壬之爲言任也，言陽氣任養萬物于下也；癸之爲言揆也，言萬物可揆度，故曰癸。」劉長林解釋說：「甲言幼芽萌動，綻開芓甲；乙言嫩苗抽軋，艱曲出土；丙言陽氣充盛，生長迅速；丁言成長茁壯；戊言豐滿茂盛；己言完全成熟，內蘊均已顯露；庚言果實收斂，生命將要更始；辛言萬物爲新生而作準備；壬言陽氣于地下重又孕育萬物；癸言新的生命已準備就緒，待時而萌。」所以十天干表現陰陽二氣的作用，萬物從發生、成長，經歷壯盛、繁茂，到衰者、死亡而後更始的變化序列。而十二地支描述了一年十二個月當中，陰陽二氣的消氣轉化和萬物生、長、化、收、藏的運演過程：「子者，滋也；滋者言萬物滋于下也。」《史記‧律書》。《漢書‧律歷志》：「孳萌于子，紐牙于丑，引達于寅，昌茆于卯，振美

科學出版社，1991 年 4 月。）頁 320。

〔註 28〕見註 17 的頁 325。

于辰，已盛于已，咢布于午，昧薆于未，申堅于申，留敦于酉，華入于戌，該閡于亥。」因此時間是一變動不定的過程，體現出萬物孕育、萌生、成壯、衰亡的動脈。時間由此展現了其面貌。所以古代曆法家創立以于支紀錄時辰、日、月、年，其中蘊涵豐富的辯證法思想；另外也顯示出中國古代學者認爲時間是隨著具體事物的運動變化而存在，表現了與萬物的生命、生化過程相統一的關連性。所以說時間是具體的。

（三）時與道相互滲透

《易傳・系辭上》說：「一陰一陽之謂道。」道的根本內容，陰陽學說認爲就是陰陽的對立統一。自然外物的現象：天地、日月、晝夜、寒暑等，正是陰陽的相互作用和相互轉化所形成；而自然界顯示的時間節奏，其基本的節拍即是「一陰一陽」，也可說是一明一暗，一寒一暑，一陰一晴……。所以「一陰一陽」即道本身，其反映著或包含著宇宙的時間節律。

道與時的概念是相互包含的，古人因此常將時與運、命、氣數等相提並論，這些氣數、時數、時運等都是在時間因素中蘊涵了必然規律的觀念，規律就是一定的時間序列，而時序是人們必須循蹈的法則，因此《易傳》說：「夫大人者，與天地合其德，與日月合其明，與四時合其序，與鬼神合其吉凶，先天而天弗違，後天而奉天時。」這樣的觀念影響了中醫學，古代醫家把時間節律擺在非常重要的地位：「人以天地之氣生，四時之法成。」《黃帝內經・第八卷・寶命全形論二十五》〔註29〕天有四時晝夜，人體的生理過程也表現出四時晝夜的節律，這就是人體的法則。因此中醫學認爲時與道是緊密聯繫不可分的。

（四）時間有圓形結構

古代學者認爲陰陽的相互推移和相互轉化，導致了春暖、夏暑、秋涼、冬寒的周期變化，這樣的循環過程形成了自然界的時間結構。而這種時間結構是首尾相接的圓形，宇宙間的一切運動過程都是循著此一圓道法則：「日夜一周，圓道也。日躔二十八宿，軫與角屬，圓道也。精行四時，一上一下，各與遇，圓道也。物動則萌，萌而生，生而長，長而大，大而成，成乃衰，衰乃殺，殺乃藏，圓道也。」《呂氏春秋・圓道》而陰陽學說認爲四時結構的運動規律是：冬至一陽生，夏至一陰生。所以《黃帝內經・第五卷・脈要精

〔註29〕 本節所用《黃帝內經》原文，爲《四部叢刊初編・子部》《黃帝內經二十四卷》本。

微論十七》：「故冬至四十五日，陽氣微上，陰氣微下；夏至四十五日，陰氣微上，陽氣在下。」這樣就造成了四時的更替輪迴。

（五）宇宙節律的統一性。

根據陰陽五行理論，宇宙整體和萬事萬物具有相同結構和統一的運動步調，即一致的時間節律。所謂的相同結構就是陰陽學家所說的陰陽五行，而統一的時間節律就是「宇宙間陰陽二氣的消長轉化和五行生克制化過程中所表現出來的五行輪流當令。」雖然陰陽五行中時間和空間都是構成的要素，但時間結構（四時十二月）統率空間結構（五方），時間結構在宇宙系統中佔主導地位、起決定用。劉長林還舉了十二律呂的例子，來說明陰陽時間節律的影響。〔註 30〕總之，陰陽時間節律是宇宙萬物統一的生命基因，而萬物的千姿百態都是這同一內容的不同表現形式。

最後，劉長林評論此陰陽時間理論，認為這是一種質樸的時間觀，以直觀的運動過程考察時間的本質，同時又顯示出系統性，從整體結構和動態功能的觀點看世界。因此陰陽時間理論的思想其實是貫串于中國古代哲學和社會科學、自然科學的各個門類之中。

四、朱熹的時空學說

朱熹是南宋時著名的哲學家，其學說產生的時代與本論文宋元話本小說的時代相同，故提出來加以介紹。可以略微了解那個時代的思想背景。

李烈炎認為朱熹的時空學說有兩個方向的探討：一是將理視為物質結構的理論，提出「理是什麼？」的問題，一是宇宙學方面，有關「天體演化和運動的理論」。李烈炎歸納朱熹理的特徵有五點：

1. 理是宇宙萬物賴以生成和存在的根本。
2. 理與氣是不可分的，有理必有氣，有氣必有理，理不是超然物外的觀念存在，但理無形象。
3. 理無處無之。

〔註30〕見註 17 的頁 330。《漢書・律曆志》：「天地之風氣正，十二定。」「太族：族，奏也，言陽氣大，奏地而達物也，位于寅，在正月。夾鍾，言陰夾助太族宣四方之氣而出種物也，位于卯，在二月。……」這就是說，十二律呂音調高低的排列與自然界陰陽二氣鬥爭消長的拍節一致。如果五臟十二經脈是陰陽時間節律的生理表現，那麼十二律呂則是陰陽時間節律的藝術表現。

4. 理無內外，無物不有，無時不然，亙古亙今，往來不窮，所以它在時間空間上都是無限的，理不能創生也不能消滅，氣有生滅。

5. 理有動靜，理能動靜，動靜無端，相因相成，動中有靜，靜中有動，循環終始，無日無之。〔註31〕

所以理是客觀存在的物質實在，不是絕對觀念，也不是天地萬物的本原，更不是一種最小、最基本的物質實在；總之，朱熹的理，從本質上說，是關於物質結構的理論，不過這為「非本原說」，即認為宇宙萬物之生成并非根源于最小最基本的物質實體，就是宇宙無本原。如老子的道，亦是這種主張。

至於天體演化和運動方面的理論，首先朱熹把天地看作是物，認為天地、天體是由于陰陽二氣相互作用而產生的，輕清者而為天、為日月星辰，重濁者而為地、為萬物。然後天和日月星辰在外，周環運轉，而地在中央不動，這是一種地心說和天動地靜說的理論。再來則是用天體力學的觀點來解釋天體運動：「天運不息，晝夜輾轉，故地榷在中間。」《朱子語類·卷一》朱熹的天體演化觀念直接受到北宋邵雍的「先天象數」說的影響，認為宇宙有它關闢之時，亦有其毀滅之日；另外又可追溯到莊子的「合則成體，散則成始」理論。朱熹在時空理論方面提出許多重要的精闢之見，在那個時代是難能可貴的。

五、現代學者對中國時間觀的論述

中國人的時間概念，還可由幾位學者論述得知，如約瑟夫·尼德漢博士（Dr. Joseph Meedham）認為中國文化的哲學是承認時間之真實性與重要性，而且是主觀的時間概念。〔註32〕首先時間是具連續性的，像中國的古史傳統，如政典、通典、文獻通考、通志和資治通鑑等書，都把歷史看作連續體，且是真實具體的；而時間進行的方向，尼德漢的看法是『循環觀念在中國僅是徵末之論，且大多為道家的。中國的歷史哲學家早已在循環式的改朝換代之上完成了一個朝代正統連貫性的「單一路程」（Single Track）學說』。所以時間進行的方向，在中國人的觀念中是非循環式的改朝換代，而是上進式的一

〔註31〕見註13的頁209。

〔註32〕尼德漢的《東方人的時間觀》一書未見，此處所用的尼德漢觀點，皆出自陳榮捷所寫的〈評尼漢的《東方人的時間觀》〉一文（國立中央圖書館館刊，新一卷第二期。陳修武譯。），雖非尼德漢學說的全貌，但亦已概要介紹，可供了解。

個朝代正統連貫性。如每一朝代的君王都會有改正朔之舉，就是表示他們期望自己對於時間的知識要優於過去。然而中國文化中的時間觀念卻阻礙了近代科學在中國的發展，因其只重視歷史事例的證明，而忽略了邏輯論證。總之，尼德漢認爲「中國人把時間與歷史看作是眞實、連續而前進的這一結論，非但沒有駁倒且更形加強了，因爲一種前進的運動可以是一個螺旋式的進行。」

　　李約瑟主張中國的時間觀主要是線性時間，「自商朝以來……，線性時間的觀念，一直在中國自然而獨立的發展著，而且支配著儒家學者與道家農夫的思想。」〔註 33〕早期的道家思想，後來具有審判日觀念的道教思想，以及認爲宇宙、生物與社會的進化永遠在週期性的混沌之「夜」後更新的理學家，則表現了中國的循環時間觀。所以陳淑敏在研究各家學者對中國時間觀的結論是：沒有純粹的循環或線性時間，且是時空的綜合呈現；另一方面時間觀是一直存在於人間事務的。所以「對中國而言，雖然具有循環與線性時間的性質，但卻不是西方之循環與線性的時間觀所能涵容的。」〔註 34〕

　　克洛德・拉爾的〈中國人思維中的時間經驗知覺和歷史觀〉從詞語方面探討中國人的時間觀。例如「時」字，他說：「指的是一般時間，它表示的是質的綿延。作爲綿延，不管這種意識狀態是永久的還是先後承續的，都是時。」〔註 35〕而「季節」一詞的概念與時間概念，在古代農耕文化中結合在一起；『在中國各地，一年分爲四季，四季的定義是異常穩定的。通過「季節」，〔註 36〕可以輕易地獲致紀元、時期和時代的概念。它所含的時間有時比「日曆季節」長，有時則比「日曆季節」短，然而，它是一種切實可行的時間周期。同時，「季節」概念還表示時間的連續……。』除了時、季節，克洛德・拉爾還用了一些複合詞：時安、時機、時氣病、時辰等，或者是始、年、歲、日、月、陽、陰來解釋中國人如何透過這些詞語的運用表現其時間觀。

　　最後，可以用成中英在思考中國哲學上時間本質的不朽性作結束；第一

〔註 33〕Paul Tillich《The Protestant Era》pp.8～9,　（The University of Chicago press, 1952.）參閱李約瑟的〈時間與東方人〉，《大滴定——東西方的科學社會》，（台北，帕米爾書店，范育庭譯，民國 73 年）。頁 297。

〔註 34〕陳淑敏的《太平廣記神異故事之時間觀》（台大中文研究所，碩士論文，民國 79 年 6 月。）頁 10。

〔註 35〕克洛德・拉爾的〈中國人思維中的時間經驗知覺和歷史觀〉（《文化與時間》，鄭樂平／胡建平譯，淑馨出版社，民國 81 年元月，初版。）頁 29。

〔註 36〕見註 35 的頁 30。

是個人固有的不朽性；個人只要將自身與生生之源、大化之道合而爲一，如道家之所爲；不然就將其天生之良知良能擴充涵養至極，而可參贊天地之化育，如儒家之所爲；只要大化之源與生生之道永不止息，此人就是不朽。第二是個人史蹟的不朽性——中國思想家所言之立德、立功、立言小不朽，就是針對史蹟的不朽性底這層意義而言。這三不朽可說是在時間底孕育化生過程中完成，所以這三不朽同時也是固有的不朽性形態。成中英說：「正因爲三不朽可與時間底本質等而視，並與創化生生之力合而爲一，三不朽應說成是時間格局中底不朽形態，而非超脫時間格局之外。」〔註 37〕這些就是中國的時間觀對不朽性的本質重視。

第三節　小說的時間觀

　　對於小說的定義，自古以來皆有所論述。小說一詞，最早見於《莊子‧外物篇》：「飾小說以干縣令其於大達亦遠矣。」這是從道術的眼光來用小說一詞，專指瑣屑之言，非今日所說的小說；《漢書‧藝文志》：「小說者流，蓋出於稗官，街談巷語，道德塗說者之所造也。」這又是從目錄學的眼光來看小說，將經學家視爲淺薄瑣細、荒誕不經的書歸爲小說一類，當然也與今日小說的定義完全不同。究竟小說是什麼呢？以概略性的一般解釋，小說就是說故事。謝活利（M. Abel Chavalley）曾對小說下個清楚的定義：「小說是用散文寫成的某種長度的虛構故事。」而佛斯特認爲「某種長度」爲不得少於五萬字。〔註 38〕如果再深入分析，則故事的定義爲「一些按時間序排列的事件的敘述」，所以佛斯特闡述「小說的基本面是故事，而故事是一些依時間順序排列的事件的敘述。」〔註 39〕

　　小說的基本成分之一爲時間。英國作家伊利莎白‧鮑溫說：「時間是小說的一個主要組成部分。我認爲時間同故事和人物具有同等重要的價值。凡是我能想到的真正懂得、或者本能地懂得小說技巧的作家，很少有人不對時間因素加以戲劇性地利用的。」〔註 40〕而金健人認爲時間也是小說中的一個角色：「時間，可以說在一切小說中都或露面或隱匿地扮演著一個必不可少的角

〔註 37〕成中英的〈時間與超時〉見註 19 的頁 109。
〔註 38〕見佛斯特的《小說面面觀》（台北，志文出版社，1991 年 12 月，再版）頁 3。
〔註 39〕見註 38 的頁 25。
〔註 40〕伊利莎白‧鮑溫《小說家的技巧》（〈世界文學〉，1979 年，第一期。）

色。」所以小說與時間的關係十分密切。呂刻（Paul Ricoeur）亦曾說：「每一個敘事作品所揭露的世界永遠是一個時間的世界。」「敘事體倚賴情節，使它們在時間關係裡儼然有了完整意義。情節描寫是可看見的，但是意義則未寫出在紙面上，全然要靠作者安排與讀者體會情節裡的因果關係。」因此了解小說中的時間觀是非常重要的。以下從五位學者的研究論述中，試著去了解小說時間觀的面貌。

一、金健人

　　小說中的時間如何呈現？金健人在論述小說結構美學中的時間因素時，分別介紹了時序、時差、時值。

　　（一）時序是小說中故事的組織者，過去——現在——未來爲自然時序，早期的小說不論中外多以直線式的自然時序爲故事發展的主線，但事實上現實世界所發生的事，並不會一件接一件的依次發生，如此一來作者在處理數件事發生在同一時間時，可能必須採取一些技巧，如後話本小說以「話分兩頭」來呈現同時發生的事：《史弘肇龍虎君臣會》在敘述史弘肇和郭威的事之後，爲了表示柴夫人的事亦處同一時間，就用「話分兩頭」聯結兩個不同地方所發生的事。另外，作者爲表現小說獨特風格，或別有深意時，可能會以倒序或亂序的手法，將自然時間重新安排在故事中，這就是敘述時序的創新。例如《新橋市韓五賣春情》在故事發展的自然時序中，插入一段倒序的文字，敘述金奴以前的事跡和家庭過去的歷史，這就起了補充說明的解釋作用。總之，小說時序有兩種：一是敘事時序——小說敘述者在作內容交代時的先後次序安排；二是事態時序——事物存在於客觀世界中的自然時間。

　　（二）時差是小說世界將兩種不同計時系統安排於小說故事中，如爛柯記的故事；或是人可以於現在、未來、過去之間隨意穿梭，如現代科幻小說的時光旅行故事；或是使一個人物在同一時間之內於不同地點做兩件事，如離魂現象。時差變異的故事，在未來世界科技發展目標上，並非完全不可能，而這種時差變異的手法，具有某種強烈的效果，可以令讀者深思而產生吸引力。在話本小說中亦曾敘述時差性的故事，如《簡帖和尚》入話故事中宇文綬曾產生離魂現象，《張古老種瓜娶文女》章義方遭遇了仙鄉似的時差現象等皆是。

　　（三）時值就是時間的長短。時值決定的關鍵除了客觀的自然時間之外，心理時間是決定一部小說時值表現的主要部分。因作者爲表現故事中的心理

時間，而有拉長或縮短的不同敘述表現。可以把幾十年縮成一句話完成，也可以把一天寫成洋洋灑灑的幾十萬言。如《計押番金鰻產禍》中用「時光如箭」把慶奴十六年的光陰一筆帶過，而《錯斬崔寧》主要故事篇幅卻只為敘述兩日內所發生的事。

而小說家對時序、時差和時值的不同處理，使小說時間形成了多種層次：1. 向心時間與離時時間，2. 內部時間與外部時間〔註41〕。

1. 向心時間與離時時間

小說有一相對的構成時間，一是向心時間的整一性，使情節的矛盾衝突得以凝聚，使故事能完整呈現；二是離心時間的豐富性，使情節能在「大於作品本身規定的時間段的規模上展現生活」。就在這兩種時間的相互作用滲透下，小說產生了時間段的變化。據金健人的論述，小說的時間段變化的運用產生了橫斷面小說──以短暫時間引出長段時間；縱部式小說──截取幾個較短時間段加以敘述；交疊式小說──作者以現在時的時間段包裹多個過去時的時間段；輻射式結構的小說──作者以某一時間段作圓心，讓許多時間段由此生發向外放射。所以向心時間是在點上的收縮，而離心時間則是向線或面作擴張，在整合性與擴散性的兼備下，完成小說中的時間。

2. 內部時間與外部時間

「外部時間是作者於情節之外專門記錄的時間」，可以說是一種客觀時間，為現實生活中標準的時間計畫，例如我們的時間單位：年、月、日、分，中國傳統的天干和地支等，小說一定有其外部時間以為故事和現實的聯繫，雖然中國古典小說常不注重外部時間，或者說故意模糊小說的外部時間，但此客觀的物理時間是不得不存在小說中的。「內部時間就是作品中情節運動的順序性與連貫性」這是以心理時間為基礎，可以說是小說中真正運行的時間。佛斯特將日常生活劃分為時間生活與價值生活〔註42〕，時間生活就相當於外部時間，而小說的內部時間正是此種價值生活的呈現。

二、傅修延

小說是文學敘述的一種形式，所以在探討小說的時間觀時，也可以用敘述文學的時間觀來理解。傅修延的《講故事的奧秘──文學述敘論》第五章

〔註41〕金健人的《小說結構美學》（木鐸出版社，民國77年9月，初版）頁38。
〔註42〕見註38的頁23。

〈敘述與時間〉就是從不同的時間觀角度敘述進行描述〔註 43〕。這本書的時間理論講述的項目包括速度與節奏、頻率與次序，研究敘述在這些時間中的變化情形，以下概要介紹：

（一）敘述速度與敘述節奏

敘事作品中的敘述行為可以分為兩方面來理解：一是故事，為「敘事作品中提取出來并按時間順序及邏輯關係予以安排的一系列事件」；二是文本，為「敘述的語言文字錄記」。這兩種敘述的時間各不相同，兩相比較之下即是敘述的速度與節奏。例如熱拉德・熱奈特的「穩定步調」〔註 44〕，傅氏認為故事時間與文本篇幅〔註 45〕的時空比為：

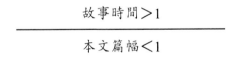

$$\frac{故事時間＝1（小時、日、月等）}{本文篇幅＝1（頁、節、章等）}$$

這也可以說是「平均密度」，如一個文本有十二章，故事持續的時間是十二個月，那麼平均密度是每章寫一個月。而「快速敘述」則是文本用較少篇幅對付故事中較長時間：

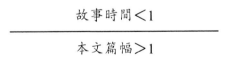

$$\frac{故事時間＞1}{本文篇幅＜1}$$

「慢速敘述」則是本文用較多篇幅處理故事中較短的時間：

$$\frac{故事時間＜1}{本文篇幅＞1}$$

〔註 43〕　傅修延的《講故事的奧秘—文學述敘論》（南昌市，百花洲文藝出版社，1993
年 1 月，初版。）頁 117。

〔註 44〕　熱奈特的《敘事作品中的言語》，英譯本，康奈爾大學出版社，1980 年版，頁
77 至 182。

〔註 45〕　以「文本篇幅」來作比較的原因是文本持續時間無法測定，傅氏說：「文本不
同于說書人的故事的錄音帶，它本身只有空間意義而無時間意義。誠然，文
本在閱讀中要清費時間，但這不同于聽故事（說書人講故事的速度就是台下
每一個聽眾故事的速度），每個讀者都有自己的閱讀速度，因而除非全世界只
有一個讀者，否則文本持續的時間就不能成立，也不能測定。」而故事持續
的時間就容易測定多了，只要找出故事中最早與最晚兩個時間點就行。所以
仍可以「故事時間」來做比較。

另外還有「零度敘述」：故事中的某段時間在文本中沒有獲得篇幅；和「靜止敘述」：故事時間沒有任何進展，而文本卻在耗費篇幅。如此一來，又可產生「約敘」和「密敘」，前者是介于零敘與穩定步調之間，后者則介于停敘與穩定步調之間。以上就是有關「敘述速度」的介紹。

再來看看「敘述節奏」的部分。每部敘事作品都有自己的敘述節奏，敘述節奏就是穩定敘述、快速敘述、慢速敘述、約敘、密敘等敘述速度的規律變化所形成。一般說來敘述節奏的目的爲顯出敘述內容的意義，例如快速敘述用於無關緊要的內容，而慢速敘述多半是作品的重心。這是正常敘述節奏的意義，而反常的敘述節奏則在敘事作品中具有特殊的敘述效果，像重大事件以快速敘述一筆帶過，事件稀疏的時間區域卻用慢速敘述，這樣能表現作者隱於敘述背後的用心，也表現了作品的獨特風格。

（二）敘述頻率與敘述次序

敘述頻率是「事件在故事中出現的次數」與「事件在文本中出現的次數」的比較。兩者次數的不同構成不同的敘述類型：

1. 實敘：即事件在故事中出現多少次，在文本中也敘述多少次。

$$\frac{n \text{ 次（故事中）}}{n \text{ 次（文本中）}}$$

2. 複敘：即只發生過一次的事件，在文本中卻被敘述多次。

$$\frac{1 \text{ 次（故事中）}}{n+1 \text{ 次（文本中）}}$$

3. 概敘：即事件在故事中多次重現，文本中卻只敘述一次。

$$\frac{n+1 \text{ 次（故事中）}}{1 \text{ 次（文本中）}}$$

一般敘述的頻率，正常的是實敘，即「一次性敘述」，「非一次性敘述」的功

能為何？傅氏列了三種答案：一是為對付故事中意義重大的事件，二是為傳達作者的價值取向，三是為達到某種與敘述事件無直接關係的目的（如為製造撲朔迷離的氣氛、某種音韻節奏效果等）。所以敘述頻率在敘述效果上別具意義。〔註46〕

　　而「敘述次序」所要探究的是「事件在故事中出現的次序」與「事件在文本中出現的次序」之比較。當然有所謂的自的敘述秩序，即事件在故事與文本中出現的次序完全一致：

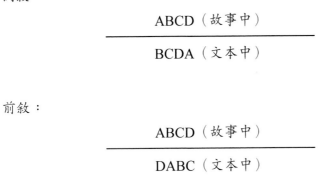

ABCD（故事中）
――――――――――
ABCD（文本中）

這在傳統說法上就叫「平鋪直敘」。另有倒敘和前敘，都是文本中的敘述次序非正常時序，倒敘是倒過來敘述遠在過去的事件，前敘是文本超前敘述遠在未來的事件：

倒敘：

ABCD（故事中）
――――――――――
BCDA（文本中）

前敘：

ABCD（故事中）
――――――――――
DABC（文本中）

以上就是傅修延在論述敘述時間的關係上所得到的不同敘述類型。

三、任世雍

　　任在雍〈小說與時間〉一文中詳述了小說中的時間觀，雖然其觀念認為古典文學作品中是淡薄的時間觀，而其舉例亦皆以現代小說為準則，但其簡明扼要的論述仍可適用於話本小說中，故以下詳加介紹。任氏認為小說與時

―――――――――――――――――

〔註46〕傅氏所提出的「敘述頻率」與傑轟的「敘事文之時間」的「疏密」相似，「敘述速度」則等同於「久暫」。可參見本論文的第三章第一節中，對傑轟學說的介紹。

間的關係如論齒交錯般密切，他以四種小說的對象時間來作說明：讀者的時間，作者的時間，角色的時間，小說中的時間。讀者的時間是讀者閱讀一部小說所需的時間，作者的時間是作者完成一篇小說所需的時間。這兩項雖然是小說時間中的重要組成份子，但在藝術上並無價值，故不用深究。另外「角色的時間」與「小說中的時間」就深具意義。「角色的時間」是故事中的人物、角色在故事中的時間類型，其時間類型相當於現實生活中的兩種時間類型：一是客觀時間，即鐘錶時間；二是主觀時間，即心理時間。小說既是反映現實，表現意念的敘事文，故亦具備現實生活中的時間類型。據金健人的說法就是外部時間與內部時間。小說中以年月日時等計時單位表現客觀的外部時間，以回憶手法、插敘、倒敘等敘述技巧來展現其心理時間。而「小說中的時間」指小說家在處理時間的手法上的選擇。一般說來有三種選擇：一是長度的選擇，可以包涵主人翁的一生，也可以採取一小段生活的片斷來作敘敘；二是廣度的選擇，可以單就主角的人生意義作探討，也可剖析社會的各種層面，作社會現象的省思，甚至宇宙自然真理的領悟；三是深度的選擇，可以由外在的描繪，轉而描寫心靈世界，甚至以意識流為描寫重心。〔註47〕

四、唐躍

在分析現代小說時，許多學者常以時間觀念作為研究的基本論點。唐躍的〈時間的藝術——兼析《鐘鼓樓》時間的藝術處理〉就是以時間觀的角度，研究現代小說，雖然研究範圍偏重於現代小說，但其時間類型的研究亦有助於了解話本小說的時間觀，故以下詳細介紹其四對時間範疇的時間觀。〔註48〕

（一）面狀時間和線狀時間

這是從小說的「敘事體態」上來看，唐躍認為傳統小說多半為線狀時間的展開，以一個主要事件為重心，按自然時間序列作直線敘述，雖然亦有插敘和倒敘等手法，但整體看來可以觀察出其線狀的脈絡。面狀時間則是在時間長度的截取上，時間寬度的選用上，採用將不同事件時間狀況同時並置的方式，平均的加以表現，這就是面狀時間的敘事體態的特點。所以只要事件發展的時間序列是單一，就算以複雜的敘述方式加以變化，仍然為線狀時間

〔註47〕任世雍的〈小說與時間〉（文藝月刊，一三八期，民國69年，頁78至81）
〔註48〕唐躍的〈時間的藝術－兼析《鐘鼓樓》時間的藝術處理〉（《文藝理論研究》，1986年2月，頁12至19）。

的敘事體態；如果將多個事件以同時並重和平行發展的時間序列敘述，這就可說是面狀時間的敘事體態。

（二）向心時間和離心時間

這是著眼於小說的結構而言，從小說的結構形態和性質和作探究。與金健人的向心時間和離心時間相同，無多大分別，故此處不再重覆介紹。

（三）動態時間和靜態時間

從小說的「人物形象的容量」分析，不同人物對待時間的不同態度，也就是不同的人生態度，產生出因人物的差別而不同的時間狀態——動態的或靜態的。積極進取的人物，珍惜時間，有時間流逝的自覺，所以作者呈現的是動態時間；相對的，閒散無目標的人物，對時間不在意，時間在他們身上好像靜止了一樣般，故爲靜態時間。

（四）主觀時間和客觀時間

這方面與任世雍的「角色的時間」中主觀的心理時間和客觀的鐘錶時間相同，也就是金健人所說的內部時間和外部時間。不過唐躍在論述這方面時別有新見解，他認爲作家對於時間的主觀把握可以分三個層次：1. 是對時間形態的主觀把握，2. 是對於時間關係的主觀把握，3. 是對於時間效應的主觀把握。這就是任世雍於類型分析之外，提出引申的新意見。

五、柯立（Peggy Simson Curry）

柯立（Peggy Simson Curry）在〈小說的時間問題〉一文中，提出小說作者必須學會處理四種時間〔註49〕：

（一）直敘時間：這是一種順序時間，爲故事情節發展的順序，是作者對時間編排的構想。

（二）回溯：作者運用回溯提供過去事件的資料，或用以製造懸疑來建立當前的場面。爲倒序時間，也使過去與現在聯繫。

（三）轉接：使場面與場面相連繫的方式，這往往得使用插序時間。

（四）節拍：又可稱步度。每一篇小說都有其本身的節奏，或緩慢或快速，都可形成作品的獨特風格。

〔註49〕Peggy Simson Curryd〈小說的時間問題〉（幼獅文藝，二三〇期，民國 62 年 2 月。丁樹南譯）。

　　總之時間是作者可運用的工具，所以 Peggy Simson Curry 說：「把握小說
的直敘時間，作者可縮短小說的時限，濃縮其焦點。瞭解回溯的用途，他則
據此加添必要的資料，增進人物刻劃的深度。他憑著處理轉接與節拍，去調
整展現自己經驗過程的速度，去用最可信、最有趣的方式把表現的各部分聯
繫起來。」

　　除了以上五位學者的研究，最後從另一個角度：「節奏」來看小說時間觀。
在本論文第三章的第三節中，以話本小說具「明快的節奏感」，來理解話本小
說敘述技巧上的頃刻間捏合的特點。所以在本單元介紹小說的時間觀時，特
別將「小說節奏」提出來介紹。徐志祥在〈小說節奏試論〉〔註 50〕中曾對節
奏下定義：「節奏，是事物運動的韻律。」而文學的節奏則是「情節運動和情
緒變化的規律性表現」。例如敘事性作品中，情節發展的結構性強，所以節奏
隨著情節運動而表現；在抒情性作品中，受情緒、感受的變化影響，則使節
奏表現出來。而文學節奏可概分成詩歌語言上音韻的外部節奏，和情緒情感
起伏變化的內部節奏，外部節奏屬音韻上的問題，此處不加探討，僅從內部
節奏方面加以探究。至於節奏的變化狀態，徐志祥認為有兩種：1. 是節奏的
速度，即運動的快與慢。2. 是節奏的力度，為變化的強弱。以下概略介紹：

1. 是節奏的速度，即運動的快與慢

　　節奏的速度在文學作品中包涵了時間與空間兩個因素，但在小說中最先
決的要件為時間因素。這是因小說特殊的藝術效果，為了敘述的目的，在時
間的選取上，必先採取片斷重要的時間段以供敘述。然後決定空間因素，將
人物置於特定的藝術空間。如此，時間與空間因素緊密關聯，在時間的推移
與空間的轉換下，產生了運動狀態，就是節奏的現象。而時間空間的推移作
用，即為節奏的速度問題。話本小說的篇首故事往往以慢速度的節奏進行，
如《崔衙內白鷴招妖》一開始解釋了一大段唐玄宗的玄字之義，然後述說了
唐玄宗和楊貴妃的故事，也只是要引出故事中關鍵的「新羅白鷴」一物。所
以在小說情節的推展上，此篇首故事本身的節奏是慢步速，對整體的話本故
事來說也是緩慢的。這是因宋元話本小說原殊的形成體製，篇首的入話故事
在以安撫聽眾、延長開講正文的目的之下，多半具有這樣的慢速度之節奏。
如《史弘肇龍虎君臣會》以一連串的詩詞，慢慢的展開篇首故事，而這樣的
節奏是十分舒緩的。但在主要故事進行之後，往往呈現快速的節奏敘述，這

〔註50〕徐志祥的〈小說節奏試論〉（大陸，《文學評論》，1985：2）頁 22 到 27。

就是本論文第三章第三節「頃刻間捏合的敘述技巧」所論述的重點，其中提及的「明快的節奏感」正是此意。所以徐志祥認為傳統古典小說多半以直線靜態進行敘述，不是以時間事件的推移為主，就是靜態的移換空間，因此節奏的速度都比較舒緩；這樣的意見不適用於宋元話本小說，因宋元話本小說的節奏往往兼具快慢兩種速度。

2. 節奏的力度

指作品對情節事件描繪的深淺程度，和在情緒抒發上的強弱程度而言。這是一種力量的顯現和把握。徐氏認為這種力度類似古人所謂的「文氣」，每個人透過作品表現出來的氣勢都不相同，有人剛強勇猛，有人秀麗婉約，但在作品表現出有變化的力度，這種變化性即可顯現出力度的節奏。宋元話本小說在描繪市民階級的生活故事時，往往透過對話表現其率真俚直、敢說敢做的周格。如《鬧樊樓多情周勝仙》中描述周勝仙在茶坊初遇范二郎的那一幕，將周勝仙大膽機智的性格，透過直爽巧妙的語言表達出來。這樣的對話敘述充分表露了節奏力度上深刻的市民氣息。而宋元話本小說中，這樣生動活潑的描繪俯拾皆是，其表現節奏的力度各有特色。

節奏感可以從小說作品的整體把握中反映出來，也可以從作品的內部辯證關係中顯現出來。所謂的內部辯證關係，徐志祥說明其獨特的因素為「情節的起伏跌宕」、「情緒的悲歡離合」、「氛圍的憂樂對比」、「意境的陽剛與陰柔轉移」等，這些都是作品的內部變化對比因素。而小說的節奏感就是從這些內部變化的對比因素體現出來的。

由以上的介紹，可以看出小說的時間觀是複雜多樣化的，隨著研究者觀察角度的不同，研究範圍、研究對象的不同，會有不同的結論。這些不同的看法，豐富了小說的內涵，也讓我們看到小說時間的意義性。

第三章　宋元話本小說的敘事時間

第一節　敘事學概論

　　本章探討宋元話本小說敘事方面的時間觀，所謂敘事指的是故事的敘述層次問題，將其中各種因素的相互關係及狀態呈現出來，這是屬於文學的外在整體形式問題。這方面的問題結構主義學者多有探討。結構主義指的是一種方法、一種哲學態度，其基本概念與方法，高辛勇認為有五點：一是對整體的強調，二是對深層結構的強調，三是二元對立概念的重要性，四是共時與歷時序的區分，並且強調共時序的重要性，五是強調變化過程與變形律。〔註1〕J.M.布洛克曼（J.M.Broekman）則認為結構主義為「與存在主義或現象學相仿的一種整體觀的研究。」其觀點是以語言學為基礎而發展的，「這些語言學概念，以及與其相關的那些概念，不但可以用以闡明語言學的問題，而且還可用於闡明哲學、文學和社會科學的問題，以及與科學理論有關的問題。」〔註2〕法國第一位用結構主義從事文學批評的學者——羅蘭・巴爾特（Roland Barthes），就是以語言學為基礎，建立了一套符號科學，用這套方法研究、批評文學。〔註3〕高宣揚說：「由於結構主義者強調研究同一系

〔註1〕　見高辛勇的《形名學與敘事理論》（聯經出版事業公司，民國76年11月，初版）頁119。

〔註2〕　見 J.M.布洛克曼的《結構主義》（李幼蒸譯，谷風出版社，民國76年8月，初版。）英譯本序的頁1和本文的頁4。

〔註3〕　見賴金男的〈羅蘭・巴爾特與結構主義的文學批評〉（中外文學，三卷，十一期，1975年4月，頁92至104。）羅蘭・巴爾特即高辛勇介紹的巴特，以下統一稱為巴特。

統內種種因素之間的關係，這就需要首先確定某個系統的基本因素，然後按它們的組合變化列成模式，探究其間的關連，概括出有關結構形態的一些原則來……」〔註4〕所以如果把文學作品當作一個系統，研究其中的結構因素，組成方式、相互關係及其轉化的結果等等，就可說是具結構主義式的思考方式。本章試圖從宋元話本小說在故事的整體形式上，深層結構的外在因素上，了解其中的時間觀，因論述的基本觀念和研究的主要方向，多偏結構主義式的思考，故於第一節中先對其作概要性的介紹。

「敘事學」就是「結構主義小說學」，是結構學者以結構主義方法研究小說，因小說為敘事文的一種，故稱之為敘事學。敘事學的精神所在，是以文學特性為研究對象，探討文學的內在問題，以合乎邏輯的特殊思維方式，建立文學的基本定律，這一套定律是普遍存在的，可以作為個別作品的分析。因此高辛勇定義「這種個別作品的分析與理論建構的相是往返活動，可稱為文學術的活動。專治小說文類的文學術可稱為敘事學。」〔註5〕

高辛勇在《形名學與敘事理論》一書中，介紹了八位敘事學研究學者的重要理論和思想，其中以巴特、傑藟、查特曼三人的學說，與本論文的探究主旨關係最密切，故以下詳細介紹。另外要說明的是本單元所介紹的敘事學，完全立於宋元話本小說的時間觀角度，有相互關連或對時間觀的探討有助益的，才加以說明，因此非敘事學的全貌，也非三位敘事學學者的主要理論全貌。

一、巴特（Roland Barthes）

巴特的〈敘事文的結構分析導論〉〔註6〕以形名學的觀點，結合法國一些敘事學者的觀念，在敘事分析與理論上有所創新。主要是從語言學的層次概念，分析敘事文具有「事目」、「動向」、「敘述」三個層次。

（一）

「事目」指的是敘述單元，為敘事的基本單位；這些敘述單元存在的理由，為是否在故事中發生作用，因此事目可說是敘事作用。而敘事作用的程

〔註4〕見高宣揚的《結構主義概說》（洞察出版社，民國77年7月1日，初版。）頁168。

〔註5〕見註1的頁2。

〔註6〕見 Roland Barthes, "Introduction a l'analyse structurale desre'cits, "Communications 8（1966）,1～27。

度差異，又可分爲「主要事目」和「次要事目」，前者在情節上具有關鍵作用，能帶出其他事目；後者則爲襯托出主要情節，是促成主要關目的細節。如《碾玉觀音》中的那一場大火，導致崔寧和秀秀有緣份夫妻，這就是主要事；而敘述者以插敘手法，提到昔日郡王曾說過要將秀秀嫁與崔寧，以致兩人當下有了情意，這就是次要事目。而事目的組合方式，以「分佈式」爲故事的主幹，以「融合式」爲故事的指標，用以顯示動向層與敘述層。事目的上層敘事單位爲「事目系列」，即「事綱」，是情節發展中的抉擇點，如《碾玉觀音》中的碾玉活動是事綱，崔寧因碾出玉觀音獲皇上喜愛，以致郡王許諾要將秀秀嫁給他，於是有後來的出走故事；後來因玉觀音的玉鈴兒脫落了，皇上要崔寧修整，於是秀秀是鬼的眞相才被發現。所以事綱是一系列事目共同適用的名稱，是故事中的關鍵點。

（二）

「動向」層處理的是人物結構問題，人物的動作和行動在此層次中顯現出來。巴特認爲人物的分類，應以語言分類爲模式而分析，並不是以人物的個性、性格等心理內容爲模式區分。西方的敘事理論一向重視事件情節，以人物爲次要因素的原因，故此部分討論的較少。

（三）

敘述層討論的是敘述活動中的種種問題。敘述情況下的聽者和講者之間，授受方式和傳達問題；另外在授受之間，還有使傳訊成爲可能的通訊符號或訊契問題：表示敘述者的存在信號、表示讀者存在的信號。如話本小說中敘述者常以議論方式顯現自身存在的地位，以解說方式呈現讀者存在的可能。巴特認爲敘述法只有兩種：一個是個人的（personal，主觀的），一個是非個人的（a-personal，客觀的）。個人的和非個人的敘述法，在本章下節的論述中，即是敘述方式的議論型、解說型、展示型之理論來源。

由以上的介紹，可以知道本論文的第三章多敘述層的範圍，第四章則屬敘事文中事目層和動向層的探討範圍。此外巴特還指出敘述的兩項基本程序：一方面是形式上字句相連與分節敘陳；一方面是堆積形式的程序又透過綜合而成爲意義程序，產生「敘述意義」。而這裡的「敘述意義」指「文學上的形式程序時常故意歪曲形式，藉著不平常的陳述過程以達到特殊意義」。這樣的特殊意義，常以敘述中的特殊的時間安排呈現，因此可說是敘事文中特殊的時間觀。此處的時間觀，爲敘述意義的時間與現實時間有所出入，即敘

述時間與自然時間不同，可能好幾年的事只用一句話帶過，如「且說那女子在大慈庵中，荏荏首尾三載。」也可能只是發生幾分鐘的事卻用了長段篇幅敘述，致使閱讀時間拉長。

二、傑聶（G'erard Genette）

高辛勇說「結構學者中對於敘事文特性與一般屬性最詳實分析與描述的當推傑聶。」〔註7〕傑聶的學說也是本論文在論說敘述方面的時間觀時，採用最多的基本論點。故以下詳細介紹：

傑聶將敘事文分成三個層次：一敘事呈現的表層，可說是「情節」和「敷演」；二是未經敘述安排的故事內容層次，為「故事」和「本事」；三是敘述行為，指傳述的動作與過程，與故事無關。而這三個層次以三種主要範疇處理其間內在因素和關係：時間、方式、聲音。

（一）敘事文之時間

敘事文有兩層時間：一是故事時間，為內容層次的時間；二是敷演（或閱讀）時間，屬表層的時間。這兩層不同的時間形成事件的「次序」、「久暫」及「疏密」三方面的差異問題。

1. 「次序」是故事中事件發生的前後次序與敷演上呈現的次序的比較。一般有順時敘述和蹉時敘述兩種。蹉時從「概括」角度看，可分成三種回顧形式和二種前瞻形式。〔註8〕這是事件的持續與時差問題。持續是嵌入項時間的短長，時差是嵌入項與主線事件發生的時間距離。

2. 「久暫」是事件時間與敷演時間長短的比較問題。傑聶以「步速」觀念來分析。〔註9〕可分為四種情況：暫停、實況、撮要、省略。

3. 「疏密」指的是事件發生的次數與敷演中是否重複，重複的頻率又如何等問題。有四種可能：「單指」（singulatif）敷演、「反覆」（anaphorique）敷

〔註7〕 見註1的頁157。
〔註8〕 回顧的三種形式為外在、內在、與混合：『外在回顧是事件發生在主要事件之前而與主要事件在時間上各不相干；內在式則發生在主要事件之時間內；混合式者，部分時間與主項重疊—插入項先發生於主項之前，但持續到主要事項部分（或與之平行或與之相合），然後也可能延續到主要項之後。』前瞻亦有內在和外在二種：『外在式插入時間在主項時間之後（亦少見）；內在式則發生在主項時間內。』見註1的頁159、160。
〔註9〕 見註1的頁159、160。高辛勇替「步速」定義為「事件時間久暫與文章長短（字數、頁數）之間的關係。」「步速有快有慢（籠統言之事件時間長，文章短，為快；事件時間短，文章長，則為慢），並可加速與減速。」

演、「重複」（r'ep'etitif）敷演、「複指」（it'eratif）敷演。單指敷演為故事發生一次就敷述一次；反覆敷演為故事發生多次就敷述多次，這種可說是單指的反覆；重複敷演為故事雖然發生一次但卻敷述了多次；複指敷演為故事發生了多次卻只敷述一次而已。

（二）敘事文之方式

「敘事文之方式」指的是敘事內容透過何種方式表達、呈現或述說。傑藹認為這方面的探討有兩項要素：間介和視角。

1. 「間介」是「事件在敷演上的表現方式與事件實際呈現方式的異同」，就是指故事的再現與現實的距離問題。這有三種等級的距離。（1）敘述化描述——敘述人用自己的話描述，這種間介距離最大；（2）引述描述——敘述人用自己的聲音，引述人物的對話或內心獨白，即直引但不用引號，這種間介距離次之；（3）模仿性或轉載式描述——直接引述人物的對白或內心獨白，敘述人不用自己的聲音，讓故事中的人物自己說出，間介幾乎直接呈現。

2. 「視角」是傑藹提出的一種新觀念，他認為一般學者在討論「視角」和「敘述人」時容易混淆，常以人稱的探討來概括。其實「視角」是敘述方式的問題，為觀點、視事點的意識焦點；而「敘述人」是探討敘述聲音的問題，是發聲點的不同呈現，為下一單元敘事文之聲音的探討內容。因此傑藹以視角方式來敘述方式，是相當精闢且貼切的。意識焦點的視角問題，可分為三種：（1）無一定焦點之敘述——可以用旁觀、展示、議論、解說等自由方式敘述；（2）內在化的聚焦法——以某人物的意識為焦點而進行敘述，人物屬戲劇性人物，主觀的深入故事而敘述；（3）外在化的聚焦法——非常客觀的如實記錄故事，如攝影機在拍攝景物。

（三）敘事文之聲音

敘事文之聲音來源為故事層中的當事人和敘述層中的敘述人，敘述聲音指的是敘述行為與所敘記故事之間的關係。其探討可從四個方向分析：

1. 敘述時間——指發聲時間與故事時間的關係，有追述、前指、即時、交錯四種形式。

2. 敘事層次——敘記層次與聲音來源層次的關係，有敘記層、敘記外層、敘記裏層三種層次。如話本小説中的開場白和「話說」、「卻說」等方式進行的敘述，敘說故事的聲音處在故事所在的層次，稱之為敘記層，也可稱之為敘記內層或事境層。敘述故事的聲音處在非故事所在的層次，如話本中說話

人的議論行爲，或純粹介紹風光的詩詞歌謠等，皆爲敘記外層。如果故事中又有敘事行爲，產生了敘記層內包含了敘事情況，則稱之爲敘記裏層。

3. 敘述人——敘述人是否參預所述故事的問題，傑闇認爲過去以人稱分類敘述人，是種錯誤的觀念，因所有的敘述，在敘述人與其所述故事的相對關係看來，都是第一人稱敘述，應該以敘述人是否參預所述故事事件來分類，有四種類型：層外外身、層外內身、層內外身、層內內身。話本小說屬於層外外身型的敘述人，敘述人位於敘記外層，無參預故事事件，是一種全能無所不知的敘述方式。

4. 敘述對象——指敘述的受訊，其在各敘記層次中的地位問題，有層外對象和層內對象兩種，層外對象指的是一般所說的讀者，而層內對象可以說是話本中假想的聽眾，是敘述者在故事中的直接對象。

三、查特曼（Seymour Chatman）

查特曼的《故事與敷演》一書，揉合巴特敘事文分析法與傑闇之體系，引進英美的小說批評觀念，加上個人的心得見解，呈現歐美傳統理論的集大成之學說。首先查氏對故事與敷演的分別提出分析，他認爲敘事結構研究的對象是「內容的形式」與「表達的形式」，「內容的形式」即故事，是深層的「陳述」所構成，「陳述」又分爲動態的事件和靜態的景物；而「表達的形式」即是敷演。另外查氏對「懸宕」和「驚詫」的敘述手法和效果加以分析，他認爲這兩種手法都「暗示」作用，當暗示的和眞正發生的事情不合時，讀者有意外的驚詫感。而從懸宕則可看出故事和敷演的區分，懸宕是通過敷演上的暗示，讓讀者和觀眾隱約知道將有可怕或危險的事情發生在某人物身上，但又無法將這種知道傳達給故事中人，因此造成心理上的提心吊膽。所以懸宕是讀者與人物之間「知識」的差別所造成。只有在表層敷演的安排時才有有懸宕可言，而故事層裡則無懸宕的可能。所以話本小說中的懸宕效果是屬敷演敘述層，敘述人常以詩詞預告故事的未來發展，只讓讀者知道，產生緊張的懸宕感，但不是驚訝感。

除了高辛勇介紹的敘述學理論之外，王德威的〈「說話」與中國白話小說敘事模式的關係〉一文中亦是以結構主義研究文學〔註10〕。此篇論文研究的對象——中國白話小說，正是話本文類，所以此文對本單元的論述深具意義，與本

〔註10〕 見王德威的〈「說話」與中國白話小說敘事模式的關係〉（《文學理論》，正中書局臺北，民國82年5月，初版。）

論文研究的對象、題材相關，故以下詳細介紹，並企圖釐清呈現出其中的時間觀，而此時間觀又正好說明結構主義學者在研究分析文學時的具體時間意識。

王德威的〈「說話」與中國白話小說敘事模式的關係〉將因「說話」而產生出的白話小說，以結構主義學者惹內（即傑聶）對於「敘事言談」的理論爲根據，分析以敘事模式之內涵。話本敘事模式的特徵是一種「虛擬情境」的運用策略，即話本作者不斷的以一種虛擬、似眞的手法敘述故事，製造現場情境，使讀者產生臨場感。在這種「虛擬修辭策略」中，著重作者與讀者直接溝通的過程，爲近距離或稱無距離的狀態，呈現了敘事文體的寫實效果。惹內定義了三個敘事文體言談中相互關聯的修辭元素：聲音、語態、時式〔註11〕。王德威以這三方面探討話本敘述模式的內涵：

（一）聲音

有關「敘事文體及其實或隱藏的立場」。『說話情境藉著「外在化」和「空間化」的方式，造成讀者的臨場感和意義不假外求的豐滿感，由是建立起眞實客觀的幻影。』〔註12〕而這種從敘事聲音是眞實客觀的狀態上來說，話本爲話故事人與聽眾間很有默契的使故事能「好像眞的發生般」地溝通著。這樣似眞、擬眞實的情形，限制於有限時間與空間的意義上，即必須局限在一種特定時間狀態：現時、當前、此時。所以一旦話本敘事聲音的重心是似眞感的呈現，那麼其時間類型就是一種「現今時間」。

（二）語態

「多定義敘事文體表陳再現功能的形式。」就是敘事的表徵模式。蒲安迪說：「在許多作品中，說話人的姿態致生的美學影響在於將個人事件賦予社會共同關切的角度，引領讀者的注意力遠離敘事細節中的直線時序（Linear sequentiality）和模擬的特性，進入一些範圍較廣的天地中去，與歷史寫作（historical writing）中常見的主題相互呼應。」〔註13〕所以說話的情境，是一種似眞的敘事技巧，並非只爲模擬「重現生命」的修辭策略。

（三）語言

「指的是敘事文體與故事素材間的關係。」話本（這裏指擬話本小說）提供了當時文人（明、清小說家）一個「遁辭」，使他們能以一種超然無我的

〔註11〕Ibid，31.
〔註12〕見註9的頁121。
〔註13〕Plaks, "Towards a Critical Theory of Chinese Narative, "p～328.

方式，表達私底下的興趣；可以暫時拋開社會禮教的束縛，個人學識地位的障礙，在作品中表達了超越個人經驗的層面，呈現了兩種角色：一是偷窺者，以真實手法對所講述的故事做詳細的描述；另一種是代言人的角色，是社會尺度的評論者，以議論手法主觀的評論故事。

此外，王德威還將「中國古典白話小說中的時間結構」特別提出來論述。他說：「說話情境的貢獻在於以連續的現場感（continuous present）來控制敘事時所延續的時間。這是說作家企圖濃縮並定位時間的流動；不論故事有多長，至少在表面上必須讓讀者有種在一定時間內嘎然而止的完整感。」除了完整而連續的時間結構之外，話本還有另一種特別的時間結構：「中國古典小說卻經常避免將各事件順序發展，而喜好將各事件重疊，或將事件與非事件（non-event）並敘，以強調它們之間平等的重要性，也因此反映了人生同時存在的經驗。」這可以說是敘事的各個時間段同時並存的時間結構。如果從小說對時序發展的方面探討，則可以分成兩種方法：一以「現在」為基準的迴旋式時間次序。這是說在敘事主線之下，有一條循序漸進的線索；即是說話人不斷地以似真的說書狀態，打斷表層的時間脈絡；循序漸進的時間是表層時間，說話人的說話狀態是敘事主線的現在時間。二是時間留滯的效果。故事主線事件之外的一些非事件，如語言恣態、誇大、論斷、抒情描寫、敘事格式等，是阻礙作品時序流通的技巧，也是功能性的意符，為藉說話情境造成時間留滯的效果。

王德威分析話本的敘事特色，指出了「虛擬修辭策略」；韓南則提出了極相似的「形式寫實主義」特徵，來論述話本小說的敘事方法。〔註14〕「形式寫實主義」是小說史家華特的理論〔註15〕，韓南之所以引用是基於白話小說中的「明確修辭法」，這指一種直接明顯的表達方法，作者以種種手法製造「距離效果」，在修辭上是毫不掩飾的。韓南在白話小說的時間觀上，亦是以此種角度觀察，認為是一種極寫實的形式：「白話小說對時空觀念極為注意。從水滸傳、金瓶梅一類長篇作品中，都可排算出冗長的計事年表；書中不斷提到時間的情形，幾乎令人厭煩，這點與文言小說形成強烈對照。在許多白話作品中，除非另有說明之外，都有把所有時間交代清楚的做法，有時甚至是計時敘事。如果某一段時間必須略過，常以『不題』一類字眼表示；除此之外，

〔註14〕 見韓南的〈早期的中國短篇小說〉（《中國古典小說論集》，王秋桂編，聯經出版事業公司，民國68年9月，初版。）

〔註15〕 Rise of the Novel, pp. 9～34.

總讓人覺得所有時間都已交代清楚了。」所以這種模擬現實的形式寫實主義，是白話小說中的敘述特點。

　　敘事學與時間的關係，除了上述的介紹之外，黃忠順的〈長篇小說的半部傑作現象──論長篇小說的情節時間與藝術化敘事時間〉亦是一篇以結構主義分析小說的時間觀之研究〔註16〕。雖然研究的對象、方向與本論文無直接關係，但其以兩種時段解釋小說中的時間類型，和黃忠順指出本文爲結構主義的思路，皆對本單元在了解敘事學與時間觀時，有足資參考之處，故以下稍加介紹此篇論文。所謂「半部傑作現象」指的一部長篇小說只有半部（非全部）寫的好，中國古典長篇小說常有這種現象，如《三國演義》、《水滸傳》、《西遊記》、《紅樓夢》等，不管是什麼類型的半部傑作〔註17〕，都可從內容上看到其書未盡完美的現象。造成這種現象的根本原因，黃忠順分析爲兩種時間段的不協調。這兩種時間段黃忠順稱之爲「情節時間」和「藝術化敘事時間」。前者是「隨著小說的敘述逐漸伸展的由一個個情境的演進所形成的時間流。它是被述世界時間之流的反映，又能夠反映小說敘述活動的時間長度。」後者指的是「隨情節時間的伸展，藝術化敘事活動所持續的時間。」這是一對時間概念，主要在揭示小說的敘述活動所展開的情節時間長度與該時間中的藝術質量問題。這種分類頗似王德威在上述的小說理論中，所說的小說時序發展之兩種方法：敘事主線的現在時間（情節時間），時間留滯的效果（藝術化敘事時間）。情節時間段在具體作品中通過藝術化敘事而存在，藝術化敘事時段又是附著于情節時段，所以這兩種時間段的長度若是統一時，該作品就稱完整型，若藝術化敘事時間段短于情節時間段時，則就稱之爲半部傑作型。造成半部傑作的原因可從兩方面了解：一是「藝術化敘事時間提前終止的原因」，「作爲情節發展之構成的情境過渡，由于情境內部矛盾衝突的消失，它不再表現爲質量統一的過渡形式，而儘儘只表現爲單純的量變。」如此的類型有四種，1. 性格發展停滯型，2. 人物退出情節型，3. 人物關係退出情節型，4. 故事缺乏新質型。這些都可說是故事中戲劇性因素消失，具藝術性的情節發展停頓之後，作品失去了鮮明的活力，所以只爲半部傑作。另一方面

〔註16〕黃忠順的〈長篇小說的半部傑作現象－論長篇小說的情節時間與藝術化敘事時間〉（文學評論，1992：5）頁119到128。

〔註17〕長篇小說的半部傑作現象，黃忠順認爲有四種類型：一是最終未寫完的長篇傑作；二是一部長篇，前好後差；三是長篇三部曲，後曲有失前曲聲色；四是一部長篇寫出，產生了轟動效應，去作續部卻不成功。

是「情節時間過長的原因」，這部分大多是作者的寫作觀念問題。作者若對「史」有強烈的使命感，或對「傳」有特殊的嗜好，或是作者的寫作目標，具「載道」、「團圓」、因果報應等目的，就會使作品的情節時間過長。情節時間過長的作品因其冗長不避要的敘述太多，故也只能算是半部傑作。

以上就是黃忠順以結構主義分析法研究長篇小說。其中時間觀爲其理論的基本概念，與本章的研究觀點相似，而其觀察角度更有多處創見，故介紹之。

第二節　敘述方式的時間安排

傳統討論敘事文的敘述方式，大都以人稱角度區分爲第一人稱、第二人稱、第三人稱三種。這是一種概要性的區格，可以簡單說明小說的敘述方式；但若要深入探討小說的敘述內涵，會發現這樣的分類法不足以說明小說眞正的傳述方式。因一篇小說的人稱，或許整體而言可歸入某種人稱，但若細分情節，就會有其他人稱或觀點的雜入，無法完善的說明敘述方式的類型。所以近來研究小說的學者，已不再用這種純人稱區格方式，簡單的說明敘述方式的類型，而是從觀點、作者參與故事的方式、敘述聲音、或者是功能性區別等方向來看敘述方式。結構學者傑聶認爲人稱分類只是表象，是表面文法的問題，應以敘述人、或指敘述聲音是否參預所述故事事件來作分類，而且這還只是敘述人（敘述聲音）的分類問題，若要談到敘述方式的分類，應以「間介」和「視角」的概念來作區格。〔註 18〕巴特則從敘述層中分析，認爲敘述法只有兩種：一是個人的（personal，主觀的），一是非個人的（a-personal，客觀的）。〔註 19〕W.C.布斯從功能性區別來加強敘述方法的人稱區分，由敘述效果、場面與概述的提供、距離的變化等來作敘述方法的探討。〔註 20〕賈文

〔註18〕傑聶的理論引自高辛勇的《形名學與敘事理論》（聯經出版事業公司，民國 76 年 11 月，初版），頁 163、164、168。『「間介」指的是事件在敷演上的表現方式與事件實際呈現方式的異同。』就是敘述人如何傳述、如何敷演的問題；分成三等：1 敘事化，2 引述，3 模仿性或轉載式。「視角」就是「視事點」、「意識焦點」，爲敘述時的意識如何聚焦、如何呈現的問題；分爲二種 1 無一定焦點之敘述，2 內在化的聚焦法，3 外在化的聚焦法。這些是傑聶對敘事方式的分類論述。

〔註19〕巴特的理論見註 19 的《形名學與敘事理論》頁 141。

〔註20〕見 W.C.布斯的《小說修辭學》（華明、胡曉蘇、周憲合譯，北京大學出版社，1987 年 10 月）頁 167 到 187。從敘述效果可分成戲劇化和非戲劇化的敘述者、隱含的作者，而戲劇化的敘述者又可分成旁觀者和敘述代言人；另外從提供

仁的敘述方式之分類則是正敘、倒敘、輪敘、插敘、追敘和補敘六種。〔註21〕
基於新近的小說敘述理論的觀點，和實際考察宋元話本小說的敘述特色，再
加上時間觀主旨的意圖，本節在敘述方式的分類上另作安排，期能妥善表達
時間在敘述方式上如何安排的面貌。特分成展示型的敘述、解說型的敘述和
議論型的敘述三種。

一、展示型敘述的時間安排

（一）自然時間的順時敘述

　　展示型的敘述是作者不通過敘述者的傳述，直接以場面、對話、人物動
作方式，客觀、超脫個人因素而進行故事。這裡的作者以藏身式的敘述來表
達，W.C.布斯稱為隱含的作者，即作者的第二自我，似乎在故事舞台背後有
作者無形的手在操控。〔註22〕這種敘述方式的小說，RENE & WELLEK 稱為
客觀小說。〔註23〕當然宋元話本小說並非這種小說，但話本小說的敘述方式
有這樣的成分存在，如《簡帖和尚》從「開茶坊的王二拿著茶盞」開始，到
「到皇甫殿直門前，把青竹簾掀起，探一探。」這一大段話，作者完全不讓
敘述者介入，直接引述人物對白，直接描寫動作，讀者感受到的是如戲劇般
的對白效果，和圖畫般的場景印象。在這樣的敘述方式下的時間安排，是自
然流動的，所以故事進行的是自然時間，也是單純的順時敘述。此外這種客
觀的敘述方式，時間性是其必備的要件，時間性的呈現使得「讀者隨同小說
人物浸沉在情節發展之中」，也就是因屬自然時間才能讀者與小說人物產生共
鳴，有相同的時間感以達展示的效果。

場面和概述的觀點亦可看出敘述者的種類。而敘述者和人物、讀者、作者間
的對應距離，亦可產生敘述方式的分類。

〔註21〕見賈文仁的《古典小說大觀園》（丹青圖書公司，民國72年3月，初版）頁
35～41。這是賈文仁在探討古典小說的結構時，所提出的敘述方式，另外尚
有夾敘，因不屬於正常敘述方式，賈文仁只提出而不列入。

〔註22〕見註19的頁169。

〔註23〕見 RENE & WELLEK 的《文學理論》（梁伯傑譯，水牛出版社，民國80
年11月，三版）頁357到360。此書認為小說家在敘述故事時，有一種客
觀、戲劇的方法，詹姆士和魯博克都認為小說交替地展示「戲劇」和「圖
畫」給讀者們看，「『圖畫』是把某一特殊的主觀觀感還原成一客觀的呈現，
主觀觀感是指小說人物的觀感（如寶華利夫人 Madame Bovary 的，或史
屈特 Stretner 的觀感），而『戲劇』則是說話和行動被客觀地還原後而呈現
出來的。」

（二）時間重複的韻律感

話本小說的展示型敘述除了上述自然時間的安排、順時的次序之外，還有一種展示時重複和反覆敷演的手法。這在傑聶的「敘事文之時間」單元中以「疏密」項目論說〔註24〕。樂蘅軍則以「模式的造成」形容這種敘述方法，不過樂氏所說的僅止「反覆敷演」〔註25〕在《簡帖和尚》中，簡帖僧一共出現三次，作者三次用同樣文字描寫和尚形貌「粗眉毛，大眼睛，鼻子，略綽口」，用這種反覆敷演的敘述以強調人物的特徵，製造戲劇效果；樂氏稱說『這三段同樣的描寫便是替簡帖僧塑造深刻突出的印象，也就是造成了一個模式，這一個模式的每一出現，都使情節再次的向前進展，而在文字上則構成韻律感。在象徵的運用上，便是對皇甫夫婦安寧生活的嘲弄和恐嚇。』李本耀則稱之為「模式之塑造」：「乃為簡帖僧勾勒出一鮮明之模式，每當模式出現時，情節亦隨之推進，其作用則予文字韻律美，並對皇甫夫婦安寧之生活予以嘲謔與戲弄。」〔註26〕另外《福祿壽三星度世》綠毛靈龜妖出現時，作者一貫以「毷頭光紗帽，寬袖綠羅袍，身材不滿三尺」的形像展示，共敷演這樣的形像四次，這時作者的用意則為製造趣味意象罷了。以上是反覆敷演的敘述方式

而在《錯斬崔寧》中，小娘子無端遭丈夫賣掉的話語，不斷透過小娘子、鄰居、報信與王老員外使者口中重複出現，是發生一次事件而敷演六次的敘述方法，屬重複敷演的敘述方式。這就突顯了角色的無辜形像和當時民情的不合理，具有強烈批判的意味。這兩種疏密程度不同的展現敘述，是以時間重複的頻率，呈現深層內涵，將作者的意圖隱藏在這樣的敘述方法中。

二、解說型敘述的時間安排

解說是作者化身為敘述人，直接介入故事的進行，成為無所不知全能的敘述人，解釋故事的來龍去脈，告知人物的舉止動作、內心世界，交代情節。這是早期說故事的原始型貌，用第三人稱的角度，意識選擇要說的故事情節，主觀意味濃，可以清楚感受到敘述者的存在。如《楊思溫燕山逢故人》開始

〔註24〕見註18的頁161、162。「疏密」是探討事件發生的次數在敷演中是否重複，和重複頻率的問題。傑聶分單指敷演、反覆敷演、重複敷演、複指敷演四種可能。反覆敷演是發生 n 次敷述 n 次，為單指的反覆；重複敷演是發生一次敷述 n 次。
〔註25〕見樂蘅軍的《宋代話本研究》（台大碩士論文，民國58年。）頁183。
〔註26〕見李本耀的《宋元明平話研究》（師大碩士論文，民國62年。）頁341。

即敘述人介紹宗徽宗時的元宵節盛況，再則解說此故事的緣起，說明他介紹
東京的元宵盛況，是爲了引出燕山元宵這樣的時代和地點的故事背景，然後
解說人物的身份和背景。所以解說是作者現身於故事中，以敘述者的觀點明
白說明情節次序、主題取捨、故事重心。這是話本小說主要的敘述方式，一
篇話本小說的主體結構即靠這種敘述完成。解說型敘述的時間安排可以從三
方面來看：舞台時間敘述、詩詞諺語的時間延遲性、「話說」、「卻說」、「且說」、
「話分兩頭」等術語用法的瞬時性。以下詳細論述：

（一）舞台時間敘述

解說型敘述的時間安排是一種舞台時間（非自然時間），故事進行的時間
跨度大，多半在極短的時間內進行大量情節，故事在此種時間中是快速進行
的。〔註27〕《新橋市韓五賣春情》金奴一家的內幕，從金奴的母親講起，解
說她爲何金做娼妓，再解說金奴爲娼的原委，和他們在城中的生活等等事情。
所以故事外部的長期時間在故事敘述方式上被濃縮了，只用一段話解釋來
由，這就是故事時間的凝縮現象。這就是巴特所說的「敘述基本程序」之一
所產生的「敘述意義」〔註28〕，而這敘述意義的時間，與現實時間有所出入，
出入之一就是這種舞台時間的凝縮現象。

（二）詩詞諺語的時間延遲性

此外，解說型敘述常以詩詞諺語的型態進行。故事情節進行到緊要關頭，
則用此型式緩和氣氛；描寫人物進行動作時，用詩詞諺語方式敘說；敘述者
深喻內涵，亦以這樣方式呈現。如《萬秀娘仇報山亭兒》中當焦吉要苗忠殺
了萬秀娘時，敘述者先解釋市語，再引韻文解說此舉：

> 『哥哥，你只好推了這牛子休！』……元來強人市語喚殺人做『推
> 牛子』……焦吉便要教這十條龍苗忠殺了萬秀娘，喚做：
> 斬草除根，萌芽不發；斬草若不除根，春至萌芽再發。

這樣的解說型敘述能引起懸宕效果〔註29〕，用時間上的延遲使讀者懸念故事

〔註27〕湖南師範大學的黃鈞先生在〈關劇時空結構析評〉一文中以「舞台時間」（非
自然時間）和「情節時間」（自然時間）來劃分戲劇的時間類型。並且以「情
節時間跨度」一詞描寫故事的時間歷程。因爲這樣的觀點頗符合本單元所要
探討的時間安排，故引入論述的詞語之中。

〔註28〕見註18的頁142。

〔註29〕高辛勇的《形名學與敘事理論》曾對查特曼的「懸宕」和「驚詫」理論加以
介紹，認爲這是敘事作品交迭運用的敘事手法。懸宕在故事層中不會發生，

的發展。所以時間性是故事戲劇效果的必備因素。而《汪信之一死救全家》中以詩歌諺語方式來解說人物形貌：

> 那馬都有名色，叫做：
>
> 惺惺騙，小驄騍，番婆子。
>
> 又平日結識得四箇好漢，都是膽勇過人的，那四箇？
>
> 龔四八，董三，董四，錢四二。
>
> 其時也都來莊上，開懷飲酒，直喫到四更盡，五更初。眾人都醉飽了，汪革扎縛起來，真像箇好漢：
>
> 頭總旋風髻，身穿白錦袍；鞋兜腳緊，裹肚繫身牢；多帶穿楊箭，高擎斬鐵刀；雄威真罕見，麻地顯英豪。
>
> 汪革自騎著番婆子，控馬的用著劉青，又是一箇不良善的。怎生模樣？
>
> 剛鬚環眼威風，八尺長軀一片錦。千斤鐵臂敢相持，好漢逢地打寒噤。

這種敘述方式有著時間延遲的間隔感，故事情節的時間到此靜止，或稱停格，詩詞諺語起著渲染作用，在解說敘述上產生另種時間段的呈現意義。王秀惠在〈從京本通俗小說看古典小說中的詩詞諺話〉中曾說『詩詞是用最簡潔的字眼，擴充最大的空間，小說中有了詩詞，就像在花團錦簇的畫布上，留下一片想像力可以發揮盡致的空白。任何文字、色彩描寫不出的人、事、景象，都可在詩詞凝固成的這一片空間，加上無限的想像補充』這就是說詩詞在故事中的渲染形容作用。〔註30〕《錯斬崔寧》中劉大娘子走錯路時，敘述人即用韻文暗示後續發展：

> 一路出城，正值秋天，一陣烏風猛雨，只得落路往一所林子去躲。
>
> 不想走錯了路，正是：
>
> 豬羊走屠宰之家，一腳腳來尋死路。

對書中人物而言是驚詫，讀者感到的則是懸宕，這種懸宕通過數演的暗示，使讀者隱約知道往下情節的可能性，替書中人物提心吊膽。所以懸宕是讀者與人物之間「知識」的差別所造成。見註18頁173。

〔註30〕王秀惠的〈從京本通俗小說看古典小說中的詩詞諺語〉（中華文化復興月刊，第八卷，第八期。）李本耀亦曾就話本中的詩詞諺語作用提出看法，認為有以下數種：一、「與故事情節無關，純為賣弄辭藻，或增飾講述時之趣味耳。」；二、「與情節無關，但自有其講話技巧之需。」三、「暗示故事之發動，或情節將生重大變化。」；四、「對關鍵之人、事、物，或緊要處，熱鬧處，著力渲染，以期點出其於故事發展中之關係地位，或僅釀造某種氛圍。」；五、「評論前節故事，或作警語。」見註26頁110到116」李本耀將詩詞諺語的作用，論述的十分詳實精到，故在此處介紹之。

《福祿壽三星度世》中亦有相同的俗諺出現：「正是豬羊入屠宰之家，一腳腳來尋死路。」《志誠張主管》當張員外叫來李張二媒婆，在對話之中安排一韻文，亦預先告知讀者將會發生之事：

> 只因說出這三句話來，教員外：
>
> 青雲有路，番爲苦楚之人；白骨無墳，化作失鄉之鬼。

這樣的暗示預言，在話本小說中屢屢出現。王秀惠亦曾指出這樣的「預言式的警句」形式，在話本小說中常常出現。〔註31〕預言暗示在時間安排上爲前知意義，傑藟在「敘事文之聲音」中的「敘述時間」曾提出「前指式」的類型來標誌預料未來事情之敘述，或者是計畫投射未來之事。〔註32〕所以敘述方式若有預言暗示作用，就是時間安排的前指。

（三）「話說」、「卻說」、「且說」、「話分兩頭」等術語用法的瞬時性

話本小說中，當敘述者要開始敘述時，常以特定術語進入故事。如《計押番金鰻產禍》：

> 話說大宋徽宗朝有個官人，姓計名安，在北司官廳下做個押番。止只夫妻兩口兒。……
>
> 卻說慶奴在家，又經半載。……
>
> 話分兩頭，卻說那周三自從奪休了，做不得經紀。歸鄉去投奔親戚又不著。一夏衣裳著汗，到秋來都破了。再歸行在來，於計押番門首過。……
>
> 且說天色已曉，人家都開門。只見計押番家靜悄悄不聞聲息。……

以上是敘述者在解說故事時，常用的啓始語法，以「話說」、「卻說」、「且說」、「話分兩頭」等術語開始解說故事，具敘述故事的瞬間標誌意義。巴特稱這種術語爲敘述層中的「特別信號」，爲小說中起結信號之一，是敘事的一種傳訊情況。〔註33〕

三、議論型敘述的時間安排

這是作者不但以敘述人角色介入故事中，且暫時離開故事的範圍，立於敘述層外的自我意識層面，在評論故事、講述個人意見。其實在話本小說中

〔註31〕見註27。
〔註32〕見註18的頁166。
〔註33〕見註19的頁141。

的議論敘述，代表的往往不是說話人單純自我的意見，而是廣大社會群眾的
共同見解，因為說話人面對的是廣大的群眾，批評議論的眼光必須迎合群眾，
才能引起共鳴。這是話本小說在議論敘述上的特點。在王德威的〈「說話」與
中國白話小說敘述模式的關係〉也曾經提到這點，他說：「而中國的說話人與
其說是具體化的個人，倒不如說他代表著一種集體的社會意識。」〔註34〕

議論型敘述與解說型敘述皆為無所不知的全能敘述觀點，只是議論型為
作者直接現身於讀者面前，以一種面對面的方式述說故事，完全沒有遮掩；
而解說型敘述則為作者若隱若現的以旁觀者或敘述代言人的角度，在讀者的
耳畔述說故事。這是議論型和解說型敘述的區分。

話本中的議論型敘述可分兩方面來探討：（一）是散文方面，（二）是韻
文方面。

（一）散文方面

敘述人常在故事中，中斷正常的故事情節進行，立於原本的敘述層外來
議論故事。如《錯斬崔寧》中當崔寧和小娘子被判刑斬首示眾後，敘述人不
立刻敘說後續故事，而是跳出敘述層，和讀者面對面溝通：

> 看官聽說：這段公事，果然是小娘子與那崔寧謀財害命的時節，他
> 兩人須連夜逃走他方，怎的又去鄰舍人家借宿一宵？明早又走到爹
> 娘家去，卻被人捉住了？這段冤枉，仔細可以推詳出來。誰想問官
> 糊塗，只圖了事，不想捶楚之下，何求不得？冥冥之中，積了陰隲，
> 遠在兒孫近在身，他兩個冤魂也須放你不過。所以做官的切不可率
> 意斷獄，任情用刑，也要求個公平明允。道不得個死者不可復生，
> 斷者不可復續。可勝歎哉！

用這種方式提醒讀者注意情節的主旨，點出當時官吏的昏庸和無能，對社
會現象作批判。根據魯德才的說法，這也可以說是「夾敘夾評的敘述形式」
〔註35〕，為作者表明政治發觀點、或對社會政治到世俗人情的評論。而且
這也不過是敘述人本身的見解表達而已，一定是當時官吏現象的敝病嚴
重，引起說話人針對大眾心理所發的言論。這裡的時間安排為單純的中止
和獨立時間段呈現。發展一段獨立的議論，還可見於《汪信之一死救家》

〔註34〕 見王德威的〈「說話」與中國白話小說敘事模式的關係〉（《文學理論》，正中
書局，民國82年5月，臺北，初版。）頁123。
〔註35〕 見魯德才的《中國古代小說藝術論》（大陸，百花文藝出版社，1988年）頁99。

中，洪恭的細姨因不捨得四疋絹而大鬧，使得二程心中不痛快的離開，這又是導致後來禍事的原因之一，所以敘述者趁機發現一段見解：

> 大抵婦人家勤儉惜財，固是美事，也要通乎人情。比如細姨一味慳吝，不存丈夫體面，他自躲在房室之內，做男子的免不得出外，如何做人？爲此恩變爲仇，招非攬禍，往往有之。所以古說得好，道是：『妻賢夫禍少，子孝父心寬。』

這就是敘述者離開故事之正常時間流，另以一段獨立時間區段評論事情。

另外有時是先回顧解說故事情節，產生印證效果，再加以評論。如《刎頸鴛鴦會》中：「當知本婦臥病，已聞阿巧李二郎言道：『五五之間，待同你一會之人，假弓長之手，再與相見。』果至五月五日，被張二官殺死。『一會之人』乃秉中也。禍福未至，鬼神必先知之，可不懼歟！」此種議論形式的時間安排是先回流再於中止時評論。

話本小說還會出現這樣的句子：「若是說話的同年生，并肩長，攔腰抱住，把臂拖回，也不見得受這段災晦，卻教劉官人死得不如：『五代史』李存孝，『漢書』中彭越！」《錯斬崔寧》：「若是說話的當時同年生，並肩長，勸住崔衙內，只好休去。千不合，萬不合，帶這隻新羅白鷂出來，惹出一場怪事。真是個亙古未聞，於今罕有！」《崔衙內白鷂招妖》；或是《錯認屍》中的「高氏雖自清潔，也欠些聰明之處，錯幹了此事。既知其情，只可好好打發了小二出門便了。千不合，萬不合，將他絞死。後來卻被人首告，打死在獄，滅門絕，戶悔之何及！」和「能殺的婦人，到底無志氣，胡亂與他些錢鈔，也不見得弄出事來；當時高氏千不合萬不合，罵了王酒酒這一頓，……」；《計押番金鰻產禍》：「說話的，當時不把女兒嫁與周三，只好休；也只被人笑得一場，兩下趕開去，卻沒後面許多說話。」這些都是議論型敘述的預告後事之例。敘述者不僅議論故事內容，發表個人見解，且對故事進行的發展作事先透露。具有時間前指的意義。

（二）韻文方面

以樂蘅軍在《宋代話本研究》中分析「形式結構的特徵」單元，可看出議論型敘述在韻文方面的呈現。樂氏將話本小說的形式結構分成三部分：入話、正文、散場詩。每部分都有韻文形式的成分。

1. 入話

入話的五種構成形態有三種具詩評

（1）故事型（開場詩或詞——引子故事——詩評）；如《錯斬崔寧》中在說完入話故事後，於開始正文故事之前，以詩爲證的引用一首韻文：「世路崎嶇實可哀，傍人笑口等閒開。白雲本是無心物，又被狂風引出來。」來評論將發生的正文故事，所以時間上是屬於前知的安排。

（2）議論型（開場詩或詞——議論——詩評）；如《志誠張主管》中的入話，敘述人以韻文、散文、韻文的交雜方式，發表其議論：

> 誰言今古事難窮，大抵榮枯總是空，算得生前隨分過，爭如雲外指溟鴻。暗添雪色眉根白，旋落花光臉上紅。惆悵淒涼兩回首，暮林蕭索起北風。

這八句詩乃西川成都府華陽縣王處厚，年紀將及六旬，把鏡照面，見鬚髮有幾根白的，有感而作。世上之物，少則有壯，壯則有老，古之常理，人人都免不得的。原來諸物都是先白後黑，惟有髭鬚卻是先黑後白。又有戴花劉使君，對鏡中見這頭髮斑白，曾作「醉亭樓」：

> 平生性格，隨分好些春色，沉醉戀花陌。雖然年老心未老，滿頭花壓巾帽側。鬢如霜，鬚似雪，自嗟惻。幾個相知勸我染，幾個相知勸我摘。染摘有何益？當初怕成短命鬼，如今已過中年客。且留些粧晚景，儘教白。

這就是敘述人引他人詩詞來形容強化自己論調的手法。時間安排上可說是今古夾雜，有現時當今之時態，也有過去發生的時態。

（3）引渡型（開場詩或詞——漫談——詩評）。如《西湖三塔記》中詩評的議論味不濃，說話人在這型入話中，以閑談漫話方式引入正文故事。所以呈現一種從容的時間節奏，雖然表面上挺隨意，但漸漸帶入事主題，因此又是一種以漫不經意的方式，巧妙積極的經營故事前奏。

入話的評論型敘述在魯德才的〈中國古代小說的敘事觀點〉中，曾更深入的加以討論，認爲敘述者以「不時加入含意明顯的一個至兩個以上的相類、相似與相反的故事類比、襯托，或對比、反襯，進行冗長的解釋和評論，……」〔註36〕。例如《宋四公大鬧禁魂張》開場詩：「錢如流水去還來，恤寡周貧莫吝財。試覽石家金谷地，於今荊棘昔樓臺。」這是作者藉四句詩將其觀點表達出來，具評論性。以石崇因富得禍的故事，作爲正話的引子而議論。

〔註36〕見註 30 的頁 107。

2. 正文

正話中的韻文部分，樂氏亦分成五類，其中的第五類爲「評論前節故事，或作警語」。如《西湖三塔記》宣贊第一次被帶到婦人處所，在喝了酒後，雖然目睹婦人生吃人心肝的場面，但仍不適婦人的美色誘惑，所以敘述人以韻文「春爲花博士，酒是色媒人。」來評論。而《錯認屍》中，高氏因周氏與小二的姦情風聲，令周氏搬回本宅居住，這時敘述者亦加入一段韻文來評論將發生的後續故事：

> 非蛾投火身須喪，蝙蝠投竿命必傾。
>
> 爲人切莫用欺心，舉頭三尺有神明。
>
> 若還作惡無報應，天下兇徒人吃人。

所以正文中的韻文評論，有一般的間斷式時間安排，也有前知式的時間安排，預先透露後事作用。

3. 散場詩

散場詩部分的五種用法亦有「評論人物得失」一項，但若以議論敘述的標準來看，其他的「闡揚題言」和「題外發揮」兩項亦可符合。如《萬秀娘仇報山亭兒》：

> 後人評的好：
>
> 萬員外刻深招禍，陶鐵僧窮極行兇，生報仇秀娘堅忍，死爲神孝義尹宗。

這是在品評故事中人物的得失。如《西山一窟鬼》：

> 詩曰：一心辦道絕凡塵，眾魅如何敢觸人？邪正盡從心剖判，西山鬼窟早翻身。

這是敘述者在故事外議論學道修行的重要。就是樂氏所說的「闡道題旨」作用。此外尚有「題外發揮」的作用，如《史弘肇龍虎君臣會》：

> 詩曰：結交須結英與豪，勸君莫結兒女曹。英豪際會皆有用，兒女柔脆空煩勞。

敘述者在不涉故事內容情況下，任意發揮議論。散場詩的時間安排較無突出之點，只在故事終了之餘，稍略延長，令人有回味餘韻之感。

由以上的分析，可以看出話本小說議論型敘述的韻文形式，是普遍存在於話本內容之中，佔話本相當大的比率，所以其意義是非凡的。

展示型敘述的時間跨度通常較解說型敘述的時間跨度小，因其爲眞實反映

自然時間，時間經歷無法長久，故描寫的時間歷程必定短。所以展示型敘述以長篇輻描寫短時間所發生的事，為一種「熱鬧處，敷衍得越久長」的手法；而解說型敘述應情節需要，為使情節得以進行，須於短時間內交代長段時間之事。所以這兩種敘述方式互相彌補對方之不足，使得故事的敘述得以順利進行。其實這兩種敘述方式，在話本故事中並不能明顯的加以劃分，往往作者展示事件的目的，是為了利於解說事件；或者說，作者利用各種不同的解說方式，來達到展示的效果。這是展示型敘述方式和解說型敘述方式的目的論之混淆，所以本節以作者現身問題作為這兩種敘述方式的主要區分界限。

議論型敘述在小說中其實是可以併入解說型敘述的範圍，因同屬作者現身的方式。如 W.C.布斯就只將小說區分成解說與展示兩種。〔註 37〕但因話本小說特殊的形成因素，所造成獨特的敘述氣氛，在議論式的敘述上，有值得和解說型敘述分開討論的需要，而且在作者現身的程度上，有明顯差別，所以另立一單元加以論述。

第三節　敘述技巧的時間

話本小說因其獨特的敘述方式，故有一些特殊的敘述技巧，足資討論。故本節擬以三種敘述技巧的型式來對其時間觀加以探究：一、空間敘述時間化；二、設問手法的時間處置；三、頃刻間捏合的敘述技巧。

一、空間敘述時間化

空間與時間皆為現實世界中緊密不可分割的兩種成份。一切事物存在的基本形式是時間與空間的組合，因此在論述時間中必包涵著空間因素，而講述空間時亦涵括著時間成分；如柏格森對時間所下的定義：無邊界而一色周遭的形式。就是將時間依附在空間的陰陽下，以空間的認識解析時間。〔註 38〕

時空為敘事文的必要成因，但在話本小說中，或者說在早期的白話小說中，時間意象是大過空間意象的。〔註 39〕所以在探究話本小說的敘述技巧時，

〔註 37〕見 W.C.布斯的〈小說中的「解說」與「展示」〉一文（徐麗琴譯，中外文學第一卷第十期，民國 62 年 3 月。）

〔註 38〕見柏格森的《時間與意志自由》（潘梓年譯，民國 65 年，臺北，先知出版社。）頁 114。

〔註 39〕韓南的〈早期的中國短篇小說〉（《韓南中國古典小說論集》，聯經出版事業公司，民國 68 年 9 月，初版。）頁 10。曾說「白話小說對時空觀念極為注意。

可以查覺出其進行空間敘述時所呈現的時間性。

　　至於小說中的空間，金健人認為可有三方面的內容：

　　　　一地城的內容，它承擔著人物的活動，同時又限制著活動的範圍；

　　　　二是社會的內容，它將人物與人物之間的關係統統網羅於內；三是

　　　　景物的內容，它是地域內容與社會內容在作品中的具體化與形象

　　　　化。小說空間，就是這三方面內容的相互結合與相互滲透。〔註40〕

關於社會內容，本論文的題目已定立其範圍：宋元時代。宋元話本小說中的
社會空間性，屬於一項複雜的專題，可以探究小說中的深層內涵結構，如市
民意識、政治制度、人心習俗等，因與本論文的研究方法向不合，故本單元
不去涉及。而話本小說中關於空間的環境景物描寫，雖然隨處可見其著墨甚
多的長段篇幅，但往往與故事主體無關。如《西湖三塔記》開頭就以大段敘
述描繪西湖景緻的美妙，《楊思溫燕山逢故人》亦詳細描述東京元宵燈會的盛
況，但這些空間描寫在話本小說中對故事進展的作用不大，是說話人為增加
其自以為是的價值感，所添加的美感作用，或者是純為敷演鋪敘的延遲作用，
對於故事架構而言無所幫助，可討論的地方不多。故此種空間敘述，雖然亦
屬話本小說中的空間，但因其在故事情節上的作用不大，所以亦非本單元所
要探究的範圍。

　　魯德才說：「所謂小說的空間，是指人物賴以生活、行動和人物之間發生
矛盾衝突的區域。它包括自然環境和場面，偏重於物理性的結構，區別於政
治意義上的社會環境。」〔註41〕這是對小說空間中肯貼切的定義，可以為本
單元的論述基礎。

　　本單元所要探討的空間敘述，是人物存在的空間，而且必須與故事進行
情節相關。人物存在的空間是小說敘述上的一種場面敘述，因人物必須處在

　　　　從水滸傳、金瓶梅一類長篇作品中，都可排算出冗長的記事年表；書中不斷
　　　　提到時間的情形，幾乎令人厭煩，這點與文言小說形成強烈對照。在許多白
　　　　話作品中，除非另有說明之外，都有把所有時間交代清楚的做法，有時甚至
　　　　是計時敘事。如果某一段時間必須略過，常以不題一類字眼表示；除此之外，
　　　　總讓人覺得所有時間都已交代清楚了。……」這一段敘述雖然是在說「白話
　　　　小說對時空觀念極為注意」的問題，但內容上其實只是針對時間觀在白話小
　　　　說中的地位。所以話本小說的時間意象上是高過空間意象的。

〔註40〕見金健人的《小說結構美學》（台北，木鐸出版社，民國 77 年，初版）頁 59。
〔註41〕見魯德才的《中國古代小說藝術論》論述〈中國古代小說處理空間的藝術〉
　　　　頁 159（大陸，百花文藝出版社，1988 年 12 月）

一特定的場景和環境中，在這場面中進行故事。人物存在之可能必有活動、必有動作，活動和動作之產生即為時間的開始流轉，於是橫向展開的空間敘述中，即蘊含了順序次第的時間性。

金健人曾說小說的空間特點有二：一是包羅萬象、二是轉換自由。〔註42〕在話本小說小說中，這種在敘述空間技巧隨處可見，如《史弘肇龍虎君臣會》，可以描述冥界的空間，也可以於倏忽間回到人間描寫現世空間；且一下鄭州孝義店、一下西京河南府的，相差千里之地在小說中，以一句話隨及行到，馬上展現出來。所以小說的空間敘述是包羅萬象且轉換自由的。

話本小說的場面敘述也可以戲劇的場次來了解：流動場是舞台上為表現生活的連續性，所以用「移步換形」、「景隨人遷」的方式，使劇情於空間的流動中向前發展；複合場是將舞台分成兩個以上的演區，以不同的空間組合，使人物的內心衝突得到具體表現，或是展現衝突的戲劇效果；固定場是以穩定的空間，讓劇情得以充分展開，或是情節衝突點能充分呈現。〔註43〕由以上介紹，可看出本單元所要討論的話本小說之空間敘述技巧，較接近舞台戲劇的流動場模式，是隨著人物的活動情形而展開的空間，在這樣的空間敘述中具有流動時間性。

話本小說中的空間敘述隨著人物活動而進行。如《宋四公大鬧禁魂張》中剛開始的空間隨著宋四公而展示，從宋四公於三更時分偷進禁魂張員外家，關於張員外家的空間描寫就是以宋四公的一連串偷錢動作而形成的場面敘述；這就是說因宋四公的偷錢，讀者才知道張員外家的天井兩邊是廊屋，廊屋出去十來步有個陷馬坑，再來就是放錢的土庫，土庫內還有機關。偷錢成功後，又隨著宋四公的活動展開了謨縣小酒店、渡頭邊的村酒店等故事空間的場面敘述。這些場面敘述是以人物為主要的視角而描繪，以人物的眼睛看到的場景為故事的空間。因人物在故事中不斷動作著，所以這些空間敘述在整體上來說有著依順向前的流動時間性。即本為橫向發展故事的空間，在話本小說的敘述下，變為直線的時間狀態。

《史弘肇龍虎君臣會》中亦是以史弘肇和郭威兩人的行動，串連出小說空間。史弘肇請閻招亮到酒店喝酒，因付不出酒錢，到開道營門前的王公處偷鍋子，後被追趕至閻行首家的東司邊，幸遭閻行首維護，才不致被捉到。

〔註42〕見註40的頁56。
〔註43〕見黃鈞的〈關劇時空結構析評〉（湖南師範大學）頁8。

後因公事到孝義店遇郭威，再由郭威的行跡將小說空間轉到西京河南府、汴京開封府、太原府。這接連不斷的空間由人物行動依序展開，在空間的展現中蘊含了順序時間性。《西山一窟鬼》吳教授娶了李樂娘之後，在清明節出遊的行程，也是依著人物活動而漸次展開的空間敘述，如吳教授出門後先到萬松嶺，再到淨慈寺，然後和王七三官人到西山駝獻嶺下的墳頭喝酒，一路上經過的地點，全按人物行止而安排，且其中兼且順時性的意義，所以明顯的呈現空間敘述時間性。

　　魯德才曾說中國古代小說為突破空間上的限制，以「人物的運動制約了空間存在、規模及轉換的方式」，所以中國小說在對空間進行描繪時，常是這種「通過人物的行動或人物主觀世界的感受來描寫客觀世界」的方式，完全以人物行動來決定空間場面。而這樣的行動空間是以人物的眼睛看出，如《福祿壽三星度世》中空間敘述不僅隨著劉本道的行動而展開，必須加上劉本道的眼睛所見，以看到什麼使那段空間敘述鮮活起來，然後時間才能開始流動：「迤曳行來，約離船邊半里多路，見一簇人家。這裏便是張大公家。到他門前，打一望，裏面有燈也無。但見張大公家有燈。」「走到一座莊院前，放下棹竿，打一望，只見裏停著燈。」「明月下，見一塊大石頭，放下棹竿，方纔歇不多時，只聽得有人走得荒速，……」魯德才認為這是中國小說對世界小說藝術發展的特殊貢獻：「用視覺節奏來處理空間行動的方法」，「由于作者把視點轉移給小說中人物的眼睛，如同攝影機的鏡頭，可以突破空間時間限制，將不同的視角加以融合，以致造成連續動作的印象。」〔註44〕

　　物體的運動即為時間的呈現。「時間是物質運動的持續性；空間是物質運動的廣延性。」〔註45〕「凡是動都有前後，就是物體在空間的移動，也有前後的分別，因為在移動以前，佔有一位置，在移動以後，另外佔一位置。但是運動的前後，並不是運動在物理方面的變動而定前後的時間。即使一種運動常是一致，常是保持一樣的程度，這種運動也可以有前後，有時間。」〔註46〕這是從哲學理論來看運動、時間、空間三者的關係。由此也可看出空間敘述的時間性以人物動作為聯繫媒介，有其理論根據。另外宋耀良的〈藝術家對時間的雕塑〉中曾說「空間藝術中的時間，是以運動方式體現的。因

〔註44〕見註41的頁173。
〔註45〕見註40的頁51。
〔註46〕見羅光的《理論哲學》（民國59年，臺北，文景出版社。）

爲任何運動形式，必然包含著時間的延續。」〔註47〕從藝術的角度探討亦是相同的看法。

所以話本小說對於場面空間的敘述，以人物運動的順序流動時間爲基礎，將空間描繪以流動時間呈現。

另外，空間與時間的關係，又可從另一個角度來看。王建元的〈中國山水詩的空間經驗時間化〉代表了從現象學角度，研究文學上的空間經驗時間化。〔註48〕雖然這篇論文以中國山水詩中的雄渾感爲主要探討對象，和本論文的題材和方向大不相同，但其提出的觀念：從空間的雄偉渾然感，轉化爲對時間的消逝之感觸，卻是適合所有文學範疇的，當然也包括宋元話本小說。宋元話本小說中韻文韻部分的詩詞，有不少是在描述山水風光的，例如《西湖三塔記》入話，即用了多首詩詞形容西湖風光，如「江左昔時雄勝，錢塘自古榮華，不惟往日風光，且看西湖景物，有一千頃碧澄澄波漾，琉璃有三十里青娜娜。……」在描寫山山水風光的同時，也產生了時間逍逝的感傷情懷。而《小水灣天狐貽書》中亦出現相同觀點的句子：「江山風景依然是，城郭人民半已非。」所以王建元在這方面的見解，概念上來講也符合宋元話本小說的時間觀探討，故以下略加介紹。

王建元舉了蘇軾的〈前赤壁賦〉爲例子，認爲所描述的整個經驗，是一種由景色的描寫轉化爲憑弔古昔的歷史雄偉感，就是一個空間經驗轉入時間軸的狀態，可以分成三個階段的結構：「首先是人與自然接觸的開始，也是美感經驗的開始；然後中段是人由於感受到時間束縛而發出生命性的疑問；最後詩人提出一個內在固有的超越方案，它一方面體會和承擔了人在歷史時間之洪流的無盡中的有限特質，另一方面又開啓了另一處世態度，確定了物我皆無窮盡的解決之道。」〔註49〕所以這樣的時間可說是海德格心目中的時間，是一種「限有的逐步開放」，或是說爲一個「在世存有的永恒不息的瞭解行爲」，在王建元看來，也就是道家的與時俱進的生命觀世界觀。另一方面，時間化在中國山水詩中有本質上的伸延指涉時間。這是指詩中出現的抽象時間觀念轉移到隱藏的自然意象之時序性。就是說從廣闊延伸的空間經驗，知覺

〔註47〕見宋耀良的〈藝術家對時間的雕塑〉（大陸，社會科學戰線，1981年，第四期）頁315。
〔註48〕見王建元〈中國山水詩的空間經驗時間化〉《現象詮釋學與中西雄渾觀》，東大圖書公司，民國77年2月，初版）
〔註49〕見註48的頁148。

到時間的無窮盡感，所以表現了一種對連綿延伸的空間之時間化。

二、設問手法的時間處置

　　話本中的作者常以設問手法現身於故事中，藉此方式介紹人物出場，或是介紹故事景物；也以此方式當作故事開場的模式，或在情節的戲劇效果上產生懸宕性。這種設問手法的應用可看作敘述方式的解說型敘述，因這是話本小說一項獨特的敘述技巧，且在時間上有值得深究之處，故另立此單元探究。

　　設問手法是敘述者以設問句帶出回答的方法敘述故事。這是屬於語言的語義屬性之一的語態問題。語態分命令句、疑問句和平敘句三種，「平敘句裏動作的執行或發生與否，可以明白地以是否或真或假回答。命令句與疑問句則不然，它們對於句中的動作是否發生並不能確定。」〔註 50〕由時間觀的角度看，平述句中有明顯的動作完成時態，而命令句和疑問句中則無清楚的動作時間性。所以話本作者使用這種設問手法，不立刻介紹人物景物，不連貫敘述故事，而將時間停頓下來，在這短暫階段上的時間被延遲，有著懸置不明的高潮感，所以其敘述圖式是一弧狀高起，而設問句處在這最高點。等到回答的語句出現，時間才又開始流動，一切才步入正常時間流之中。這就是設問手法對時間特殊的處置。以下再對設問手法加以深入了解：

　　設問手法的作用有兩種類別：一是介紹性文句，二是戲劇性的情節懸宕。

（一）介紹性文句

　　《張生彩鸞燈傳》在作故事場景的敷演時，敘述者就說：「怎見得杭州好景？柳耆卿有首望海潮詞，單道杭州好處。……」以下用一首詞形容杭州景緻。在女主角出場時，敘述者又用了「那女子生得如何？……」也是用首詞形容女子的美貌風姿。甚至男女主角相偕私奔，走得慢些的原因，敘述者也這樣說「說話因何三四里路，走了許多時光？……怎地的拖得動？……」作者用這樣自問自答的方式達到其介紹的目的。《西山一窟鬼》中說話人一開始

〔註 50〕見高辛勇的《形名學與敘事理論》（聯經出版事業公司，民國 76 年 11 月，初版）頁 101。高辛勇舉例說明：『譬如「張三走進客廳」這句話，「走進」是發生過或正在發生的事情，但是「滾！你給我滾出去！」這個「命令句」中的兩個「滾」（「離開」或「出去」的同義詞）其代表的動作是否發生我們不得而知。同樣地，疑問句「他離開了客廳沒有？」所言「離開」這件事，從句中亦無法測知是否發生。』

的介紹亦是採用這種方式：「這隻詞，名喚做念奴嬌，是一個赴省士人姓沈名述所作。原來皆是集古人詞章之句。如何見得？從頭與各位說開。」回答方面的文句屬解說型敘述，上節已作探討。而敘述者透過設問手法以介紹人物和場景，目的在使讀者產生認同感，與讀者的距離效果上起著縮短的作用，在塑像上亦有動態肖像的作用。這樣就形成生動化的時間處置。

《史弘肇龍虎君臣會》郭威出場的虛寫〔註51〕亦是用這種設問手法：「這來底姓甚名誰？正是：兩腳無憑寰海內，故人何處不相逢。」而韓夫人取定物時，敘述者又用這種設問手法：「這件物卻是甚的物？……夫人取出定物來，教王婆看，乃是一條二十五兩金帶，教王婆把去，定這郭大郎。」所以這種說問手法又有點故弄玄虛的拖延性，在時間的處置上就是延遲性。

（二）戲劇性的情節懸宕

故事的一開始，敘述人常以這種方式開場：「今日為甚說這段話？卻有箇波俏的女娘子也因燈夜游翫，撞著個狂蕩的小秀才，惹出一場奇奇怪怪的事來。未知久後成得夫婦也不？且聽下回分解。」（《張生彩鸞燈傳》的正話故事）用後水種設問手法引起聽者的興趣，是話本小說在原始說話狀況下，所保存下的獨敘述技巧。不僅在故事開場時運用，也在高潮之處添加一筆這樣的敘述技巧，如《鬧樊樓多情周勝仙》當周勝仙好不容易逃離盜墓者朱真家，來到樊樓找范二郎，卻被范二郎當成是鬼，拿一支湯桶兒迎頭打到，當酒保來察看時，敘述者不立刻明講女孩的生死，在這樣的緊要關頭，還添加了一筆「只見女孩兒倒在地下。性命如何？正是：小園昨夜東風惡，吹折江梅就地橫。」《史弘肇龍虎君臣會》中郭威和李霸遇打鬥，敘述者亦不立刻明言誰勝誰負，也是故意來個設問句：「當下是輸了兀誰？作惡欺天在世間，人人背後把眉攢。只知自有安身術，豈畏災來在目前？」問句後是作者以韻文形態進行議論。而郭威在打尚衙內時，亦是這樣的設問句：「用左手搎住尚衙內，右手就身邊拔出壓衣刀在手，手起刀落，尚衙內性命如何？欲除天下不平事，方顯人間大丈夫。」《福祿壽三星度世》在劉本道娘子和賈賣卦先生一段精彩鬥法的高潮故事結束之後，作者還故弄懸虛的耍一段嘴皮子：「先生分開人叢，走了。一呵人尚未散。先生復回來；莫是奈何那女娘？卻是來取劍。先

〔註51〕 見李希凡的《論中國古典小說的藝術形象》頁 26。在這裏李希凡對描寫人物出場的虛寫和實寫作了番介紹，虛寫為對人物間接描述，而實寫則是對人物直接描述。（上海文藝，1980 年，二版五次。）

生去了。」如此的戲劇性，就是運用了設問句的手法。以上的設問敘述技巧，就是運用時間上的中斷和遲疑性，形成戲劇性的情節懸宕〔註52〕。

三、頃刻間捏合的敘述技巧

　　宋代的「說話」分四家數：小說、說鐵騎兒、說經、講史書。〔註53〕其中小說和講史書的性質最相近，都是以講說故事爲主。耐得翁的《都城紀勝・瓦舍眾伎》條中說：「講史書講說前代書史文興廢爭戰之事。最畏小說人，蓋小說者能以一朝一代故事頃刻間提破。」吳自牧《夢粱錄》卷二〇的〈小說講經史〉條承襲前說：「講史書者……但最畏小說人，蓋小說者，能講一朝一代故事，頃刻間捏合，與起令隨令相似，各占一事也。」由此可看出小說家因爲講說技後環的高明和巧妙，所以比其他說話家數更受群眾歡迎。而這種講說技巧的高明處，即是能在短小篇幅之內完成一個有頭有尾的故事。杜奕英的〈談中國短篇小說中話本的藝術〉：

> 「頃刻間捏合」乃說話人能自由組合印象內容，而擴散或誇大實際生活經驗之後的產物，使想像的意象與實際的形象相連；換言之，說話人可抽離時空的侷限，將各方發生的事件，瞬間綜合；亦將前後相差幾十年的生活經驗，霎然融會，這便是所謂文學的虛構作用及想像作用之特性。〔註54〕

這就說明了話本小說「頃刻間捏合」的瞬間綜合性。如《陳巡檢梅嶺夫妻記》，能將三年的時間，從東京到廣東之間所發生的奇異神妖之事，在一短篇故事中敘述完結；《張孝基陳留認舅》更是將數十年間（主要情節產生於十年之內）的事，於一篇故事中完成。話本小說中常使用一些特定的語詞，讓故事時間快速流過，如《計押番金鰻產禍》中的句子「時光如箭，轉眼之間，那女孩兒年登二八，長成一個好身材，伶俐聰明，又教成一身本事。」「倏忽之間，周三入渾在家，一載有餘。」這些敘述語詞的善加運用，使得話本小說能頃

〔註52〕見註50的頁173。高辛勇在介紹查特曼敘事學理論的敘事「時間」上，特別提出驚詫和懸宕兩種敘事手法。這種懸宕的敘述手法，在本章的第一節解說型敘述的「詩詞諺語的時間延遲性」中亦有所解釋。與此處時間處置相同，不同的只是探討角度；一爲前半段設問句，一爲後半段的回答解說句。
〔註53〕見胡士瑩的《話本小說概論》（北京，中華書局出版，1982年7月）頁107。這是胡士瑩參考宋代筆記資料，和歷代學者的研究，所得出的南宋說話四家數。
〔註54〕見杜奕英的〈談中國短篇小說中話本的藝術〉（東海文藝季刊第二期，民國71年1月）頁40。

刻間捏合整體故事。

從說話的敘述技巧來說是「頃刻間捏合」，從話本的敘述技巧上來說則可看做是「佈局」。葉慶炳在〈短篇話本的常用佈局〉中亦曾指出說書人必須在佈局上下功夫，才能吸引住聽眾的興趣，而這就是說小說之人講究的「頃刻間捏合」〔註55〕。所以佈局也是話本小說所重視的，以下試著從佈局的眼光來看話本小說敘述技巧的時間。

據韓南分析中國公元 1550 年前的小說，將早期白話短篇小說分成兩類：一是簡單連合佈局，二是單體佈局。〔註56〕就話本小說現存的作品來看，單體佈局的故事較多，而簡單連合佈局的故事分量較少。而韓南所認為的單體佈局，若再深究，則具葉慶炳提出的常用佈局模式：進展、阻礙、完成。〔註57〕這樣的模式在故事中可能不止出現一次，敘述者為吸引聽眾注意，不斷製造曲折動人的情節，以達到高潮迭起的戲劇效果，於是產生一個階段一個階段波浪式的高潮佈局。例如《志誠張主管》的故事可分三個階段，每個階段都包涵了進展、阻礙、完成三部分：第一階段的故事進展由張員外打算娶一房續弦妻子開始，但因張員外的續弦條件要求太高，於是故事產生了阻礙，幸好張媒想出了排除阻礙的方法，這樣故事的第一階段才能完成；第二階段的進展由小夫人嫁給張員外之後，發現自己被騙婚的情節開始，小夫人對張主管有意，但卻產生了來自張主管的道德觀念和其母親的阻礙，於是作者安排了元宵節張主管和王二哥看燈的事由，使得小夫人和張主管得以重遇，以排除這一階段的阻礙，讓小夫人能搬到張主管家居住，完成第二階段；第三階段由張主管意外地遇見了張員外開始，這時張主管才知道在自己家住了個把月的小夫人是鬼，但作者仍用小夫人對自己辯解的那一段話形成阻礙，使得張主管最後不得不被小夫人說服，相信小夫人不是鬼；最後的完成為張員外到張主管家時，小夫人突然失蹤，至此讀者和故事中人物

〔註55〕見葉慶炳的〈短篇話本的常用佈局〉（中外文學，八卷三期，頁80到90，民國68年8月。）

〔註56〕見註39的頁18。「佈局」為「故事中事件的次序」，「單體佈局」是「情節無論如何曲折離奇，佈局仍是完整一體，若把其中稍有分量的內容抽除，便要破壞整個故事。」；「連合佈局」是「佈局只是一個連結故事幾個部分的鬆散架子，其中某些部分即被刪除，對故事整體亦不足造成不可彌補的破壞；其實，這幾個部分本身皆可視為小佈局。」

〔註57〕見註55。以下的階段性佈局模式為葉氏所提出，葉氏舉出兩個例子《志誠張主管》和《碾玉觀音》來說明三階段性的佈局情形。

才確信小夫人眞的是鬼。由以上的介紹，可以發現階段性佈局呈現不斷反覆的模式，在時間類型上來說就是一種環狀時間，在大的循環時間內包涵著小的循環時間。

　　另外，「頃刻間捏合」的敘述技巧表現了敷演故事的明快形象。樂蘅軍認爲宋話本有其風格表現的簡潔手法，「剪裁得體，用語簡當」，「如碾玉觀音篇，郡王府失火一節，崔、秀談判，三兩句語言便決定了大局，手法可謂簡潔之至，非明人可望其項背的。」而這樣的敘述有著「明快的節奏感」〔註58〕這種敘述技巧的快速節奏性，可看爲敘事文時間上的久暫問題；事件時間與敷演時間長短的比較，結構學者傑聶即以「步速」來解釋，「步速」是「事件時間久暫與文章長短之間的關係」，步速快是說事件時間長，但文章短；步速慢是說事件時間短，文章長。〔註59〕由以上的論述可以看出頃刻間捏合的明快節奏之敘述技巧，屬於敘述時間的快步速。如《西山一窟鬼》中吳洪的成親，從王婆來訪、遊說，陳乾娘說親、換帖、相親，到成親典禮的完成，只用了三場對話串連長段時間內所發生的事，情節進展明快，敘述步速的節奏快速。

〔註58〕見樂蘅軍的《宋代話本研究》（台大中文研究所，碩士論文，民國58年）頁215。
〔註59〕見註48的頁160。

第四章　宋元話本小說的故事時間

　　結構是一部小說的骨架。作者將人物、事件、主題、情節等，作適切合宜的安排，形成小說完整的組織和巧妙的佈局，這就是此作品的結構。所以結構的範圍很大，舉凡小說中的人物安排、情節進行、事件謀畫，甚至故事的主導思想等，都是小說的結構。

　　中國文學理論自古即重視文學的結構性。劉勰的《文心雕龍‧附會》曾說：

> 何謂附會？謂總文理，統首尾，定與奪，合涯際，彌綸一篇，使雜
> 而不越者也。若築室之須基構，裁衣之待縫緝矣。夫才量學文，宜
> 正體制，必以情志爲神明，事義爲骨鯁，辭采爲肌膚，宮商爲聲氣，
> 然後品藻玄黃，摛振金玉，獻可替否，以裁厥中。……〔註1〕

劉勰所說的附會，就是在講如何使文章具組織結構性。所以「附辭會意」就是指結構而言，在辭與意、文理與枝派上所作的組織安排。清代的李漁亦重視作品的結構，在其戲曲理論專書《閑情偶寄》的詞曲部，將結構列爲第一：

> 至於結構二字，則在引商刻羽之先，拈韻抽毫之始。如造物之賦形：
> 當其精血初凝，胞胎未就，先爲制定全形，使點血而具五官百骸之
> 勢。倘先無成局，而由頂及踵、逐段滋生，則人之一身，當有無數
> 斷續之痕，而血氣爲之中阻矣！……

所以李漁認爲結構是戲曲作品的首要條件，沒有結構性的作品，就好像一個人的身體遭受到無數的斷痕，血氣不順暢，不能成形。另外李漁還以蓋房子之例比擬結構在一部作品中的重要性，亦十分貼切生動。這些都足以用來說明結構在文學作品中的重要性。

───────────────

〔註1〕梁‧劉勰《文心雕龍》（台北，文史哲出版社，民77年3月），頁243。

　　小說作品中的結構可劃規爲兩大類：一是敘述形態的外部結構，二是故事情節的內部結構。宋元話本小說的外部結構之時間觀在前一章中已充分論述，內部結構方面的時間觀則擬在本章中作探究。

　　宋元話本小說的內部結構是一複雜的整體。爲多情節多事件的複雜組合，主題多樣、思想豐富的聯合組織〔註2〕。本章將從小說結構的內部層次方面分析其時間觀，期能適切的表達小說內涵所呈現的時間問題。小說內部結構包括故事的人物、事件、情節、主題、思想等，金健人說：『「內部結構」主要指創作一部作品對具體材料的組織安排，它在直接受著內容的影響。』〔註3〕。所以在處理故事內容的具體材料上可以內部結構範圍涵括；而論述的時間觀角度則可稱爲「故事時間」。

　　內部結構的故事時間問題，擬從夢、他界故事、命運觀故事三方面來作探討。蓋夢是小說故事的一項組織事件，而他界故事以主題分組的角色觀點〔註4〕研究宋元話本小說；命運觀則是從故事主題分組的思想觀點，了解宋元話本小說的時間觀。

　　這三種小說內部結構的組織單元在宋元話本小說中的分佈情形可見註5〔註5〕中的附表。由附表可看出此三種小說組成的故事內容約已涵蓋宋元話本

〔註2〕杜奕英的〈談中國短篇小說中話本的藝術〉（東海文藝季刊，第二期，民71年1月）頁37。這篇文章曾提到「任何話本都是複雜的整體，都是在某種體系和序列中的許多因素之通盤組織。因此，在話本裏面，縱使說話人的主題是單一的，然而出現的情節乃趨於多樣的，除在入話構成次要結構，而正文有時也會出現不止一條的主要結構線。」這替本章的結構理論，作了最好的概要說明。

〔註3〕金健人的《小說結構美學》（本鐸出版社，民國77年，9月，初版）頁8。

〔註4〕馬幼垣‧劉紹銘的〈綜論中國傳統短篇小說的形式〉中說「……我們決定小說的主題時，都從一個既定的觀點出發。那就是憑角色來分配，不論這角色是人或靈怪。我們相信，一個故事，不管怎樣簡單，總得有一個角色。而且，這也是任何故事（姑不論其長短及複雜性）所共有的組織成分中最容易處理的一種。」這種以角色觀點進行的主題分組，引爲他界故事的結構理論。（幼獅文藝，四十八卷四期，頁124到137，民國67年10月。）

〔註5〕

篇　名	類　型		
史弘肇龍君臣會	他界	命運	
楊思溫燕山逢故人	他界		
張古老種瓜娶文女	他界	命運	
碾玉觀音	他界	命運	

菩薩蠻		命運	
西山一窟鬼	他界	命運	
拗相公	他界		
志誠張主管	他界		
錯斬崔寧		命運	
馮玉梅團圓		命運	
蘇長公章台柳傳			
張生彩鸞燈傳		命運	夢
西湖三塔記	他界		
合同文字記			
風月瑞仙亭			
洛陽三怪記	他界	命運	
陳巡檢梅嶺失妻記	他界	命運	
五戒禪師私紅蓮記	他界		
刎頸鴛鴦會	他界		夢
楊溫攔路虎傳		命運	
花燈轎蓮女成佛記		命運	夢
錢塘夢	他界		夢
鬧樊樓多情周勝仙	他界		夢
鄭節使立功神臂弓	他界	命運	
錢舍人題詩燕子樓	他界		
三現身包龍圖斷冤	他界		
崔衙內白鷂招妖	他界		
計押番金鰻產禍		命運	
宿香亭張浩遇鶯鶯			
金明池吳清逢愛愛	他界		
皂角林大角假形	他界		
萬秀娘仇報山亭兒	他界	命運	
福祿壽三星度世	他界	命運	
新橋市韓五賣春情	他界		夢
宋四公大鬧禁魂張	他界		
任孝子烈性爲神	他界		
汪信之一死救全家	他界	命運	
柳耆卿詩酒玩江樓記			

小說的大部分篇章。

第一節　夢的時間觀

　　夢是人類活動中最深奧、最玄妙的現象。對於夢的解釋，在西元 1900 年佛洛伊德的《夢的解析》一書出版以前，人類對夢是迷惑、驚奇、不可理解的。無論是東方還是西方，早先人類對夢都賦予超自然的存在意義，認為夢是神明的預言、命運的前兆。對夢作深入了解並且加以科學解釋的是佛洛伊德，至此人類改變傳統中的夢觀念，開始客觀的探究夢的象徵含義，和夢的形成原因，甚至夢的作用。於是人類這才解開亙古之謎，也開始了解潛意識的奇妙。在科學解釋有關夢的現象之前，人視夢境為一特殊世界，為一種假想的真實存在，這就是當時宇宙觀和靈魂論所形成的對夢的解釋。

　　宋元話本小說所處的時代正是早期的釋夢期，因此故事中的夢都是靈怪神異之屬，正是當時人對夢的觀念，如實的紀錄於話本小說之中。

　　在四十五篇宋元話本小說之中，以夢的形式進行故事發展者共有十六篇。十六篇故事中只有一篇例外，即《宿香亭張浩遇鶯鶯》張浩伏案晝寢於書窗之下，夢入鶯鶯家尋佳人，未得相見，但張浩以為是相見吉兆，這夢只是日有所思有所夢之致，未具夢特殊的時間觀在內，故不在以下討論之列。

　　夢在四十五篇小說中，是一項事件，決定了故事發展的關鍵，而夢的內涵因故事之需求有所不同，可區分成兩種類型，一是具情節時間的夢，二是純展示插序的夢。前者夢本身為一時間區段，具情節有動作，呈現時間流動的現象；後者夢本身無故事情節的安排，只是純粹的展示預告作用，時間在此不流動，屬於主時間流外的插序時間，是一種靜止的時間。除了前面兩種時間，宋元話

簡帖和尚			夢
快嘴李翠蓮記			
錯認屍		命運	
陰隲積善		命運	
小水灣天狐詒書		命運	
勘皮靴單証二郎神			夢
張孝基陳留認舅	他界	命運	夢
閙雲庵阮三償冤償	他界	命運	夢

本小說夢境故事尙有一特殊的例外時間；離魂的時差性時間。《簡帖和尙》的入話故事，講的是宇文綬在長安發封家書回家，在客店中睡去時，夢見自己回到咸陽縣家中，看見妻子和自己錯封白紙的那封家書。後來印證他所夢到的全爲眞實發生過的事情。這樣的故事與唐傳奇小說《離魂記》中倩娘魂隨王宙赴京，而身在家中臥病的情形類似，都是在講身體與靈魂分離於不同地方的同段時間下各自從事的一些活動。這樣的差異性時間段並存之情形，可稱之爲「時差」。這是金健人在《小說結構美學》「時差」的論點之一：

> 這種現實中不可能並存的時間段，如果取消它們的時間標識，那就
> 可以使一個人物在同一時間幹兩件或兩件以上的不同事情。〔註6〕

所以離魂故事的時間是種時差性時間，時間超出了常有的一貫流態，產生了差異性。這就是宋元話本小說夢的時間類型之一。

以下分論「具情節時間的夢」和「純展示插序的夢」之話本故事：

一、具情節時間的夢

此類夢境有人物的動作在進行，有故事情節的時間在流動，所以時間是一必然要素。此種夢境的時速與人世無異，且與人世處相同的時間段，只是爲一特殊空間，在此空間中，異類與人接觸以達到某些目的，所以夢就爲一媒介，是故事中的角色或者可以說是事件之一。如《楊思溫燕山逢故人》故事中鄭義娘的鬼以夢與人溝通，探知人間事；《錢塘夢》蘇小小藉夢與人接觸，甚至交歡。《鬧樊樓多情周勝仙》周勝仙與范二郎交歡於夢界，五道將軍以夢干涉人間事；《鄭節使立功神臂弓》張員外夢遊仙界；《錢舍人題詩燕子樓》錢希白與關盼盼初次相會，即以夢的形式見面；《新橋市韓五賣春情》鬼藉夢現身、索命。這些都是呈現夢的無異性時間段。

雖然夢境進行的時間段爲常態，但夢境的時間內涵上卻是特異的，是過去、現在、未來同時並存於此一短暫的時間段當中；且他界異類也藉夢與人類同處，是永恒不朽的無時間境界，進入人有限的時間，短暫的融合。《鄭節使立功神臂弓》日霞仙子以夢託附子女，且預告未來鄭信發跡之事；《金明池吳清逢愛愛》愛愛夢中詳解姻緣事由，並以上界仙丹相贈，安排未來姻緣；《閑雲庵阮三償冤債》夢中人鬼多年後相見，鬼解釋前世姻緣，且告知未來發展。這是探究此類故事的夢境時，可以得出的時間內涵。

〔註6〕金健人的《小說結構美學》（木鐸出版社，民國77年9月，初版）頁27。

二、純展示插序的夢

　　此類夢境無情節動作，純粹的顯現某種因果輪迴的關係，或者具告示作用。是一種靜止時間的展示，斷然的插入改變原有時間流。

　　《菩薩蠻》夢示前身，未暗喻後事，但爲全故事發展的關鍵，主角母親夢金身羅漢投胎，以致主角日後興起出家念頭，如此才有接下去一連串的故事。這種他界時間，突然的全無理由原因瞬間的插入現時，改變了人間事。《花燈轎蓮女成佛記》生產時夢白頭婆婆入房，所生女兒亦似婆婆。雖未由夢明言投胎轉世，但已由夢境顯示投胎之事。《三現身包龍圖斷冤》包拯夜夢一附對聯，此爲破案關鍵。夢僅止於顯示，突如其來的插序，飛來一筆。《勘皮靴單証二郎神》神宗夢李後主投身入宮，後即誕生徽宗。故徽宗爲李後主投胎轉生，夢則顯示人間的時間被插序。《張孝基陳留認舅》夢上帝膺召，即得病身亡，夢亦爲仙界之介入人世的媒介，產生影響。《張生彩鸞燈傳》夢白衣大士告知未來事，亦是這種他界與現世時間接續的樣態，明示後事發展，表明了顯著不同的時間區段。

　　陳淑敏的《太平廣記神異故事之時間觀》把夢歸入同時並存的時間樣態，這是解理夢的預知未來之特性，認爲能預知未來的夢，基本上是一眞實存在的世界，也是超越時間之限，進入未來的時空架構中，能看到尚未發生但已經是存在的事〔註7〕。同時並存的時間樣態是基於明考夫斯基的四度時空的新時間理論，他認爲在四度時空中，空間的位置同時存在於時空中，對事物而言，時間只有現在；只有人類才有過去和未來的時間，因爲人類只能感覺到依時間次序前後相繼的片段部分，但眞正的實界是同時存在不變不動的時空整體〔註8〕。所以夢的時間質素必有同時並存的時間樣態於其內，這就是基於夢有預言後事的作用。話本小說的故事中夢大都有預示的作用，所以同時並存的時間樣態亦可說明宋元話本小說夢的時間質素。

第二節　他界故事的時間觀

一、他界的定義及類型

　　「他界」是一個相對的名詞，相對於「此界」的意象。我們人類所處的

〔註7〕 見陳淑敏的《太平廣記神異故事之時間觀》第二章第二節。
〔註8〕 見李震的《哲學的宇宙觀》，（臺北，學生書局，民國67年），頁131。

現實世界，以我們人類的立場來說稱之為此界，那麼異於人類所處的另一世界則可稱之為他界。郭玉雯在《聊齋誌異的幻夢世界》對他界的定義是：

> 如果我們以現實世界為「此界」（this world），則神話中出現的超現實世界就是「他界」（other worlds），例如描寫死後世界的「冥界」（under world），象徵永恒生命的「樂園」（paradise），或精靈所居的「奇境」（fairyland）等。〔註9〕

這裡所認為的此界是一種在歷史時空座標中，人人可指證其存在的「真」的世界；他界則屬神話世界，是一種在現實界的時空中無法找到其存在位置的「幻」的世界。其歸論的他界類型分成冥界、仙鄉、妖界三種。

葉慶炳在〈六朝至唐代的他界結構小說〉一文中，對他界下的定義是「現實世界（人間）之外的世界。」〔註10〕其他界區分為「冥界結構」、「仙鄉結構」、「幻境結構」及「夢境結構」四類。小川環樹的〈中國魏晉以後（三世紀以降）的仙鄉故事〉一文談及的他界觀念，雖無明確的定義解釋，但可看出他所要表達的他界概念是指人生前死後的靈魂所在，及「仙鄉」所在的地方。總歸而言，可以說是「人間以外的世界」。其他界類型是天國（神的所在）、冥土、和仙鄉（仙人住的地方）〔註11〕。謝明勳的《六朝志怪小說他界觀研究》基於以上對他界定義的論述，認為相對於人類所處之現實世界以外的另一世界即是他界，並且採用崇信薩滿信仰的赫哲族人對他界的認識所行的區分方式，應用到對六朝志怪小說的他界分類，形成上界（神界、仙界）、中界（妖界）、下界（鬼界）三類。〔註12〕

據胡士瑩歸納宋元話本小說的內容可分成四項：（一）煙粉——煙花粉黛，人鬼幽期的故事；（二）靈怪——神仙妖的故事；（三）傳奇——人世間悲歡離合的奇聞軼事；（四）公案——摘奸發覆和朴刀杆棒發跡變泰的故事。而現存的宋元話本小說以煙粉靈怪的故事所佔比率最高，描寫他界故事者涉及較多。

〔註9〕見郭玉雯的《柳齋誌異的幻夢世界》第二章「他界之定義、觀念與類型」。（臺灣學生書局，民國74年7月，初版）頁17。

〔註10〕葉慶炳〈六朝至唐代的他界結構小說〉（《臺大中文學報》第三期，民國78年12月）頁1。

〔註11〕小川環樹〈中國魏晉以後（三世紀以降）的仙鄉故事〉（《幼獅月刊》第四十卷第五期）

〔註12〕謝明勳《六朝志怪小說他界觀研究》第二章「六朝志怪他界之定義及其類型」（文化大學中文研究所，民國81年度碩士論文）頁21～23。

　　本節他界故事的類型，據分析話本小說之後，定為神仙界、妖界、鬼界三種。定名為神仙界的原因，是話本小說中的神、仙二者觀念混淆，兩者交雜無分，無法依前人論述此界時的分類型態，故定為神仙界，期能包容話本小說的故事內涵。

　　他界故事的時間觀是迥異於人世的。空間影響時間是論述時間理論時項目之一，所以他界故事必有不同的時間觀可供討論。或者當說話人、作者，欲傳述特殊的時間流速、特別的時間意義和標識，往往會藉由這樣特殊的他界故事展現。因為人間的時間流速是一定的，並無太大的歧異性，必須以另外的空間來對比，才能顯出其特殊性，也才具戲劇效果。

　　他界故事在宋元話本小說中的分佈情形如下表：

篇　　名	他界類型
史弘肇龍君臣會	神仙界
楊思溫燕山逢故人	鬼界
張古老種瓜娶文女	神仙界
碾玉觀音	鬼界
西山一窟鬼	妖界
志誠張主管	鬼界
拗相公	鬼界
西湖三塔記	妖界
洛陽三怪記	妖界
陳巡檢梅嶺失妻記	妖界
刎頸鴛鴦會	鬼界
鄭節使立功神臂弓	妖界
錢舍人題詩燕子樓	鬼界
三現身包龍圖斷冤	鬼界
崔衙內白鷂招妖	妖界
金明池吳清逢愛愛	鬼界
萬秀娘仇報山亭兒	鬼界
福祿壽三星度世	妖界
宋四公大鬧禁魂張	神仙界
汪信之一死救全家	神仙界
張孝基陳留認舅	神仙界

二、神仙界故事的時間觀

神仙一詞為中國人常用的語詞。神與仙雖然常合用，但實際上屬於不同的層次。一般說來神的層次高於仙的層次，神本屬超越世界的生命，仙則是凡人經由苦修方式或某種外在事物力量的幫助，成為一種超越生命，或是得以進入超越世界。李養正的《道教概述》曾經提到：「仙與神有所不同，大抵天神是執政管事的，如人間帝王和下屬官吏；仙則不管事的散淡，猶如人間的名士和富貴者；神都有帝王的封誥，享受祭祀，仙則大都由得道而成，並不一定得到祭祀。仙有天仙、地仙、散仙之分。天仙可能為天神，地仙則只在人間，散仙則天下人間飄忽不見。」（見《道協會刊》五期）這段話就是替神與仙的界限作了介紹。尹飛舟等人所著的《中國古代鬼神文化大觀》一書中，曾解釋神人的範圍包括道教神系中的部分尊神、道教俗神和地方神靈等。而神人的來源如下：

> 大抵俱為古代自然崇拜中的神靈和民俗信仰中的諸神，它們有的是
> 自然物的人格化抽象化的結果，如天神中的日、月、星辰、地祇及
> 動植崇拜（包括圖騰崇拜）的神靈，有的是由祖宗崇拜衍化而來的
> 俗神，即所謂人鬼，如著名的關聖大帝之類。還有一部分神靈來自
> 佛教。如閻羅、龍王之類。這類神靈是從人的異化過程中產生的，
> 它們的神性都是人對它加以附會想象而賦予的。〔註13〕

此書所說的神人範圍是後代世俗心中的信仰範圍，已不是純理論上可區分的神人與仙人的區分，這也正是目前一般人的觀念，神仙不分，不僅對中國本土神仙不作區分，對外來的佛教諸神，亦以神仙一詞統稱之。

宋元話本小說中的神仙界故事，處於後代世俗觀念，也正是這種神仙不分的時代，所以為神仙合體的情形，故此單元稱之為神仙界，旨在講述神仙所處的神仙境界、神仙領域，會產生怎樣的時間觀念。

話本小說的神仙界故事共有五篇。另有《鬧樊樓多情周勝仙》一篇故事，曾出現五道將軍這樣一個屬神人的角色。五道將軍傳說為東岳大帝手下的屬神，即司世人生死之神。故事中的周勝仙死後透過夢與范二郎續未完情緣，並說明為五道將軍收用，由他准假與二郎相會。後來五道將軍以夢方式怒責當案的薛孔目，才使范二郎無罪開釋，免去刺配之罪。這篇故事的五道將軍

〔註13〕尹飛舟等著的《中國古代鬼神文化大觀》（大陸，百花洲文藝出版社，西元1992年，第一版）頁3、4。

出現方式是經由夢的媒介，其夢境意義大過神仙的意義，故這段情節重心擺在夢，歸入上節中，不在本節討論。

　　神仙界時間觀可從兩方面來看：一是神仙界特有的時差的時間性，一是無異性的時間段。時差的時間問題即中國仙鄉傳說中的時間流速異常。小川環樹的《中國魏晉以後（三世紀以降）的仙鄉故事》把中國仙鄉故事具有的共通要點分為八項：（一）山中或海上，（二）洞穴，（三）仙藥和食物，（四）美與女婚姻，（五）道術與贈物，（六）懷鄉、勸鄉，（七）時間。在第七項時間上就是強調在仙鄉裡時間經過的速度異常，小川環樹的解說是：

> 人界與仙界的時間尺度是完全不同的觀念是很重要的，王質的故事（「述異記」卷上與「水經注」卷十）具備了浦島故事或呂伯大夢（Rip van Winkle）型故事的典型形態，大體說來時間與生命的持續是不可分的，要我們一下子超越有限，相對的世界來想像無限，絕對的世界是非常困難的事。故事並不是對教義的說明，因此在對一般人說故事的時候，藉著以非常大的單位作為尺度的表現，來對絕對、無限的世界作比喻式的敘述是應該可以理解的，明代（十六世紀）的小說「西遊記」裡有「上天一日，地上一年」的話，從仙人是長生不老的觀念來看，這句話可以解釋為仙人的壽命有凡人的數百倍長，也可以說，在天上時間的經過是非常緩慢的。

王孝廉的〈試論中國仙鄉傳說的一些問題〉也曾對仙鄉故事的時間問題提出論述：

> 仙鄉時間經過速度的不同，當然是源於仙人與不死的古代神話信仰而產生的，凡人是必須在時間裡衰老和死亡的；仙人之所以能夠不死是因為他們能夠擺脫凡人世間的時間控制，所以他們能夠避免衰老與死亡的威脅。不死的仙鄉所以如此誘惑著無數的人憧憬和嚮往，是因為人們相信祇要這塊樂土，凡人便能超越生死，也就是說能夠逃開時間的控制而到達另一個絕對而且無限的自由世界裡去。〔註14〕

所以仙鄉的時間單位在中國人的觀念中，是不同於人間的時間單位；也可以說是仙鄉時間流動的速度不同於人間，這樣的因兩界的不同所產生的時間差

〔註14〕王孝廉《神話與小說》（台北市，時報文化出版社，民75年5月），頁81。

異性，金健人稱之爲「時差」〔註15〕不過金健人所謂的時差不只是人進入仙鄉後產生的時差問題，尚有離魂性的時差，分身術的時差，時間旅行式的時差，可見他所謂的時差的範圍是很廣泛的。

　　仙鄉的時差特質在中國小説傳奇中是常見的，代表著人對長生不死的渴望，和進入超越時空後的一種理解、一種想像。宋元話本小説中並無人進入仙鄉的故事，這是因話本小説的市民意識特質，已使小説中的場景大都發生在市民生活的周遭，或者是他們所熟知的事物，這就是說話人配合著聽眾的程度與需要，所產生的意識作品。但仙鄉時差的故事情節特質，因其具戲劇效果且又是深入人心的一種故事情節，說話人於是將其與一般市民所熟知的神仙界故事，（也可說是冥界故事，即具宗教意味的民間信仰。）相結合，產生了神仙界中的時差故事。

　　《張古老種瓜娶文女》故事中的張公乃上仙長興張古老，他以八十歲老翁面目下凡，用巧計以娶得十八歲的文女。文女有個哥哥叫韋義方性情暴躁如火。當文女嫁張公時他恰巧北征不在家中，等他回來時一知道這件事，不分青紅皂白看到張公就爆躁的拿劍砍下，結果歘折成數段，他只好先回家中。第二天大一早又去找這張公，打算取不了妹子歸來，就誓不回家。而張公早在前晚就使神術消融了偌大的花園，以一種凡人趕路行走的方式走了，臨走前還明示他所要去的地方是桃花莊上的樂天居。所以這韋義方就忿忿的一路追趕，也沒醒悟這樣的情形已非他一介凡人所能干涉。他就是這樣的有心於找人，無心的進入了神仙界之中。其實這裡的神仙界已與鄉仙融合，一方面具神仙界的斷案冥界公事的情節：

　　　　見這張公頂冠穿履，佩劍執圭，如王者之服，坐于殿上。殿下列兩
　　　　行朱衣吏人，或神或鬼。兩面鐵枷；上手枷著一個紫袍金帶的人，
　　　　稱是某州城隍，因境內虎狼傷人，有失檢舉；下手枷著一個頂盔貫
　　　　甲，稱是某州某縣山神，虎狼損害平人，部轄不前。看這張公書斷，
　　　　各有罪名。

另方面則是仙鄉模式的表現，看這韋義方進入神仙界的過程，是桃花源故事之延續：

　　　　遲疑之間，著眼看時，則見溪邊石壁上，一道瀑布泉流將下來，有
　　　　數片桃花，浮在水面上。韋義方道：『如今是六月，怎得桃花片來？

　　　
〔註15〕金健人的《小説結構美學》（木鐸出版社，民國77年，初版）頁25～28。

上面莫是桃花莊，我那妹夫張公住處？』則聽得到溪對岸一聲哨笛兒響，看時，見一個牧童騎著蹇驢，在那裏吹這哨笛兒，但見：

濃綠成陰古渡頭，牧童橫笛倒騎牛。笛中一曲昇平樂，喚起離人萬種愁。

牧童近溪邊來，叫一聲：『來者莫是韋義方？』義方應道：『某便是。』牧童說：『奉張眞人法旨，教請舅舅過來。』牧童教蹇驢渡水，令韋官人坐在驢背上渡過溪去。牧童引路，到一所莊院。

這個桃花莊的莊名，很明顯的得自桃花源故事的傳承，連景物的描寫也都可以看出桃花源故事的影子。至於神仙界的時間揭示，是當韋義方回到進入神仙界前所寄行李店時，由店二哥說出：『二十年前有個韋官，寄下行李，上茅山去擔閣，兩個當直等不得，自歸去了。如今恰好二十年，是隋煬帝大業二年。』因此神仙界的一日，是人間的二十年。

所以韋義方一旦進入了神仙界，他所存處的時間就爲神仙界的時間，如果不再歸返人間，這時間的相對差異也就無從得知，可是一旦重返人間，這時間上的差異就十分懸殊了。

這篇故事的神仙界時差性是故事情節的重點，因故事深層意義，即故事背後眞相的揭曉，必須等到韋義方遭逢了這樣的仙鄉時差，以致親友全無，只好在人間尋位叫申公的討十萬貫錢以維生計，經過一陣波折取得十萬貫錢。這韋義方從此之後明顯的有所轉變，不再是去仙鄉之前的血氣剛強男兒，轉變成濟貧救世的善人，所以到最後張公才又再度出現人間現身告訴韋義方此生遭遇的因果關係，並且解釋自己和文女的眞實身分，使故事眞相得以大白。

如此一來，神仙界的時差性在這篇故事中，就有了不同以往的仙鄉故事時差性的意義。過去的仙鄉故事所產生的時差意義，或者是表達對仙界長生不老的渴望，或者是表達人在追求生命的超越上所能想像到的特殊性，所以時差意義有著無可奈何的悵惘；而故事也往往結束在時差性的展現，就嘎然終止。這篇話本小說的時差意義，不僅只是展現而已，還有爲後續故事鋪路的作用，是情節發展的關鍵點，也帶有警世喻言的意義，所以它的作用和意義有所創新與突破。

另外一篇《史弘肇龍虎君臣會》中開笛的閻招亮受炳靈公的召喚，到神仙界去開龍笛。炳靈公是東嶽神的第三個兒子，東嶽神即是泰山神，是泰山鬼府的府君，在唐宋時被朝廷封爲東岳大帝。民間傳說泰山治鬼，泰山神因

之成爲中國最早的冥神，炳靈公因此也成爲中國的冥神之一。在這篇故事中閻招亮被召喚去開笛的情節，時間從炳靈公的兩位佐神化身凡人，去找閻招亮，從閻招亮家的門口到一箇所在：『東峰東岱嶽』，直到開笛公事完了，觀看辦案陰事，最後送他歸去的這一段冥界時間，未講明確定的時間單位，僅以『頃刻間』、『片時』、『等半晌』、『良久之間』等形容時間的語詞，來表達時間的長度，可以看出他冥界所待的時間並不長久。可是這樣的時間流逝與人間的時間流逝竟不同，乃產生了時差異。等閻招亮回到家中，才發現自己竟已經死去了兩日了。所以在這個故事中，神仙界的時間與人間不同，也是屬於仙鄉時差的問題，只是這個時差不會太懸殊，而且這個空間也是明示著爲冥界。

　　另外四篇故事，《宋四公大鬧禁魂張》是在入話故事中說晉朝石崇在發跡之前，於大江遇上江老龍求救，後來上江老龍以無限量供應的金銀珠玉報恩。此處的上江老龍雖爲神仙界的水神，但仍需人間的凡人協助其爭權奪位之事。龍王是中國古老的水神崇拜和雨師崇拜的傳統，加上佛教傳入的神祇所成的面貌，在民間的觀念，認爲只要有水的地方，就會有龍王存在，所以在這篇故事並未指明地點，只以大江一詞帶過。《任孝子烈性爲神》故事中的任珪以「綁索長釘俱已脫落，端然坐化在木驢之上。」死去，死後兩個多月，常於黃昏時出來顯靈，使人患病，必須燒紙錢祭拜一番才得痊癒；一日有一小孩被任珪附身，說出：『玉帝憐吾是忠烈孝義之人，各坊城隍、土地保奏，令牛皮街土地。』所以這是人死後由鬼界升爲神界，是神仙界的故事。土地神是古代的社公，在佛教地獄觀念傳入中國後，納入冥神體系中，爲城隍的下屬小官，相當于民間里社級小官。《張孝基陳留認舅》張孝基死後作了嵩山山神，與人間面的情形景象一如人間，絲毫未有冥界氣息。《皂角林大王假形》趙知縣在窮途末路之時遇著個「光紗帽綠襴衫玉束帶」的孩兒，要他三月三日上東峰東岳左廊下，見九子母娘娘。趙知縣的入神界進龍宮，一切都以人間的正常時間進行。這四篇故事的時間都無時差性的時間，是屬於無異性的時間段呈現，人界與他界的時間流速在這些篇章並無差別，這是因故事的重心立足於人世，故以人間時間基準來看神仙界時間，主角必不能有時差性，否則人世的故事情節無從接續，且突顯不出作者所要講述的故事特點。這就是因作者講述故事重心不同，而產生了不同的時間。所以此類神仙界的故事，是一種以人世爲標準，他界介入融合同流於人世時間流中。

在神仙界的時間處理上，早期志怪小說在描述人因某種機緣進入神仙界時，神仙界的時間多半與人間不同，如王質爛柯故事、仙境觀棋故事、劉晨阮肇故事等，都是企圖藉由外界事物的巨大變化，來強調他界的神秘性和主角的驚訝與錯愕，而這巨大變化即爲時間上的懸殊差異。這種時差的情節正合於志怪小說寫作的旨意，以怪奇之事，使人有耳目一新、強烈震撼的效果。

宋元話本小說神仙界的時間觀，在時差情節的處理上，已非過去仙鄉故事的單純時間流速及所要呈現的惆悵感；也不是早期志怪小說欲達到的怪奇志事之意義。而是加入了預告後事的暗示意義，使得戲劇效果十足，而且具有影響故事後續發展的關鍵性。這是基於話本小說的通俗本質，使民間的民俗信仰與傳統思想相結合，於是時差性的故事情節有了新的面貌。

三、妖界故事的時間觀

妖的定義一般有兩層說法，一是指所有不正常的怪異現象，一是特指非人之物，化作人形以爲害人類。葉慶炳對妖所下的定義是：

> 凡是人類之外的的動物、植物或器物，而能變化爲人，或雖未變化
>
> 爲人，而能言語，與人類無異者，謂之妖精。〔註16〕

這樣的定義就較符合小說中妖的形像。這是爲魏晉南北朝至唐代的小說中妖故事所下的定義。日本中野美代子爲妖下的定義是：

> 凡現實存在之人、動物或植物，有時含有礦物等，超過其現實之形
>
> 貌或生態，出現在人的觀念之前者稱之。〔註17〕

中野美代子所謂的『超過其現實之形貌或生態』其意義可理解即爲『變化』或『變形』。蔡雅薰的《六朝志怪妖故事研究》對妖下的定義爲：

> 凡是人類以外之動物、植物、器物或礦物，能變化爲人；或未能變
>
> 化爲人，而能言語，與人無異；或未能言語，但使用超自然力量，
>
> 回報人類救助之恩，或給人招致禍害者稱之。

以上各家對妖所下的定義，已能充分解釋妖的形象，亦可引爲宋元話本小說所出現的妖的形象說明。從妖的定義，可以看出妖的一個普遍特質：「變化」或「變形」。這種特質即具時間的意象，變化的時間是種緊密的連續時間，其時間意義是傳承於中國原始變形神話的時間內涵：

〔註16〕見葉慶炳的《談小說妖》（臺北，洪範書局，民國72年5月，三版）頁3。
〔註17〕見中野美代子的《中國的妖怪》（日本岩波書局，1984年）。

> 神話用一連續性的時間，把兩個完全不同形類的生命關係統一起
> 來；在連續不斷的時間流裏，前一個生命是後一生命的因子，後一
> 生命是前一生命的蛻變。〔註18〕

所以變形神話的產生是因時間的存在而存在，也就是說變形神話的內涵爲時
間因素：

> 因此這類變形不妨形容作是生命向時間的征服和創造，一個舊的生
> 命創造了一個新生命的時間；事實上也是，因爲所謂時間，就是由
> 生命的變化來創造的，此外可謂別無時間的存在。〔註19〕

另外金健人的《小說結構美學》也說：「『時間就是變化的第一種形式』因爲
變化的第一個基本屬性就是時間，當人們考察變化時，首先看到它的特徵就
是時間的流逝⋯⋯」〔註20〕雖然金健人所要談的變化並非妖的變形，但亦可
引爲詮釋本單所要討論的立足點。

　　妖界的變化特質是原始神話的變形特質之延續，因其變形的動作無異，
其時間上的意義也是相同的。所以妖的變化特質爲本單元探討妖界的時間的
重要主題。

　　話本小說中有妖界的情節故事共有八篇。妖界的時間流速與人間無異，
這大概是歷來妖故事的常例。在謝明勳的《六朝志怪小說他界觀研究》第四
章「人世與他界之比較」中就曾說妖界之時間與人世無差別，他所持的解釋
是：『因此類故事發生的地點多半是在人世的現實社會現，相對於仙界、鬼界
而言，時間上的差異問題，自然並不存在⋯⋯』雖然他所說的妖界與話本小
說中的妖界，空間上的呈現有所不同，但也可看出在話本小說以前描寫妖界
的故事之時間處理。蔡雅勳的碩士論文《六朝志怪妖故事研究》談到妖的時
間問題，也僅就妖出現的時間提出論述，並未說到妖界有出現時差的情形。
所以妖界故事是無時差性的。

　　話本小說的妖，都是以人形的姿態出現，和人類相處時，人類往往不
能辨其本形，大都等到道士、法師或者它自己現原形時，凡人才能知其原
貌。所以妖界的展現是在人間，因此妖的變形是爲必然，否則就無法存在，
如此妖才能跨過妖界與人界的界限來到人間。而妖的外形上轉換爲一瞬間

〔註18〕樂蘅軍的〈中國原始變形神話試探〉（《古典小說散論》，純文學出版社，民國
　　　　73年）頁5。
〔註19〕見註18的頁5。
〔註20〕見註15的頁15。

之事，這可從他們每次現原形的情景可看出。轉換變化後，存在的時間也不長久，因此妖界故事所呈現的時間長度爲短暫的。

至於妖出現的時間在宋元話本小說中有三種類型：一是特定時間（人在家附近所遇到的妖），二是偶然時間（人出外所遇到的妖），三是必然時間（人因前世姻緣所遇到的妖）。

《西湖三塔記》和《洛陽三怪記》妖的出現都是選在清明節這特定的時間。《西湖三塔記》主角奚宣贊兩度遇妖都是在這個時間，第一次是因清明節出外遊西湖，遇到一位迷路的女孩，硬說家住奚宣贊家附近，跟了奚宣贊回家，於是有了後來進入妖界的故事；這是特定的時間尚看不出作者的安排，因清明節遇妖似乎是出外遊玩碰巧遇到的，但從第二次遇妖於清明節，就可以看出時間不是偶然的安排。第二年清明節，奚宣贊因去年的經歷不敢再到處閑玩，只是到家後面的柳樹邊射弓弩，竟又遇妖，這就可以看出妖出現的特定時間之安排。另一篇《洛陽三怪記》主角遇妖時間也是安排在清明節。這都是人在家附近遊玩時所遭遇到的妖，可能是清明節爲古人祭掃墳墓、踏青春游的時候，尤其是宋代踏青之風十分盛行，宋畫家張擇端的《清明上河圖》就是在描繪汴京外以汴河爲中心的清明時節之熱鬧情景。另外像周密的《武林舊事》記載了：「清明前後十日，城中士女艷妝飾，金翠琛縭，接踵聯肩，翩翩游賞，畫船簫鼓，終日不絕。」所以在古人封閉的生活世界中，能產生特殊事件的時機，大概以節日爲最多，尤其是清明節出外踏青掃墓的活動頻繁，更容易產生與妖界接觸的機會。所以話本小說在寫妖出現的時間上，常常設定清明節爲時間標識，因此這是一個特定的定點時間。

偶然時間所遇到的妖，多是人出遠門於深山荒野所遭逢的妖。《崔衙內白鷂招妖》崔衙內一日興起帶著新羅白鷂去打獵，於定山遇到三怪。這是湊巧遇著的。《皂角林大角假形》和《小水灣天狐貽書》也都是到某地剛巧遇到妖狐作怪，以致有禍事纏身。這是一種不期而遇的遭遇，在時間上的類別上可歸入偶然時間。

前世姻緣所遇著的妖，帶著宿命論的色彩。《陳巡檢梅嶺失妻記》陳巡檢夫妻之遇妖，是因妻子張如春命中注定有「千日之災」，所以才會有遇妖之禍事。《鄭節使立功神臂弓》鄭信所遇的紅蜘蛛，是命中注定的凤緣，因紅蜘蛛送給他的神臂弓，幫助鄭信日後立下功勳，這本是鄭信命中注定所應有的功名爵位。《福祿壽三星度世》故事中的劉本道爲上界的仙官，因與鶴鹿龜三物玩耍眈誤正事，被貶入凡世，在他爲凡人時分別遇到鶴鹿龜三妖，經過一番

波折，總算完了謫限，重返天上。所以這篇主角的遇妖也是命中本有的緣份。有關此類的時間，在下節命運觀故事的時間會再詳論。

　　因此總論妖界故事的時間是由無異性的時間流速、變化內涵的時間意義、和妖所出現的時間三方面所組成的。

　　另外尚有妖的形成是基於時間上的長遠之因素。「物老成精」是妖的構成概念之一，在六朝時期的志怪小說中，因物經歷千百年後而具異能（作人語、變人形）的情事頗多〔註21〕，所以「時間」就是精怪變化變形的主要關鍵。宋元話本故事的妖有三篇具這樣的時間成因：《崔衙內白鷴招妖》中的骷髏神，是晉時的將軍死後葬在定山之上，「歲久年深，成器了，現形作怪。」；《皂角林大王假形》入話故事中的妖，是一「老狸」；《陳巡檢梅嶺失妻記》中的申陽公是一猢猻精，它「與大地齊休，日月同長。」這些妖都是因存在的時間久了才能作怪害人，所以時間是此類妖的成形因素。

四、鬼界故事的時間觀

　　人類對於人死後自身存處的可能，一直抱有很大的幻想。究竟人死後有無靈魂的存在？究竟人死後有無另一世界可以歸去？這些都是人類一直想了解的問題，只要人開始思索，就無停止之日。所以對人死後世界的描繪，自古以來都有，且隨著時代、人心思維之不同，代代皆異。根據余英時〈中國古代死後世界觀的演變〉〔註22〕一文中的論述，從殷周時代的卜辭、周初的金文、詩經的內容，可以看出殷周時人的死後世界為天上帝廷，不過這只是王公等貴族階級的死後世界，一般人民的死後世界因文獻不足，無從得知。春秋初期（西元前721年）鄭莊公曾對其母姜氏說：『不及黃泉，無相見也。』後來他們於地隧相見，可以看出當時認為人死後的歸所是黃泉，而這黃泉位在地底下。楚辭〈招魂〉說：

> 魂兮歸來。君無上天些。虎豹九關，啄害下人些。
>
> 魂兮歸來。君無下此幽都些。土伯九約，其角觺觺些。

亦是人死後可上天下地的思想，余英時先生再以考古資料「長沙馬王堆漢

〔註21〕　見註11的頁38、39。『在「物老成精」的想法當中，「時間」是精怪變化為他物和作人語之主要關鍵。質言之，「老」是物成精怪的不二法門。』

〔註22〕　余英時的〈中國古代死後世界觀的演變〉（《中國思想傳統的現代詮釋》，聯經出版事業公司，民國76年3月）這篇論文是在論述佛教傳入中國以前，中國人原始的死後世界觀。以下的論述即為此篇論文的擷取。

墓」的發現，證明人死後可上天下地是當時的普遍觀念；甚至以三號墓中
出土的紀事木牘之內容，論述當時人已認爲地下世界是有官僚制度的規
模：

> 十二年二月乙巳朔戊辰。家丞奮移主贓（藏）郎中。移贓物一編。
> 書到先選（撰）具奏主君。〔註23〕

「主藏君」之下有「主藏郎中」，後者須向前者「具奏」。漢代自漢武帝的求
仙後，神仙思想盛行，於是人死後的魂不再往天上歸去，只能到地下世界，
據東漢《太平經》所說的就叫「土府」：

> 爲惡不止，與死籍相連，傳付土府，藏其形骸，何時復出乎？精魂
> 拘閉，問生時所爲，辭語不同，復見掠治，魂神苦極，是誰之過乎？
> 〔註24〕

這裏所說的土府形象，與後世地獄情形相似，由此也可看出佛教地獄觀何以
能很快的襲捲中國的原因。以上就是人死後世界由天上地下皆具，轉爲僅指
地下領域的一個演變過程。

至於泰山鬼府的說法，據顧炎武《日知錄》卷三〇「泰山治鬼」條的推
論，認爲「泰山治鬼」的傳說起於東漢：

> 自衰、平之際而讖緯之書出，然後有如「遁甲開山圖」所云：泰山
> 在左，元父在右，元父知生，泰山主死。《博物志》所云：泰山一曰
> 天孫，言爲天帝之孫，主召人魂魄，知生命之長短者。其見於史者，
> 則《後漢書》「方術傳」許峻自云：嘗篤病，三年不愈，乃謁泰山請
> 命。……然則鬼論之興，其在東京之世乎？

漢武帝封泰山、禪梁父，是因爲泰山爲最高的一座山，在古代人觀念中是人
間世界與天上世界最近的一點，人死後既不能上天，就只有上泰山。另外死
後歸去之所，尚有「蒿里」。據《漢書》「武五子傳」武帝的兒子廣陵王胥死
前設宴吟詩：

> 黃泉下兮幽深　人生要死　何爲苦心　……　蒿里召兮郭門閱　死
> 不得取代庸身自逝。

蒿里本爲高里山，在泰山之下，時人傳爲「下里」或「黃泉」，即死後的地下
世界。因此人死後到泰山鬼府或蒿里。據余英時的說法，人死後有魂和魄兩

〔註23〕見〈長沙馬王堆二、三號漢墓發掘簡報〉（文物出版社，1974 年 7 月，頁 43。）
〔註24〕饒宗頤，《老子想爾注校箋》。

種不同的物質，魂去泰山郡的梁父山，魄則歸蒿里。但東漢以後的魂魄已相混淆，並無分別。所以到宋元時話本小說中的冥界，已只有泰山鬼府而看不到蒿里。

雖然話本中出現相當多的泰山府故事，論其管轄範圍應屬冥界，但詳析這類故事，東嶽聖帝或炳靈公在故事中的角色皆屬神的地位，也非描述人死後去見冥神，而是凡人進入其境界參與了一些他界事務，之後必回人間。最重要的是這些進入之人並非死去。所以本論文將其歸入神仙界故事來研究其時間，不在鬼界故事探討。

至於話本小說出現的鬼，將其歸入鬼界。這是話本小說的冥界具有上述的特殊性，無法從一般常論的冥界來探討，這也是定名為「鬼界」，而非「冥界」的原因。

至於佛教傳入的地獄觀念，一般印象中應是民間盛行的死後世界觀，但宋元話本小說中只有一篇描述死後的世界有如地獄般的苦刑。「拗相公」故事中王安石的兒子王雱百斤巨枷，蓬首垢面，流血滿體；原來是因王安石不思行善，施行新法使得人民受害，怨氣騰天，於他兒子就在冥間受苦。這種受刑贖罪的陰間模式，就與地獄相似。這也是地獄觀在內涵轉變過程中，從原始的佛教地獄之人生價值因果的自我承擔意義，演變為罪業審判的例子。量齋的〈地獄觀念在中國小說中的運用和改變〉從分析中國小說中的地獄觀念之歷史，得出：

> 這一運用的歷史同時也就是地獄觀念改變的歷史：由最初依附在傳統的泰山主召人魂的觀念下開始，到唐代佛教地獄觀念的獨立，跟著分化、下沉、結果成為小說家發牢騷的對象。〔註25〕

所以中國的死後世界，從佛教傳入之後，有了很大的轉變。泰山府君的地位，由原本冥間的最高神祇，與地獄觀融合，成了泰山地獄的局面，再轉變成以地獄之閻王為主，而泰山神就淪為其屬神了。

以上就是宋元話本小說所處的鬼界背景。至於話本小說實際的鬼界呈現為何？除了前面談到已歸入神仙界的故事範圍之外，和那篇「拗相公」的陰司刑罰，剩下的十篇故事，都是屬現身人間的鬼，他們所處世界，話本小說並沒述說，重點是擺在這些鬼來到人世，與人接觸的情形。鬼出現的類型有

〔註25〕量齋的〈地獄觀念在中國小說中的運用和改變〉（純文學雜誌社，第九卷，第五期）頁49。

三種，一是以人形與人相處一段時間，二是以附身之方式出現，三是以短暫現身的方式。

以人形與人相處一段時間的鬼是宋元話本小說中最常出現的情形。《碾玉觀音》、《志誠張主管》、《楊思溫燕山逢故人》、《西山一窟鬼》、《金明池吳清逢愛愛》這幾個故事的主要情節，都是在寫女鬼與人相處的情形，主角事先多不知情，必須等到相處了一段時間後，鬼身份才會被揭示。這樣的鬼界故事，有一項十分特殊的時間性，即所謂存在的時間。鬼能夠存在於人間是因其不被人知曉，一旦鬼身份被揭穿，鬼立刻從人間撤走，消失無蹤。所以其存在的時間決定於隱藏的身份，在這隱藏身份下的人世時間，一切與人類無異，只要取消了這樣的人世時間（隱藏身份的情形下所進行的人世時間）他就會回歸於鬼界的時間。因此稱之爲存在的時間，或存在人世的時間。馬丁·海德格的《存在與時間》中有一單元談到「現身的時間」：

> 被拋的存在在生存論上等於說：這樣或那樣現身。……帶到人們自
> 身所是的被拋存在者面前，這事並不才剛創造出曾在，而是曾在的
> 綻出才使以現身方式發現自己這件事成爲可能。〔註26〕

這樣的描寫很符合話本小說中鬼存處於人世時間的特徵。因要與下面另一類鬼短暫現身的時間區別，故不用馬丁·海德格的詞話「現身的時間」，而以「存在的時間」來標識。如《志誠張主管》中的小夫人，上吊死亡後，因對張主管有意，仍前來投靠，以珠寶相誘而能住入張主管家中；她在身份被揭穿的開始，仍爲自己辯解，張主管也因眼前事實不得不相信，可見鬼在人世時是無異於人類的。非得等到鬼死的人證逼近，即大張員外來見小夫人，這時小夫人之鬼才無可奈何的消失了。《碾玉觀音》更是鬼存在的時間，以現身方式使得鬼存在這件事成爲可能，而人發現死亡事實，就破壞了存在的時間，鬼只好回歸原來的地方：

> 崔寧聽得說渾家是鬼，到家中問丈人丈母。兩個面面廝覷，走出門，
> 看著清湖河裏，撲通地的跳下水去了。……原來當時打殺秀秀時，
> 兩個老的聽得說，便跳在河裏，已自死了。這兩個也是鬼。

另外秀秀也說：『如今都知道我是鬼，容身不得了。』所以人類知道與否是鬼存在的時間關鍵。

〔註26〕馬丁·海德格的《存在與時間》（久大文化股份公司，桂冠圖書股份有限公司，
1990 年元月，初版，王慶節、蔡淑惠譯）頁 452。

　　至於鬼住居人間為何在宋元話本中有比例不輕的份量？五篇故事中鬼居處人間的情形，無人覺得異樣，例如《楊思溫燕山逢故人》一群鬼浩浩蕩蕩的到寺廟看元宵花燈、酒樓喝酒、招搖過市，一切都無異於凡人。《西山一窟鬼》鬼與人成親，尚且有鬼界的媒人，正正式式的結合，甚至還有鬼開酒店賣酒給人的。這些鬼除了自己承認是鬼之外，是無破綻讓人知道底細的。或許債時代背景的關係，使得如此的故事情情節會這樣的呈現。現存的宋元話本小說，其成形的時代實為南宋以後，這從其描繪的背景以南渡之後的故事為主看出。南渡以後雖有一時的安定，但只是偏安，民心仍惶惶，對未來不可知的憂慮，對世間的缺乏安全感，投射到居處之空間就產生了人間社會存在著鬼界異類的想法。這可從《楊思溫燕山逢故人》中鄭夫人所說的一段話看出這樣的思想：『太平之世，人鬼相分，今日之世，人鬼相雜。當時隨車，皆非人也。』而人鬼相雜正是宋元話本小說中出現最多的鬼之類型。

　　鬼附身在人身上，都是有所仇怨，以此方式表現鬼的神祕性。《楊思溫燕山逢故人》鄭夫人知道自己的丈夫辜負了她，就附身在劉氏身上，以手摑自身口臉來報復並訴冤。《萬秀娘仇報山亭兒》尹宗被曲忠殺死之後，馬上附在萬秀娘身上，進行報復，打了苗忠一個耳聒。《新橋市韓五賣春情》和尚鬼魂以附身吳山身上，說明自身源流，進行解釋。這些鬼附身的故事，都是鬼企圖以這樣的方式，接續其在人世的時間，以一種斷然插入的方式進行，將鬼界時間與人界時間短暫強求的合為一體。

　　鬼短暫現身的故事，則是要達到其預告、展示、復仇的目的，目的達到之後，就消失無蹤，時間的歷程很短。《刎頸鴛鴦會》阿巧和李二郎以索命形像連番前來現身，不但索命，還曾預告後事。《萬秀娘仇報山亭兒》尹宗也是現身去苗忠去路，致使苗忠被捕。《楊思溫燕山逢故人》中鄭義娘和馮六承旨更是現身致仇人死去。這些鬼出現的時間都很短，但充分展現了鬼的力量，足以干涉人間事務，在時間上是屬決定型的。

第三節　命運故事的時間觀

　　命運觀是人類自身的存在意識落實在現世的一種觀照，當人類企圖了解世事發生的原因，必然會有許多的阻礙，無法理性了解，這時歸諸於冥冥中不可測知的命運，是人類尋求心靈處置之法。小說中的命運觀，是小說中的內涵結構之一，為作者有意識的呈現或無意識的表露於小說的故事內容之

中。當小說中的人物、事件在組合故事情節的過程中，在進行故事內容的背後，有一隻操控的無形之手，在在左右了故事進行的關鍵，這時的小說內涵結構即有命運觀的因素。

本節構想啓發來自於樂蘅軍先生的〈宋明話本的命運人生〉一文。樂蘅軍先生認爲小說中的命運觀，是小說在透視和詮釋人生現象時的一種人生態度、一個觀察基點，一旦小說有這樣的觀察基點時，整部作品的景象會完全不同。所以命運觀是小說的一個重要內涵，一如人世對命運觀的看法，具有一種絕對、不可移轉的地位，甚至是不可預知的。在宋明話本之前的命觀，樂蘅軍先生整理出九種類型：原始的神格化命說（神意論）、定命論、道化命觀，儒家德化的正命論，莊子、列子的自然命觀，論衡的宿命論、偶然論，佛教的業力論，道教的謫降說。這是與話本小說有關的命觀思想，亦足以勾勒中國文化的命運觀構圖。〔註27〕至於話本小說的命觀類型，因樂蘅軍先生以宋明話本爲研究對象，與本論文以宋元話本小說爲範圍有所不同，故樂蘅軍先生整理出的六種命觀故事，只有五種符合宋元話本。這五種命運觀故事分別是：神諭論故事、無因式的宿命故事、爲人事所規範的偶然論命運故事、果報故事和德命故事。這五種命運觀故事各有不同的時間觀呈現，神諭論故事是逆轉的時間樣態，代表著不同時間段的連繫具必然回歸的模式；無因式的宿命故事是必然流向的時間樣式，一切事件終會發生，無可避免，這類故事大都有著預言或神仙類的插入，代表著另一時間的介入，在這現時段議論著尚未發生的事；爲人事所規範的偶然論命運故事，其故事本身的時間性極強，代表了一連串接續的片斷時間，和開放的時空意義；果報故事則是企圖在時間的延長上，完成果報的結局，呈現了果報故事獨特的時間質素，融合了前世、今生、來生。而德命故事則是靠行善與德行於此生報應的現世時間段。今將各類型作品分論如下：

一、神諭論故事的時間觀

在話本故事中，有一類故事的命運觀呈現了這樣的景象：人的在世命運爲神所規劃，全靠神的意念控制，人無法超出神意的範圍，只能循著神的旨意行事。所以樂蘅軍先生稱其爲超越的神諭論故事，即表示神的力量超越了其他力量，神的意識凌駕於一切之上。這是古代原始神格化命說之延續。古代原始宗

〔註27〕見樂蘅軍的〈宋明話本的命運人生〉（《意志與命運》，大安出版社，1992 年 4 月初版）頁 130。

教信仰，相信冥冥中有神在主宰一切，人世現象全是神在操控。所以卜辭中出現很多上帝主吉凶禍福的文字〔註28〕可見殷人對命運的觀念是由至上神所主掌的，人的生存被神明的意志所籠罩，神也因此而存在，這從小說中出現的神往往具有這樣的決定性功能，看出兩者的傳承關係。雖然歷經各代不同思想的整合，上古神格化的命運和小說中所呈現的神諭論命觀有些差異，但在本質上，仍同樣具有不可知性、超越理解和不為人意志所干涉的特性。至於神格化的命運觀之特性尚有一項，即與人親近的緊密聯繫。樂氏說：

> 如此，則上古時代，「命運」與人類的連繫是似遠而實近的。後世，
> 以別的思想來解釋的命運觀，都不能比這一種神意論的命運觀，更
> 親近「命運」本身了。這一種命運觀雖然是最原初的，但也差不多
> 是永久性的，直到今日，「天老爺」、「玉皇大帝」之類的民間信仰，
> 也就是對命運主神的信仰。加之稍晚後，道教仙家之眾，和民間祭
> 祀之浮泛，使神祇日益繁多，人們處處都可能為神道所支配，所以
> 神格化的命運觀，確實是「歷久彌新」的。〔註29〕

這就是神諭論在歷史中的面貌。至於神諭論如何在宋元話本中呈現？則可從實際作品內涵來看。宋元話本小說中經由神明的告示以形成個人命運的共有五篇〔註30〕。在命運觀故事的比率上來說也算頗高。這些故事都是經由神明的事先規劃，或者事後解說的方式，來完成主角的人生，所以神意為無所不在的掌控之手。

〔註28〕陳夢家的《卜辭綜述》中曾整理卜辭中的帝字用法和上帝的能力。並說「卜辭中上帝有很大的權威，是管理自然與下國的主宰」頁562。郭沫若的《先秦天道觀之進展》中說「由卜辭看來，可知殷人的至上神是有意志的一種人格神。上帝能夠命令，上帝有好惡，一切天時上的風雨晦冥，人事上的吉凶禍福。如年歲的豐嗇、戰爭的勝敗、城邑的建築、官吏的黜陟，都是由天所主宰」（《青銅時代》上海、商務印書館）

〔註29〕見註27的頁97。

〔註30〕有兩篇故事《洛陽三怪記》《西湖三塔記》樂氏雖列入神諭論的命觀故事，但詳析故事的意識並無神明的旨意在內。《洛陽三怪記》只是主角的家衝塞了三怪的水門，加上奚宣贊於清明節遊西湖所引來一場禍事，最後請奚真人前來收妖終了。《西湖三塔記》請來的神人只是說潘松命中有七七四十九日災厄，並無神明意念展示，說起來該是無因式的宿命論故事。另外《陳巡檢梅嶺失妻紀》陳妻只因命中有千日之災，所以才有遇妖的禍事，雖然神明事先預示也設法化解，但仍逃不了宿命的結果。所以這樣的故事，雖然有神明出現，但仍以宿命論思想色彩較濃，故歸入宿命論故事。因此這三篇故事不列入本單元之中。

　　《史弘肇龍虎君臣會》故事中的史弘肇是聖帝令押去換銅膽鐵心，讓他回陽世做「四鎮令公」；而閻招亮的妹子閻越英能做四鎮令公夫人，則是炳靈公爲酬謝閻招亮的開龍笛所賜與的。所以史弘肇與閻越英在世上的命運全憑聖帝與炳靈公的指示。甚至人的福壽也是神明隨便就可加減的，因此閻招亮可以用自己的福壽換妹子的幸福人生，這一切都是無定法的，全憑神明諭意決定。《張古老種瓜娶文女》韋義方的人生遇合，和韋諫議一家的成仙善終，全只是因上天玉女的文女在上界思凡，降入人間，而上帝恐文女被凡人玷汙，令上仙長興張古老到人間娶文女歸天，如此才有一連串的故事情節發生。所以這些人的人生命運全歸結於神明的旨意。《西山一窟鬼》吳教授遇鬼的原因是上界甘眞人對他的懲罰，要他備嘗鬼趣，因此這吳教授在人世的經歷是神明預先策劃好的。《鄭節使立功神臂弓》鄭信日後封爲召惠王，全是炳靈公給他的爵位，這也是必然的結局，故事中的人物全爲成全這樣的命運而設定，完全受神明的擺弄。《福祿壽三星度世》劉本道更是因上界所犯的罪事，導致他人世間遇妖的因果關係，這上界的因，就是成全劉本道人世之果。

　　神論論故事代表著一種永恒回歸的時間，所有命運形態之始來自於神明的時間段，展現於人間世的時間段，然終必回歸於上界的時間段。劉本道、吳教授、文女都是爲回到上界才開始他們人世的時間，鄭信和史弘肇雖然回歸上界的意向未明，但看他們在世間的功勳，以人間的眼光凡英雄功臣者皆能成神明之標準，他們回歸上界爲神明的可能必定很大。總之，在這類故事中，兩界時間的緊密連繫象徵著時間流向的必然回歸，即是神明時間到俗世時間，再回歸神明時間的歷程。

　　時間的回歸思想來自於老子的逆轉時間觀。老子說：「復歸於嬰兒」（二十八章），「比於赤子」（五十五章），「能嬰兒乎」（十章）都是一種希望時間能倒流的逆轉時間觀，即希望時間能夠逆轉，能回歸於生命原始的起點。王孝廉先生以此看來創世神話，認爲有一種「原型回歸」的神話類型（又稱「祖型回歸」的神話），其神話結構是神話樂園、樂園破壞、到樂園重建。〔註31〕這是古人圓形回歸的時間信仰。中國的創世神話：共工與顓頊爭帝的破壞，和女媧的鍊石補天，正是一種回歸的創世神話，因此古代中國人的逆轉時間觀念是由來已久的，王孝廉先生認爲這種神話是「隱含了古代中國人的圓形

〔註31〕這是王孝廉先生〈死與再生〉中的論述（《神話與小說》，時報文化出版企業有限公司，民國75年，初版）頁99。

時間觀念」。再證之於古典小說的結構，也有這樣的「原始」、「歷劫」、「回歸」的圓形循環結樣。例如《水滸傳》的天罡地煞形成故事開始的源頭，《紅樓夢》故事的源起始於青埂峰下的石頭，《說岳全傳》岳飛是佛祖身邊的大鵬等等此類故事十分繁多。

> 這些應運而生的人物在塵世人間經過一場歷劫之後，他們必須再回歸於他們的原型之中，這種回歸，可以說是不可抗拒的「天命」，來自天上的仙女，經過人神的悲戀之後再回到天上去，來自海中的龍女再回到海中，宋江等梁山泊好漢，在人間轟轟烈烈地幹了一場以後，必須再回到他們命運的原點……〔註32〕

這些原型神話的時間是從「聖性時間」到「俗性時間」，再回到「聖性時間」。

　　這種屬於圓型循環的原型回歸之時間觀，是普遍存在於中國人的思想中，所以說話人在說故事的時候，不知不覺或有意識的採用了這樣的觀念作為故事進行的背景因素。但詳析宋元話本作品的時間觀，似乎不須以所謂圓形的時間觀來解說，以逆轉回歸的時間觀來分析神諭論故事的時間質素，亦足夠了，因回歸、逆轉的意向明顯，至於是不是循環不已？是不是呈現圓形圖式，這在宋元話本故事中，其實是不具存在的。

二、無因式宿命故事的時間觀

　　無因式的宿命故事不像神諭論故事有一明確的主宰之神，在故事情節上說明一切，掌控一切；宿命故事是這主掌命運的力量未曾現身，始終隱藏在故事背後，讓人只看到故事無可奈何的必然命運，因此也只能將其歸於無因式的宿命故事。

　　《張生彩鸞燈傳》張舜美與女子的相逢、私奔、走散、再度相逢，全是背後無形之手在操控，有著必然走向的命運，且看他們重逢前的安排：張舜美欲渡江時忽狂風的作，因無法渡江才會散步到女子藏身的尼姑庵；女子在前晚夢中見一白方大士相告：『爾夫明日來也。』所以他們重逢是註定的，必然式的。但故事始終未明這樣的安排有何意義，只能見其宿命的進行。《洛陽三怪記》潘松遇妖的原因只是因『潘松該命中有七七四十九日災厄』如無緣無故的必然遭遇，就是無因式的宿命故事，全篇故事由此線貫串，除此之外別無他因。《楊溫攔路虎傳》楊溫只因買了一卦，結果一場禍事纏身。或者

〔註32〕見註31，頁103。

也可說是楊溫的禍事必臨，買卦是必然的趨勢，遭逢是勢在必行的。但原因仍是未明的，只是宿命的作祟。

無因式的宿命觀是淵源已久的，詩經的召南·小皇：「肅肅宵征，夙夜在公：寔命不同！」「肅肅宵征，抱衾與裯；寔命不猶。」另一首鄘風，蝃蝀：「乃如之人也，懷昏姻也。大無信也，不知命也。」這兩首詩中的命，就是一種無可奈何、無法改易的宿命。或者如樂蘅軍先生所說的「命定」：

> 所謂「命定」只是指一切事都是前定的，不可改易，然而未必是由
> 一意志者來主宰、支配、命令之，這就有了從人格神脫化出來的新
> 的「命運」之喻意，而又和道化命運觀不同意識態。〔註33〕

所以「命定論」就是「宿命觀」，是一般人對人事現象的思考模式，也是最通俗、最常見的命運觀。「一飲一啄，莫非前定。」「萬般皆是命，半點不由人。」「萬事莫逃乎命。」這些卻是說話人在講說故事時常用的語詞，也代表了普遍的宿命觀。

無因式的宿命故事既然非有前因可尋，就不是循環的時間樣態，它只是單純的流向本該前往的結結，因此是種必然的直線時間。時間在故事進行時不斷流逝，一去不復返。此外，在故事情節上，宿命論故事為增加其戲劇效果，常會加入預言，事先告知後事，這樣代表著一種必然的歸向，也呈現了時間的超越存在。卜卦或神界之人，能預知或事後明示，表示他們立於一個超越的時間，卻非一般流向的時間，而是立於常態時間模式之外，這樣才能先知，才能議論。

三、偶然論故事的時間觀

當故事無任何力量在背後操控，只是偶然發生的事件所構成，這就可稱之為偶然論故事。宋元話本此類的故事最多，因偶發性事件影響了個人一生的命運，本為人世間最常見的現象，這其間看不出任何外在力量的影響，只是單純的因發生而發生。

荀子首先提出命運的偶然性，他說：「節遇謂之命。」（正名篇）就是說偶然的遭逢是人的命運。〔註34〕到了王杭的偶然論，更是擴大其意義範圍，

〔註33〕見註 27 的頁 100。

〔註34〕見梁啓雄的《荀子簡釋》（木鐸出版社，民國 72 年 8 月，初版）頁 310。
注釋之文中引梁任公言：『節遇、猶云偶遇。荀子視「命」為「非常的」「偶
然的」，有如佛家所云之「因緣和合」之意，與世人視「命」為天定者根本

形成全宇宙的最高法則。但王充的偶然論並非本單元的單純性偶然，而是宿命式的偶然性適然。〔註35〕王充此說雖非後世話本小說的命運觀，但影響了說話人的觀察角度，以人事現象推究命運，不再歸於神或道或一些未明的力量，只就人本身及處境來體察命運，這就形成了話本小說常見的偶然論故事。

　　話本常出現這樣的話：「事有湊巧，物有偶然。」「天有不測風雲，人有旦夕禍福。」這就是說話人對偶然命觀的體察。至於作品中的偶然命觀如何？在宋元話本中共有八篇以這樣的偶然命觀為故事的主旨，分別是：《碾玉觀音》、《錯斬崔寧》《馮玉梅團圓》《計押番金鰻產禍》《萬秀娘仇報山亭兒》《汪信之一死救全家》《簡帖和尚》《錯認屍》。故事情節的安排是說話人精心佈置的場面，藉由多重偶然事件的組合，形成一種必然情勢，套住人物命運。這種巧妙的安排是話本小說中的精華，具有嚴謹密緻的情節和完整的結果。這也可說是話本小說的價值所在。

　　偶然命觀故事的時間觀可從三方面來看：一是由連鎖的片斷時間所組成；二是代表著一個開放的時空；三是具特定的時間意義。偶然論命運觀故事是由多種最每一片段時間都是不可或缺的，這一連串的時間組合，為一整體的完全時間。如《簡帖和尚》從和尚偶然間自皇甫殿直家間前經過，設下巧計騙得皇甫殿直之妻開始，到最後意外的被揭穿，整段情節的安排，由不同時段發生的事件，一環緊扣一環，串連成巧妙精彩的故事。另外就時空結構而言，神諭論命運觀故事和宿命論故事都是一種封閉的有限時空〔註36〕而偶然命運故事則是開放式的時空，所有的人物和事件都是藉由偶然的機緣，進入了主角的命運時空，一起共享和共構這樣的一個時空，所以說這是一個

────────────────────

不同。

〔註35〕　見註27的頁120～122。王充是將宿命之必然性與偶發的適然性相結合，其偶然論最終目的旨在說明宿命論。因此他的論說被樂氏認為是種矛盾。『王充之所以這樣自相矛盾，旨意是想要把過去成立於玄學的「天意」的宿命論，轉變成一種客觀的無因論式的宿命論，亦即將宿命論透過無目的的偶然論呈現出來，然後可不再追究宿命之所從來，省去了形上的苦惱。』

〔註36〕　見註27的頁234。樂氏在論述話本遇然命觀故事所顯具意義之第二項，提出了這樣的看法：『神諭論命運觀或宿命論在話本故事中所看到的是，這個命運直接降臨到當事人身上，所謂「命運」是只就這個人來說的，用譬論方式說，這「命運」差不多是一個自己封閉的有限時空。但偶然命觀似非如此。……在發展的中間─其實所謂發展，就是這個人和外界人與事的交互的動態關係，因而就必定有他人涉及進來，與這當事者共同建構這個命運。……』

開放的時空。另外在偶然命觀下的人物所遭逢的事情，具特定的時間意義，必是在某一特定時間座標下的發生，這樣的偶然才能建立。在樂蘅軍先生曾說『「遭逢」還有時間上的因素，「遭時衰微」，個體生存在時空座標上的移動，引發的狀況就是遭逢。』『偶然命觀是成立於時間上的。時間就是運動，在運動中，才能將促成干連的因素——包括事件和人物——從別的時空搬運到一個聚合相遇的時空焦點，而後命運得以生成。』〔註37〕可見偶然命觀故事具有特定的時間意義，這特定的時間是一種凝聚、窄化的戲劇化時間，人生意義全決定於這短暫的時間中。

四、果報故事的時間觀

報應觀以佛教傳入爲轉變的「關鍵」。原始的報應觀爲中國本有的宗教信仰，即爲鬼神報應的觀念。古人認爲鬼神能對人進行賞罰，所以人必須敬事鬼神，以求得好運。這是早期對報應的看法。經先秦諸子以倫理常道，個人行善之信念，企圖轉化鬼神宗教信仰的報應觀，以道德信念的報應觀代替〔註38〕。所以在佛教思想進入中國以前，中國人對果報的觀念就是鬼神信仰的果報觀，和道德信念的報應觀兩種互相消長。佛教以「三世報應」和「六道輪迴」爲其果報觀的基礎。「三世報應」是：

> 經說業有三報：一曰現報，二曰生報，三曰後報。現報者，善惡始
> 於此身，即此身受。生報者，來生便受，後報者，或經二生三生百
> 生，然後乃受，受之無主，必由於心，心無定司，感事而應，應有
> 連速，故報有先後。先後雖異，咸隨所遇而爲對。對有強弱，故輕
> 重不同。斯乃自然之賞罰，三報之大略〔註39〕。

這是肯定了善惡報應的必然性。就算今生不見報應，來生必會印證。「六道輪迴」是六道〔註40〕的輪轉運行，除非修道達「涅槃」之境，否則永無停之之日。佛教的報應理論被道教吸收，把中國單純報應於子孫的模式，擴充至超越現世及冥界的祖先，形成中國人普遍的報應觀。話本故事也正因佛教複雜充實的報應內容加入，有了充滿戲劇性的故事情節。據樂蘅軍先生歸納話

〔註37〕 見註27的頁238。

〔註38〕 見咸恩仙的《話本小說果報觀研究》（民國77年，中國文化大學中文研究所博士論文，）頁9～10。

〔註39〕 唐釋僧祐・弘明集《四部叢刊正編》卷五・釋慧遠三報論。

〔註40〕 六道是天道、人道、阿修羅道、畜生道、餓鬼道、地獄道。前三者是三善道，是善者死後歸所，後三者是惡者死後歸所。

本故事的報應觀，分成果報和德命兩種，這兩種呈現的樣態是相同的，即以行善來改變命運。但報償方式是不同的，德命報是此生即見效果，果報是隔世或輪迴中方見結果。所以果報觀的佛教意味較濃，亦可用「業報」來稱說〔註41〕。

　　《菩薩蠻》可常和尚無故遭逢冤曲，全是他前世所欠宿償，所以今世轉來償還。《花燈轎蓮女成佛記》無眼婆婆轉生於張元善家，報答他們的奉養之因，並助他們修得正果。《小水灣天狐詒書》入話故事的楊寶救了一隻黃雀，黃雀為報答他的救命之恩，讓他後世為三公。《張孝基陳留認舅》張孝基因有還財之義舉，不僅死後為嵩山山神，且後世子孫繁盛。《閑雲庵阮三償冤債》阮三因前世對陳玉蘭毀約負心，故今生以身死來償還前情。這些都是果報命運的故事。前世所行之業，後世必得結果，所以在果報故事的時間質素上，今生、前世、來生的限界不再明顯分隔，三段時間只是為完成果報的時間，故這是一個獨立成立的自我時間，必是完成了果報的結局，時間才會終止。樂氏則說果報是「企圖在時間的延長上等待公理的出現」，其意亦是以上所論述的時間質素。俗諺有句話說：「善有善報，惡有惡報，不是不報，時辰未到。」亦是體察了果報的獨立時間觀，尚未完結。

五、德命故事的時間觀

　　宋元話本小說屬於早期話本階段，和明代後期的話本，風格上明顯不同。宋元話本小說較貼近說話藝術的原貌，以迎合一般民眾休閒娛樂的趣味為主，雖然仍有些警世喻言的意味，但比率上內容仍以娛樂為主，道德說教色彩不濃厚。明以後的話本正確說來是擬話本，由文人有意為小說之作，這些小說家具社會教育的道德意識，希望透過說故事來達到他們的目的，所以道化色彩濃厚。

　　基於上述原因和本單元德命故事的範圍界定：以行善積德來改變人此生現世的命運，因範圍較窄故只有《陰隲積善》和《馮玉梅團圓》明顯符合。《陰隲積善》這些故事非話本人自行創作之作，《夷堅甲志》卷第一二〈林積陰德〉就是這個故事。故事說唐德宗時有位秀才林善甫在路上拾得一包價值非凡的珠子，他不僅不佔為己有，且費心盡力的引得貨主來尋，歸還失主。最後不

〔註41〕　見註27的頁241。『「業力」或「業報」，完全是由一個生命自身的「造作」而來，不是他力所生成，或所能規範的。業是生命中先天具有因果的種子，所以稱「業報」。』

僅自己名列三公之顯位，且後世歷任顯官。《馮玉梅團圓》是透過作者最後的
評語來顯現德命思想：『後人評論范鰍兒在逆黨中，涅而不淄，好行方便，救
了許多人性命。今日死裏逃生，夫妻再合，乃陰德積善之報也。』這就是德
命故事的典範。

> 德命故事在善行之後，總是轉禍爲福，給予此行爲者以現實人生種
> 種幸福，大多是官祿壽命，子孫財富之類，或反之，此人命佳而行
> 惡，則削奪其種種享用。通常是僅只在此生便見出效應。〔註42〕

由德命故事的界定，可看出其限定在此生現世所發生的事，屬於現在的時間
單位，局限於此階段。這是德命故事可討論的時間質素，因其時間內涵較貧
乏，故可探究的並不多。

〔註42〕見註 27 的頁 240。

第五章　結　論

　　由以上篇章的論述，宋元話本小說果眞呈現了豐富的時間觀面貌。當然這些時間觀的內容，是現代學者探究文學的其他領域，所得出的成果；或者是哲學界在拓展研究範圍時，所涉入的文學時間性之結果。從對敘事學的介紹中，可以看到文學研究的新路途，這條線索引領學者以新觀點和新方法開拓了文學研究的領域。小說的時間觀問題，就是以新方法和新觀點研究小說，令小說研究的面目一新。本論文結合各方時間觀的研究成果，分析宋元時期的話本小說，除了試圖理解時間觀這一概念在文學上的運用之外，更重要的是將宋元話本小說之文學研究，突破原初的篇章考證、版本考究、歷史背景研究，從時間觀的現代研究角度切入古典白話小說的領域，突顯其特色，賦予深層的內涵意義。

　　當然，時間觀與哲學界的關係密切，本論文的背景思想應以哲學思想爲主。但從宋元話本小說的作品角度來看，這樣純眞率性的文學表現，實不應牽涉太多太深奧、又不太相關的哲學思想。所以在陳述時間觀的理論時，西方哲學的時間觀方面，以「時間的意義」爲介紹的角度，將時間具體實際化，使時間觀易於理解；再者介紹西方哲學名家對時間的意見，以呈現時間觀演進的歷史脈絡。中國的時間觀應與本論文的背景思想，最能密切契合。不過古代學者並非純以時間的間的概念進行思考，而是時空融合、或物質、或宇宙的全面性進行論述，因此了解古代中國的時間觀，必須藉助現代學者的重新詮釋，在探究上難免以既定的觀點和角度去論述，或許非古代哲人之思想原貌、理論精髓，但不失爲一種開發性的再詮釋，所以仍採用之，企求回溯古代思想的時間觀；最後加入「現代學者對中國時間觀的論述」一單元，將

深具意義的總論性時間理論呈現出來。「小說的時間觀」是本論文分析作品時的理論依據，列舉了六位學者的理論作為論述的對象；而第三章中的敘事學概論，亦是小說時間觀研究的方法指南，因牽涉的範圍為宋元話本小說的敘事性，所以列入了第三章中論述。

「結構」概念為西方結構主義學者所發展出來的新思維，結構學運用在文學作品時，多朝形式規模上的分析著手，作多角度的切入與闡發；而過去傳統的文學研究，則多朝主題意識與故事情節分析著手。思考這兩種研究路線，應同屬小說研究的重要課題，為小說研究的表裏成分。故大膽統合二者之研究成就，基於明確規劃的稱屬需要，將小說敘述層次的部分規屬於外部結構，小說故事層次部分規屬於內部結構。因此小說的組織結構，可概分為兩種：一是敘述形式的外部結構，二是故事情節的內部結構。

本論文基於上述的小說結構觀點，以中西時間理論作為時間觀的思想背景，以小說的時間觀理論和敘事學的時間觀理論作為分析宋元話本小說作品時的依據與方法。在第三章與第四章中，分別以「敘事時間」和「故事時間」對宋元話本小說進行分析。

第三章的「敘事時間」從敘述方式和敘述技巧著手。敘述方式可歸納為三種：展示型、解說型、議論型。（一）展示型敘述的時間安排有兩項特點：一是自然流動的順時性，二是韻律感的時間重複性。前者藉由敘述者與讀者同處自然時間的安排，以產生客觀的認同感；後者則利用時間重複的敘述模式，強調人物特徵或突顯故事主旨，形成戲劇效果。這兩項皆是展示型敘述透過時間上的安排所完成的敘述效果。（二）解說型敘述有三種時間性意義：1. 舞台時間敘述。這是時間凝縮後產生的舞台式效果所稱的敘述類型，而其中的時間類型就稱為舞台時間。2. 詩詞諺語的時間延續性。這種時間上被延遲的敘述，具有懸宕、渲染、預言的作用。3.「話說」、「卻說」、「且說」、「話分兩頭」等特定術語的運用能使故事進行的方向、敘述的情節在瞬間被轉移，這種在特定時間運用特別信號以連接故事，改變敘述方向，可稱為瞬時性的術語運用敘述。（三）議論型敘述在宋元話本小說中代表著廣大群眾的評論聲音，而為了議論型敘述的集體社會意識之完成，在敘述時間上往往以「獨立時間段」來處置。這樣的時間安排，敘述者才可以超越古今、廣涵多種角度的充分評論故事。

「敘述技巧的時間」一節探討話本小說在藝術技巧上的時間樣態，分三單元論述：（一）「空間敘述時間化」。在小說中本屬橫向故事發展的空間敘述，

卻在宋元話本小說中以描述人物活動而展開空間敘述的方式，使得關於空間的敘述內容，因此呈現依順向前的直線時間型式。（二）「設問手法的時間處置」。利用時間停頓、暫停的方式介紹故事，或者是產生戲劇性的情節懸宕。（三）「頃刻間捏合的敘述技巧」。這是宋元話本小說在快速度的故事節奏上的明快時間性。

第四章的「故事時間」從夢、他界故事、命運觀故事三方面探討。「夢的時間觀」具三類型的時間：一是夢本身為完整的流動型時間區段，此時間與人世時間無異，其中進行著故事情節，有活動現象，且具預告、前知作用。二是純展示插序無流動的靜止時間，僅有顯示告知某項意義的作用。三、離魂性的時差時間，是人於夢的狀況下，使身體和魂魄在同段時間、不同地方分別進行著不同的活動，而這樣的時間狀況是為「時差」的一種樣態。

「他界故事的時間觀」分三種類型：一是神仙故事的仙鄉式時差，神仙界的時間計量方式與人世迥異，有天上一日、人世二十年的差別。二是妖界故事中妖到的妖——偶然時間，3. 人因前世姻緣所遇到的妖——必然時間；此外，妖的成形是基於時間上長久之因素，和妖所具有的變化特質，皆為妖界故事時間觀的探討方向和課題。三、鬼界故事的時間觀重點擺在「鬼出現方式的時間類型之意義」，1. 鬼存在人世的必要時間性，是鬼必須不為人知方能存在人世，與人類同處世間時間，一旦身份被揭露，就必須重返鬼界永恒的時間領域。2. 鬼附身的時間意義為鬼界時間斷然插入，強求接續過去存在人世時間。3. 鬼短暫現身是以「預告、展示、復仇」為目的，在宋元話本小說的故事中屬短暫的時間歷程。

「命運故事的時間觀」這一節中從五種命觀故事來談其中所具有的時間觀。神論論故事是逆轉回歸的時間觀，無因式宿命故事具必然流向的時間樣式，偶然論故事則為連鎖的片斷時間所組成，代表著開放的時空與特定的時間性。果報故事的時間觀是藉著前世、今生、來生之組合，以達到時間延長的目的。德命故事則具此生行善即得善報的現世時間區段性。

所以從「敘述時間」和「故事時間」的觀點與角度，可以理解原本潛藏在宋元話本小說平靜故事表層底下的時間意識，進而開發出眾多的時間意義和特殊的時間性質，如此就可了解宋元話本小說的時間觀。

宋元話本小說原就具有濃厚的故事性和敘述性特徵，所以本論文從時間觀的角度研究宋元話本小說，相信是十分切合宋元話本小說特色的。宋元話本小說是一種質樸可愛的文學作品，表現出跳躍的生命力和積極振奮的活

力;其鮮活的語言特色、率直真誠的風格,實在令人著迷。希望本論文能為宋元話本小說之研究貢獻一己心力。

參考書目

一、古著部分

1. 《史記》，漢・司馬遷撰，臺北，鼎文書局，民國68年2月二版。
2. 《漢書》，漢・班固撰，臺北，鼎文書局，民國68年2月二版。
3. 《詩經》，漢・鄭玄注、唐，唐穎達疏，臺北，藝文印書館影十三經注本，民國78年1月十一版。
4. 《子華子》，叢書集成簡編三十二，臺灣，商務書局。
5. 《管子》，《四部叢刊初編・子部・二十》，上海，商務印書館。
6. 《墨子》，《四部叢刊初編・子部・二十四》，上海，商務印書館。
7. 《荀子集解》，唐・楊倞注、清，王先謙集解，臺北，世界書局（新編諸子集成本），民國72年四版）。
8. 《莊子集解》，王先謙撰，臺灣，商務印書館，民國57年。
9. 《老子道德經》，《四部叢刊初編・子部・三十一》，上海，商務印書館。
10. 《黃帝內經》，《四部叢刊初編・子部》，上海，商務印書館。
11. 《唐釋僧祐・弘明集》，《四部叢刊正編・卷五》，上海，商務印書館。
12. 《東京夢華錄》，宋・孟元老撰，臺北，世界書局，民國77年11月三版。
13. 《宋元話本小說》，樂蘅軍編選，臺北，國家出版社，民國71年4月初版。
14. 《古今小說》，明・馮夢龍撰、許政揚校注，臺北，里仁書局，民國80年。
15. 《警世通言》，明・馮夢龍撰、嚴敦易校注，臺北，里仁書局，民國80年。

16. 《醒世恒言》,明‧馮夢龍撰、顧學頡校注,臺北,里仁書局,民國 80 年。

17. 《熊龍峰刊行小說四種》,石昌渝校點,江蘇古籍出版社,1989 年 9 月。

18. 《京本通俗小說》,據繆荃蓀刻煙畫東堂小品本排印,世界書局,民國 73 年七版。

19. 《清平山堂話本》,明‧洪楩編,世界書局,民國 71 年 9 月再版。

二、專著部分

1. 《人論》,恩斯特‧卡西勒著,臺北,桂冠圖書公喜,1991 年 5 月初版。

2. 《小說之部(二)》,柯慶明、林明德主編,臺北,巨流圖書公司,民國 74 年 5 月初版。

3. 《小說面面觀》,佛斯特著、李文彬譯,臺北,志文出版社,1991 年 12 月再版。

4. 《小說修辭學》,W.C.布斯著,北京,北京大學出版社,1987 年 10 月初版。

5. 《小說理論》,楊恒達編譯,臺北,五南圖書出版公司,民國 77 年 11 月初版。

6. 《小說結構美學》,金健人,臺北,木鐸出版社,民國 77 年 9 月初版。

7. 《小說閒談四種》,阿英著,上海,上海古籍出版社,1985 年 8 月初版。

8. 《中國小說世界》,內田道夫,上海,上海古籍出版社,1992 年 7 月初版。

9. 《中國小說史》,孟瑤,臺北,傳記文學出版社,民國 75 年元月新版。

10. 《中國小說史略》,魯迅,臺北,谷風出版社。

11. 《中國小說史集稿》,馬幼垣著,臺北,時報出版公司,民國 76 年 3 月二版。

12. 《中國小說美學》,葉朗著,臺北,里仁書局,民國 76 年 6 月初版。

13. 《中國小說敘事模式的轉變》,陳平原著,臺北,久大文化股份有限公司,1990 年 5 月初版。

14. 《中國文學八論》,劉麟生著,臺北,文馨出版社,民國 64 年 10 月初版。

15. 《中國文學中的小說傳統》,西諦著,臺北,木鐸出版社,民國 74 年 9 月初版。

16. 《中國文學史》,游國恩等編,臺北,五南圖書出版公司,民國 79 年 11 月初版。

17. 《中國文學論著譯叢上冊‧小說之部》,王秋桂編,臺北,學生書局,民國 74 年初版。

18. 《中國古代小說藝術論》，久大・桂冠聯合出版，1990 年 1 月初版。

19. 《中國古典小說論集》，王秋桂編，聯經出版事業公司，民國 68 年 9 月初版。

20. 《理論哲學》，羅光著，香港，公教真理學會，1961 年 11 月初版。

21. 《西洋哲學史》，鄔昆如，臺北，正中書局，民國 60 年。

22. 《形名學與敘事理論》，高辛勇著，臺北，聯經出版事業公司，民國 76 年 11 月初版。

23. 《京本通俗小說新論及其他》，那宗訓，臺北，文史哲出版社，民國 74 年 2 月初版。

24. 《俗講說話與白話小說》，孫楷第著，北京，作家出版社，1956 年初版。

25. 《科學的哲學之興起》，萊興巴哈撰、吳定遠譯，臺北，水牛出版社，民國 66 年。

26. 《哲學的宇宙觀》，李震，臺灣，學生書局，民國 79 年 2 月再版。

27. 《哲學基本知識手冊》，周金榜等編，北京，語文出版社，1990 年 8 月初版。

28. 《時空學說史》，李烈炎著，湖北，人民出版社，1988 年 1 月初版。

29. 《神話思維》，恩斯特・卡西勒著，北京，中國社會科學出版社，1992 年 3 月出版。

30. 《神話與小說》，王孝廉著，臺北，時報文化出版企業有限公司，民國 75 年 5 月初版。

31. 《晚明話本小說石點頭研究》，徐志平著，臺北，學生書局，民國 80 年 1 月初版。

32. 《現代中國文學的時間觀與空間觀》，黎活仁著，臺北，業強出版社，1993 年 2 月初版。

33. 《現象學入門》，史提華，米庫納合著，臺北，康德人工智能科技公司，民國 77 年 3 月初版。

34. 《現象學觀念》，E.胡塞爾著、倪梁康譯，臺北，南方叢書出版社，民國 76 年 11 月初版。

35. 《現象詮釋學與中西雄渾觀》，王建元著，東大圖書公司，民國 77 年 2 月初版。

36. 《柳齋誌異的幻夢世界》，郭玉雯，臺北，學生書局，民國 74 年 7 月初版。

37. 《結構主義》，J.M 布洛克曼，臺北，谷風出版社，民國 76 年 8 月。

38. 《結構主義之父──李維史陀》，艾德蒙・李區著、黃道琳譯，臺北，桂冠圖書股份有限公司，民國 73 年 4 月。

39. 《結構主義的理論與實踐》，周英雄、鄭樹森合編，臺北，黎明文化事業公司，民國 69 年。

40. 《結構主義概說》，高宣揚著，臺北，洞察出版社，民國 77 年 7 月初版。

41. 《意志與命運》，樂蘅軍著，臺北，大安出版社，1992 年 4 月初版。

42. 《禁錮與超越》，張振鈞、毛德富著，北京，國際文化出版公司，1988 年 8 月初版。

43. 《話本小說概論》，胡士瑩著，北京，中華書局，1982 年 7 月初版。

44. 《話本與古劇》，譚正璧著、譚尋補正，上海，上海古籍出版社，1985 年 4 月初版。

45. 《夢的解析》，件洛伊德著，賴其萬、符傳孝譯，臺北，志文出版社，1992 年 9 月再版。

46. 《夢的精神分析》，佛洛姆著，葉頌壽譯，臺北，志文出版社，1992 年 11 月再版。

47. 《語言與文學空間》，簡政珍著，臺北，漢光文化事業公司，民國 78 年 2 月初版。

48. 《論中國古典小說的藝術形象》，李希凡，上海，上海文藝，1980 年二版五次。

49. 《韓南中國古典小說論集》，王秋桂編，韓著著，臺北，聯經出版事業公司，民國 68 年 9 月初版。

50. 《鄔昆如論文集之一——現象學論文集》，鄔昆如著，臺北，先知出版社，民國 64 年 2 月初版。

51. 《知識與價值》，成中英著，臺北，聯經出版事業公司，民國 78 年 10 月。

52. 《談小說妖》，葉慶炳，臺北，洪範書局，民國 72 年 5 月三版。

53. 《中國的妖怪》，中野美代子著，日本岩波書局，1984 年。

54. 《文化與時間》，克洛德·拉爾著，鄭樂平、胡建平譯，淑馨出版社，民國 81 年元月初版。

55. 《存在與時間》，馬丁·海德格著，王慶節、陳嘉映譯，久大桂冠聯合出版，199 年元月初版。

56. 《文學結構主義》，羅伯特·休斯著，劉豫譯，桂冠圖書公司，民國 81 年初版。

57. 《講故事的奧秘——文學述敘論》，傅修延，南昌市百花洲文藝出版社，1993 年 1 月。

三、學位論文部分

1. 《三言人物研究》，柳之青，師大中研所碩士論文，民國 80 年。

2. 《三言主題研究》，王淑均，輔大中研所碩士論文，民國 68 年。

3. 《三言愛情故事研究》，咸恩仙，輔大中研所碩士論文，民國 72 年。

4. 《三言題材研究》，崔桓，臺大中研所碩士論文，民國 74 年。

5. 《六朝志怪小說中的死後世界》，賴靜雅，政大中研所碩士論文，民國 79 年。

6. 《六朝志怪小說他界觀研究》，謝明勳，文大中研所博士論文，民國 81 年。

7. 《六朝志怪妖故事研究》，蔡雅薰，師大中研所碩士論文，民國 79 年。

8. 《太平廣記中神異故事之時間觀》，陳淑敏，臺大中研所碩士論文，民國 79 年。

9. 《世說新語之人物群像與描寫技巧研究》，廖麗鳳，師大中研所碩士論文，民國 79 年。

10. 《宋人的果報觀研究》，劉靜貞，臺大歷史研究所碩士論文，民國 70 年。

11. 《宋元明平話研究》，李本耀，師大中研所碩士論文，民國 62 年。

12. 《宋代小說考證》，皮述民，師大中研所碩士論文，民國 49 年。

13. 《宋代的鬼與死後世界傳說》，沈宗憲，臺大歷史研究所碩士論文，民國 80 年。

14. 《宋代話本研究》，樂蘅軍，臺大中研所碩士論文，民國 58 年。

15. 《紅樓夢閱讀倫理及其文藝思想》，黃慶聲，文大中研所碩士論文，民國 80 年。

16. 《唐人小說中的定命觀研究》，陳玲碧，輔大中研所碩士論文，民國 80 年。

17. 《唐人小說中的夢》，朱文艾，臺大中研所碩士論文，民國 72 年。

18. 《聊齋誌異之宿命論與果報觀研究》，金仁碧，輔大中研所碩士論文，民國 78 年。

19. 《敦煌話本研究》，林隆盛，東吳中研所碩士論文，民國 76 年。

20. 《話本小說之世界觀研究》，李騰淵，輔大中研所碩士論文，民國 74 年。

21. 《話本小說果報觀研究》，咸恩仙，文大中研所碩士論文，民國 78 年。

22. 《魏晉南北朝鬼神故事研究》，李燕惠，輔大中研所碩士論文，民國 79 年。

四、期刊論文部分

1. 〈小說中的故事與情節〉，任世雍，《文藝月刊》，139，民 70.1。

2. 〈小說中的解說與展示〉，Booth, W.C.著，徐麗琴譯，《中外文學》，1：10，民 62.3。

3. 〈小說事件的產生〉，姜穆，《青溪》，99，民 64.9。

4. 〈小說的時間問題〉，Curry, Peggy Simson 著，丁樹南譯，《幼獅文藝》，230，民 62.2。

5. 〈小說的敘述方法〉，方祖燊著，《新時代》，13：1，民 62.2。

6. 〈小說敘述觀念與藝術形象構成的實證分析〉，羅強烈，《文學評論》，1987.2。

7. 〈小說節奏試論〉，徐志祥，《文學評論》，1985.2。

8. 〈小說與時間〉，任世雍，《文藝月刊》，138，民 69.12。

9. 〈中國小說觀念的轉變〉，羅錦堂，《大陸雜誌》，33.4.1，民 55。

10. 〈中國通俗小說三言二拍今古奇觀中的個人與社會〉，Kern, Jean E 著，張艾茜譯，《中華國學》，1，民 66.1。

11. 〈中國魏晉以後的仙鄉故事〉，小川環樹著，《幼獅月刊》，40：5，民 75.5。

12. 〈白話小說起源考〉，方欣庵著，《中山大學語言歷史學研究所週刊》，5.52，1993 年 10 月。

13. 〈地獄觀念在中國小說中的運用和改變〉，量齋，《純文學雜誌神》，9：5。

14. 〈西方小說的視角——結構主義敘述學比較研究〉，陳力川，《文學評論》，1987.2。

15. 〈佛家陽士人的結構分析〉，張漢良，《中外文學》，7：6，1978.11。

16. 〈唐詩的隱喻俞和換喻〉，簡政珍，《中外文學》，12：2。

17. 〈時間如流水由古典詩歌中的時間用語談中國人的時間觀〉，黃居仁，《中外文學》，9：11，民 70.4。

18. 〈時間的藝術——兼析鍾鼓樓時間的藝術處理〉，唐躍，《文藝理論研究》，1986.2。

19. 〈時間與藝術想像.論吳爾芙三部主要小說〉，劉亮雅著，《中外文學》，15.12，民 76.5。

20. 〈從京本通俗小說看古典小說中的詩詞諺語〉，王秀惠，《中華文化復興月刊》，8：8，民 64.8。

21. 〈從馮夢龍編輯舊作的態度談所謂宋代話本〉，胡萬川，《古典文學》，2，民 69.12。

22. 〈敘述性小說的本質與模式〉，梁伯傑譯，《幼獅》，38：3，民 62.9。

23. 〈現代中國小說之時間與現實觀念〉，劉紹銘，《中外文學》，2：2，民 62.7。

24. 〈短篇小說的寫作方法（上）（上）〉，王平陵，《中國一周》，717、718，民 53。

25. 〈短篇話本的常用佈局〉，葉慶炳，《中外文學》，8：3，民 68.8。

26. 〈楊林故事系列的原型結構〉，張漢良，《中外文學》，3：11，民 64.4。

27. 〈話本小說裏的俠〉，馬幼垣著、宋秀雯譯，《中外文學》，6：1，民 66.6。

28. 〈綜論中國傳統短篇小說的形式──筆記，傳奇，變文，話本〉，馬幼垣、劉紹銘，《幼獅文藝》，48：4，民 67.10。

29. 〈說書人及其腳本〉，史劍，《暢流》，50：6，民 63.10。

30. 〈談中國短篇小說中話本的藝術〉，杜奕英著，《東海文藝季刊》，2，民 71.1。

31. 〈談現實，想像與小說之虛構〉，方祖燊，《新時代》，13：6，民 62.6。

32. 〈論短篇小說的組織〉，王平陵，《革命文藝》，55：8，民 49.10。

33. 〈論話本一詞的定義〉，增田涉著、前田一惠譯，《中國古典小說研究專集》，3，民 70.6。

34. 〈隱諭及換諭──以唐詩爲例〉，簡政珍著，《中外文學》，12：2。

35. 〈羅蘭‧巴爾特與結構主義的文學批評〉，賴金男，《中外文學》，3：11，1975.4。

36. 〈藝術家對時間的雕塑──談諸種藝術對時間的處理〉，宋耀良，《社會科學戰線》，4，1981。

37. 〈關於宋代的話本小說〉，程千帆、吳新雷，《社會科學戰線》，3，1981。

從思維方式剖析《封神演義》中「封神」的意義

蕭鳳嫻　著

作者簡介

蕭鳳嫻，輔仁大學中國文學博士，現任慈濟大學東方語文學系中文組專任助理教授。學術專長：近代學者紅學論述、新儒家文學論述、文學史中小說論述。著作出版：《渡海新傳統——來台紅學四家論》（台北：秀威資訊公司，2008 年 12 月）、《民國學者文論研究》（台北：大安出版社，2009 年 8 月）、《中國文學概論研究——以政府遷台後、國人著作為範圍》（高雄：復文圖書出版社，2009 年 9 月）等書。

提　　要

　　本論文研究動機；是以過去研究《封神演義》資料及個人學思歷程為基礎，試著找出書中的意義結構，以便瞭解書中封神的意義何在？及思想體系。所採用之方法是：思維方式的分析，並以此展開主題論證，期望能對《封神演義》本身所呈現的思想與意義，有合理性的解釋，及提出有意義的思考方向，能找尋出人生的價值、人生的意義、人生的問題；和可能的解決方向。

　　第二章指出：《封神演義》的思維基調是天人問題，書中對「天」的看法；就其本體而言：是由一最高主宰至上神，所構成之整體性「天」，其形體為神所化生或分裂，其化生分裂之根源為「道」之分裂化生，而天的作用則經由氣的流通，得以不限時空、地點、自然、人文，而貫通於宇宙萬有。《封神演義》對於「天」的定義，其重點不在於「天」的自然義，即「天」是由什麼元素、物質構成？而是落在人事的角度，以建立社會秩序為目的。基本上，所探討的是人的問題，從人的問題涉及到天的意義，其基本架構是天人之間如何關聯的問題！以達成「天人合一」的理想境界！

　　第三章指出：在天人同源同感觀念之下，《封神演義》以神為主體，將人間的制度類比之宇宙結構，構成了「天人類比」宇宙世界。此宇宙世界共有天上、人間、地下三大部份，神仙、凡人、鬼等生活於其間；「天命」主宰此宇宙世界秩序，此宇宙世界組織結構、神明名稱、神明由來及作用；多本於民間傳統諸神，再重新以分封，《封神演義》一書中的宇宙觀，反映出中國民間對宇宙結構、宇宙秩序的共識。

　　第四章指出：《封神演義》建立一個以「天人合一」的理念系統，及天人類比宇宙解釋系統，構成的以神靈為主的天命世界，其範圍包括了天上、人間、地下三個世界，仙、神、凡、聖、鬼的各類「人」等生活其中，書中認為生活世界的異化，是成員不遵守「道」（宇宙創生之源）的命令行事，要克服社會的失序，人心的異化，須達成與「道」（宇宙創生之源）的契合，才能重建生活世界的秩序。因此，書中描述了違反天命而行的現實世界（紂王）、遵守天命而行的理想世界（文王），藉由雙方的鬥法，強調天命的絕對權威，達成意識型態的植入。

　　第五章則綜合前文分析，指出《封神演義》理論基礎是：「天命」為核心的總體思維；「神人共存」的世界觀；「存天命，去人欲」的行為價值觀。至上神化的「天」，所形成的「天命」，是社會組織構成原則，由神與人所共同構成。也是人人都應遵守的行為法則，制約每個人行動的價值標準，社會組織更替的標準，從之則吉違之則凶。三者構成一個完整和諧的思想體系。

　　在這個思維方式之下；《封神演義》得以大肆「封神」，一方面建立起人神溝通管道的優先權，另一方面維持自認的「天命」秩序。進行一連串神祇的重整工作，將公認靈驗的神祇納入系統、編排組織順序，達成「天人合一」後個人生命、生活世界的秩序和諧。

目
次

第一章　導論：研究動機、
方法及主題的展開

提　要

　　本論文研究動機，是以過去研究《封神演義》資料及個人學思歷程爲基礎，試著找出書中的意義結構，以便瞭解書中封神的意義何在？及思想體系。所採用之方法是：思維方式的分析，並以此展開主題論證，期望能對《封神演義》本身所呈現的思想與意義，有合理性的解釋，及提出有意義的思考方向後，能找尋出書中對人生的價值、人生的意義、人生的問題的看法。

一、前　言

　　做為「五四」體制教育下的一代，所謂「民主」、「科學」的人生觀，對筆者而言，是從小信奉的絕對真理，因此，對於像《封神演義》一類的神魔小說，本是我心中不屑一顧的對象，僅存的一點殘缺、模糊的印象，還是來自於兒時觀看電視的遺留。

　　及至入大學，受教於諸先生，方才明瞭中國思想的意蘊，及其思考理路，視野為之開拓不少，逐漸明瞭所謂「民主」、「科學」的人生觀並不是絕對真理，兼之又修習「中國神話學」、「民俗學」等課程，對於神魔小說、民間信仰的認識漸多，較能用同理心（empathy）視之，於是，小時候對於《封神演義》的疑問又重上心頭；諸如，為什麼那些被分封的神祇已經是神，還要再從新分封？為什麼狐狸精化身就是壞人？只是自己學問尚淺，無力解決。

　　進入研究所之後，對於中國哲學的思想體系、思維方式，有更深入的瞭解，因而重新檢視《封神演義》，愈覺得「封神」自有其文化史、社會史的意義，其思想脈絡自有淵源，看似複雜、混亂的神仙信仰，自有其背後的理論依據，遂以此為題研究之。

　　但是，與其說我去研究《封神演義》，倒不如說是《封神演義》對我開顯了一個世界，經由瞭解《封神演義》書中天命世界的動作，我得以不斷的充實自己，不僅僅是學問上的充實，還包括存有的、價值的、社會的問題之思考，這樣的互動，對於生命及生活的昇降起伏、煩惱快樂，有了完全不同於以往的看法。

　　論文撰寫的心路歷程，使我終於明瞭何謂「生命的學問。」學問與生命本是互相關聯之事，老子說：「為學日益，為道日損。」但所謂「道」的追求仍需要「學」去辨明之、篤行之，才不會滿街都是聖人。而學問的追求，要建立在生命秩序的和諧安頓之上，否則，仍只是缺乏處理生活問題知識的「知識」分子，「知行合一」的學問方法，正是中國文化的傳統。

　　作為《從思維方式剖析封神演義中封神的意義》，這本論文的研究者，所冀望的不是能發現一條新的真理，而是經由問題的提出，找出有意義的意義結構，進而能理解之、詮釋之、闡發之，對於學問的研究、個人的修養，一己的存在思索、民族的思維方式、傳統智慧，能有所體會，進而有所成全、開展。

　　如上所言，這是作者個人生命歷程所引發的研究動機，但在研究材料上，也有引起研究的契機，爲了行文的統一，將在下文闡明之。

二、研究動機與目的

　　《封神演義》在民間流傳甚廣；從販夫走卒至知識份子，都耳熟能詳。而且《封神演義》的作者利用歷史事件（武王伐紂），建構了一個完整而秩序森嚴的眾神世界，對我國整個民俗信仰、宗教意識，影響極爲深遠。〔註1〕

　　面對這樣一本特具異彩的小說，自然引起各方注意並研究，目前的研究重點，大抵針對此書的作者問題、成書時間、版本、故事來源、主題思想、宗教意識、神話譜系等等研究。而在作者的問題方面，迄今仍未定讞作者爲誰？目前爲止共有六說，其一爲清人梁章鉅在《浪跡續談》、《歸田瑣記》二書中的看法；認爲是「前明一名宿」所撰。

　　《浪跡續談》卷六云：

　　　　余於劇筵，頗喜演《封神傳》，謂尚是三代故事也。憶吾鄉林樾亭先生嘗與余談：『封神傳一書是前明一名宿所撰，意欲與《西遊記》、《水滸傳》鼎立而三，因偶讀《尚書》武成篇「唯爾有神，尚克相予」語，衍成此傳。』〔註2〕

　　《歸田瑣記》云：

　　　　吾鄉林樾亭先生言，昔有士人，罄其家所有，嫁其長女者，次女有怨色。士人慰之曰：『無憂貧之。』乃因《尚書》武成篇『唯爾有神，尚克相予』語，衍爲《封神傳》，以稿授女，後其婿梓行之，竟獲大利云。〔註3〕

然而梁說乃筆記小說之言，未有作者姓名，故流傳雖久，亦不足爲證。

　　其二爲孔另境所編《中國小說史料》引缺名筆記云：

　　　　俗傳王弇州作金瓶梅，爲朝廷所知，令進呈御覽，弇州懼，一夜而成《封神演義》，以此代彼，因之頭白。此與云王實父撰西廂，至碧

〔註1〕如沈淑芳即指出自明至清之秘密宗教，如黃天道、一貫道等，所信仰的神祇多爲《封神演義》中諸神，然而究竟是《封神演義》先採各宗教傳說，編成神譜，或是各宗教受《封神演義》影響，則無從考辨。但這已可顯示《封神演義》與民間信仰、宗教關係極深。詳見沈淑芳《封神演義研究》臺北：東吳大學碩士論文，民國68年，頁120～121。

〔註2〕轉引自註1書頁1。

〔註3〕轉引自註1書頁1。

雲天，黃葉地一曲，思竭而死，同一無稽。〔註4〕

此說言作者傳爲王世貞，但亦道破爲無稽之談。

其三爲明許仲琳所作；民國二十一年，國人孫楷第於日本內閣文庫發現明刊本《封神演義》，其著《中國通俗小說書目》第五卷云：

> 封神演義作者，明以來有二說：一云許仲琳撰，見明舒載陽刊本《封神演義》卷二，題云：「鍾山逸叟許仲琳編輯。魯迅先生有文記之。仲琳蓋南直隸應天府人，始末不詳。且全書惟此一卷有題，殊爲可疑。〔註5〕

此說的唯一根據是明舒載陽刊本《封神演義》卷二所題「鍾山逸叟許仲琳編輯」，但因證據不足，孫楷第本人也覺得可疑。

其四爲明陸西星所作，此說亦出於《中國通俗小說書目》；書目云：

> 一云陸長庚撰，余始於石印本《傳奇彙考》發見之。卷七〈順天時傳奇〉解題云：「《封神傳》傳係元時道士陸長庚所作，未知的否？」張政烺謂「元時，乃明時之誤，其言甚是。按長庚乃陸西星字。西星，南直隸興化縣人，諸生，著《南華經副墨》、《方壺外史》等書。明施有爲萬曆中所選《明廣陵詩》卷二十二選陸西星詩二十四首，詩有「出世已無家」之語，即《傳奇彙考》所云道士陸長庚作《封神傳》者也。〔註6〕

贊成此說者尚有李光璧、柳存仁二位先生，並提出了有關思想、文字、小說中人物影射、人物性格等證據；〔註7〕認爲作者就是陸西星。然而二氏之說其弊有二：一爲原始資料《傳奇彙考》已經不敢確定是陸西星所作；只說「未知的否」？二是其傳說本有誤（明時誤爲元時），而二氏以此爲據欲肯定之，不免有些牽強。〔註8〕

其五爲清初人僞託明人作品；由衛聚賢《封神榜故事探源》一書提出：

> 《封神榜》一書，一般人認爲是明代作品，以在日本發現了明代的版本爲證，殊不知這是清代人假託明代人的，並非真是是明代有此

〔註4〕見孔另境編《中國小說史料》臺北：中華書局，民國51年3月，頁96。

〔註5〕見孫楷第《中國通俗小說書目》臺北：鳳凰出版社，民國63年，頁171。

〔註6〕見註5書頁171。

〔註7〕李光璧說見《封神演義考證》，請參見註1書頁6～7。柳存仁說見《佛道影響中國小說考》卷一，請參見註1書頁7～10。

〔註8〕這是沈淑芳對李光璧、柳存仁二氏看法之意見，參見註1書頁11。

> 《封神榜》一書的！……《封神》我推斷它是清康熙三十年時作
> 品……作者是吳三桂的部下……雖則吳三桂反清失敗了，但吳三桂
> 國號「周」，正好借武王伐紂的故事，編成小說──《封神演義》，
> 痛罵滿清以「吐氣」。〔註9〕

衛聚賢先生在書中另舉證十四條，證明自己的主張。不過他的說法並未得到
學界認同；實因衛先生的證據是建立在「吳三桂反清建周」基礎之上，再廣
搜相關證據。和李、柳二氏一般失之主觀。

其六是認為反正作者誰屬眾說紛紜，莫衷一是，那就直接認為「作者佚
名」好了。〔註10〕

綜合以上六書，作者目前並無定論，既然作者尚無定論，那成書時間就
只能推論了；一般是認為在穆宗隆慶（西元 1567～1572）至神宗萬曆（西元
1573～1619）之間。〔註11〕

而版本問題，據孫楷第《中國通俗小說書目》所錄，共有：明舒載陽刊
本李雲翔序；《新刻鍾伯敬先生批評封神演義》二十卷一百回，別題為《批
評全像武王伐紂外史》；藏於日本內閣文庫。《封神演義》八卷一百回；長洲
周之標加建序文，此本共有三種版本；其中清覆明本、蔚文堂覆明本，現保
存於北京大學圖書館。《四雪草堂訂正本封神演義一百回》；共有二種版本，
有褚人穫序文。但今已難見二刻本。以上的三種版本，為後來各刻本所據。
〔註12〕

目前的刊本，多以文化圖書公司本、大中國圖書公司本、三民書局本為
主，皆為一百回刊本，不著卷數，題為明陸西星著，三民本別題有鍾伯敬評。
然而《封神演義》流傳的版本雖多，學者卻公認並無善本。〔註13〕

在故事來源方面，許多研究者研究的結果，認為該書採摭了《詩經》、《尚
書》、《禮記》、《左傳》、《國語》、《莊子》、《荀子》、《韓非子》、《呂氏春秋》、
《淮南子》、《史記》、《漢書》、《論衡》、《潛夫論》、《隋書》、《舊唐書》、《法
苑珠林》、《太公金匱》、《竹書紀年》、《武王伐紂書》、《列國志傳》、《三國演
義》、《漢宮秋》、《西遊記》及佛、道信仰，以武王伐紂為主要題材，益以仙

〔註9〕見衛聚賢《封神榜故事探源》香港：自印本，民國49年，下冊，頁202。
〔註10〕見宋海屏《中國文學史》，頁411。
〔註11〕這是沈淑芳的推論，詳見註1書頁15。
〔註12〕詳見註1書頁18～23。
〔註13〕見註1書頁23。

妖爭戰等事而來。〔註14〕

　　主題思想方面，則多稱該書「封神爲主旨，欲借武王伐紂的故事素材，刻意描寫暴政與仁政的對比，可見其目的在唾棄暴政，」然因囿於時代，仍無法突破專制政治的藩離，它的最高目標僅止於傳賢的開明專制而已。〔註15〕「明確的宗教企圖（調和三教）和政治目的（行仁政和反暴政），作家的身影頻頻在作品裡隱現出沒。」〔註16〕「以天意與人力的衝突展現主題，……書中以天意，解釋軍事、人倫和政治等各個層面的衝突，不失爲一方便法門。〔註17〕

　　至於宗教意識方面，曾勤良研究指出：《封神演義》是民間神祇崇拜的新神話依據。〔註18〕鄭志明研究《封神演義》中的特殊神觀，說明《封神演義》與民間信仰之間相互作用的關係。〔註19〕

　　神話譜系方面，蕭兵對於哪吒、二郎神等等人物，從神話型態、類型、譜系各方面有清楚的分析；〔註20〕朱秋鳳對於整部《封神演義》的神話譜系有詳盡研究。〔註21〕

　　至於《封神演義》向來被詬病的「天命思想」，〔註22〕也爲學者重視而予

〔註14〕說見梁紹壬、梁章鉅、愈樾、顧家相語，收於《中國小說史料》頁59～64。又見於顧肇倉〈封神演義考〉文化與教育旬刊，第57期，民國24年12月，頁38～42；錢靜芳《小說叢考》臺北：長安出版社，民國68年，頁4～8；沈淑芳註1書頁38～42；李若鶯《封神演義與武王伐紂書之比較研究》高雄：高雄師範學院碩士論文，民國69年；康士林著（Nicholas koss）呂健忠譯〈由重出詩探討《西遊記》與《封神演義》的關係〉臺北：中外文學，14卷11期，民國75年4月，頁33；張靜二〈從天意與人力的衝突論封神演義〉臺北：漢學研究，6卷1期，民國77年6月，頁691。

〔註15〕見註1書頁70～71。註14李若鶯書頁254。

〔註16〕見蕭兵《黑馬──中國民俗神話學文集》；〈封神演義的擬史詩性及其生成〉一文，臺北：時報出版公司，民國80年，頁384。

〔註17〕見註14張靜二文頁693、706。

〔註18〕見曾勤良《臺灣民間信仰與封神演義之比較研究》臺北：華正書局，1985年，頁55～151。

〔註19〕見鄭志明《神明的由來‧中國篇》嘉義：南華管理學院，民國86年10月，頁297～324。

〔註20〕參見蕭兵《中國文化的精英──太陽英雄神話比較研究》上海：藝文出版社，1989年。

〔註21〕參見朱秋鳳《封神演義的神話譜系》臺北：師範大學碩士論文，民國87年。

〔註22〕《封神演義》常被評爲思想淺陋、幼稚、無稽，或是內容怪、力、亂、神，大部份的原因都是因爲書中所呈現的「宿命論」思想。類似的評論相當的多，又以魯迅爲代表，他認爲《封神演義》是「侈談神怪，什九虛造，實不過假商周之爭，自寫幻想。」參見魯迅《中國小說史略》臺北：風雲時代出版公

以研究，如龔鵬程在〈傳統天命思想在中國小說裡的運用〉一文中，對《封神演義》天命思想的內容，有簡單勾勒，在〈以哪吒為定位看封神演義的天命世界〉一文中，對《封神演義》意義架構，以哪吒為定位，有所詮釋。在〈幻想與神話的世界——人文創設與自然秩序〉中，則對《封神演義》的世界觀及封神的意義，也有簡單的詮釋。〔註23〕

綜觀這些研究方向，其結果有多處遭遇瓶頸；首先在作者和成書時間部份，必須有新的資料發現，才能有可靠的答案，而在版本部份亦是如此，其次，在故事探源、宗教思想、神話譜系部份，成果已見多本專著，毋庸贅言。反而是思想的意義結構部份，仍有值得探討的空間；書中的中心思想——天命思想；也許在現代人的眼裡看來十分無稽保守，但卻是中國傳統小說的主要中心思想，幾乎每本小說都在處理天命與人的關係，唯有釐清天命思想的底蘊，才能瞭解其真正內涵為何？本文正是由天命思想切入《封神演義》的研究，並企圖找出其世界觀及主要意圖。

三、研究方法

順著上面所說，筆者所要探討的是藉由一定的意義結構，來釐清《封神演義》書中的思想，而這個意義結構該如何尋出？這就勢必由思維方式去探索。所謂的思維方式，是指「人作為思維的主體，在思維中以特有的形式和方式，把大宇宙中各種事物的客觀尺度同自己的內在尺度結合起來，通過對思維內容（信息）之觀念分解、綜合、再分解、再綜合的思維活動過程，不斷地創造出既源於現實原型又超越現實原型；且具有不同形式結構和功能特性的觀念對象系統。這種觀念的對象系統不僅可以借助於語言符號或其感性載體而獲得某種對象性的存在形式，而且還可以通過人的實踐活動轉化為具

司，1992 年 10 月五版，頁 209～210。

〔註23〕龔鵬程先生的三篇文章：分別發表於《中國小說史論叢・傳統天命思想在中國小說裡的運用》臺北：學生書局，民國 70 年。《中國文化新論・抒情的境界・幻想與神話的世界——人文創設與自然秩序》臺北：聯經出版公司，民國 73 年初版，頁 340～341。該文後又改名為〈中國文學裡神話與幻想的世界——人文創設與自然秩序〉，並收錄於《中國小說史論叢》一書中。〈以哪吒為定位看封神演義的天命世界〉臺北：中外文學，第 9 卷 4 期，頁 18～39。筆者這裡說龔先生的文章是簡單詮釋，是因為龔文原本並不是在研究《封神演義》，而是研究中國小說或文學的天命思想、神話幻想世界時，提及到《封神演義》的某些觀點，因為文章的範圍及作者意圖的限制，難免「見林不見樹」。

有客觀實在性的現實對象，它們一起構成了一個可以說是客觀實在化、現實對象化了的思維世界。」〔註24〕

　　換言之，思維的構成（即思維結構），包括了「意義」上的兩個系統；外在系統（包括思維主體、思維的客體、思維的技術中介系統。）內在系統（包括了存在於腦中的觀念系統，如知識信息層、動力調控層、智力智慧層。）其中內在系統主要研究重點，為神經醫學範圍（如思維因子、具體智力。）或認知心理學範圍（如認知過程、因子研究。）或思維學研究（如哲學思維方法、科學思維方法等等。）〔註25〕這些不是本書的研究範圍，也超出筆者的研究能力。本書的著力點在思維結構的外在系統，即作為思維主體的人，與其思維活動所觸及的事物、現象或實體（思維對象、思維客體），彼此之間的關係。

　　思維的主體——人，其思維活動的展開，或者說理解的基底（horizon of un-derstanding），離不開自然因素（自然界的規律）、社會因素（社會制度）、精神因素等等互相影響、互相結合，形成所謂存在的基底（horizon of existence）〔註26〕。即人經由對實存的生活世界的理解，而開啓人類的理解思維活動，進行問題的理解與建構。

　　因此，探索《封神演義》思想時，首先，要對作者的存在背景要有把握，然後找出書中的命題為何？再進一步找出書中的整體架構，最後開顯書中的意義。期望能恰當而妥貼的理解之。〔註27〕

〔註24〕這是夏陶甄、李淮春、郭湛三人所主編的《思維世界導論——關於思維的認識論考察》一書；對思維方式、世界、對象所下的定義。參見《思維世界導論——關於思維的認識論考察》北京：中國人民大學出版社。1992年11月，頁21～23。

〔註25〕參見註23書頁244～304。

〔註26〕關於理解的基底（horizon of understanding）、存在的基底（horizon of existence），及此經由存在而產生意識與實踐的觀念，得自於林安梧先生《存有·意識與實踐——熊十力體用哲學研究》一書。請參見頁9～15。《存有·意識與實踐——熊十力實用哲學研究》臺北：東大出版公司，民國82年。

〔註27〕筆者這段話中，其實包涵了兩種方法論的問題，一是牟宗三先生所謂的「文獻途徑」研究方式：即由生命的存在呼應，理解作者的背景、氣氛、及思想脈絡，然後掌握文句，形成概念，由此恰當的概念再進一步掌握問題。二是R. G. Collingwood所謂的「問題～答案」（question and answer）的邏輯；即由提出恰當的問題，來找出恰當的答案。文獻途徑的研究方式及「問題～答案」的邏輯，和筆者所謂的思維方式探討，是並行而不悖；並可包涵於思維方式探討之中。牟文見牟宗三〈研究中國哲學的文獻途徑〉，原刊《鵝湖》，74年

　　筆者這裡對《封神演義》的詮釋方式，看似和思想史的研究方式雷同。〔註28〕但筆者所著重的不是思想觀念與時代風潮、社會情境的彼此關聯，而是重在由瞭解思想發生的背景去找出問題，進而給予此問題恰當的理解、詮釋與重建。

　　過去的某些評論《封神演義》的學者，值得商榷之處，就在於沒有掌握《封神演義》的存在背景，或者說是瞭解其存在背景的形式，但不能接受，故直接予以貶低。以「神魔小說」、「怪、力、亂、神」、「宿命論」，評論其思想幼稚、無稽，是忽視了《封神演義》本身爲一部文學作品，其訴求對象爲市井大眾，其流傳已久，沒有明確的作者，極有可能經過多重加工，那麼採擷民間信仰或思想潮流入內，成爲整體架構之一，只會使它更受歡迎而已；而且，《封神演義》的思維基調——天命論，其由來正是我國思維傳統－天人合一的轉化，不必多加貶抑。此外，問《封神演義》贊成行仁政，反暴政，卻仍是囿於封建開明專制，更是問錯了問題，我們應該問的是爲什麼《封神演義》書中的秩序建構是如此？其意義爲何？其用心爲何？同樣的，與其追究是《封神演》抄襲《西遊記》，或是《西遊記》抄襲《封神演義》，不如問爲什麼兩部小說都要「封神」，其意義爲何？

　　如上所說，本論文是順著所謂的思維方式，去理解《封神演義》的存在背景，繼而去找出問題，開顯書中的整體架構，但這不代表說有一絕對超然於物外，超然於心靈之外的方法論懸掛在那，也就是不是有一種知識的符應法則爲標的，用以檢視《封神演義》。而是透過《封神演義》所展現的情境，去進入書中的生活世界，經由主體的對象化活動，建構《封神演義》的思想體系。

---

　　　7 月。收入《知識與民主》一書，頁 19～45。幼獅文化出版公司，民國 75 年
　　　1 月。R.G. Collingwood 的看法則參見：R.G. Collingwood 原著，陳明福譯《柯
　　　林鳥自傳》臺北：故鄉出版社，民國 74 年 3 月，第五章〈問題與答案〉，頁
　　　47。又筆者對兩家義理之瞭解多得於註 26 林書，請參見頁 10～13。

〔註28〕John Higham 在〈思想史及其相關學科〉一文中，曾分析思想史研究的兩種類
　　　型：一種是在事件與行爲外在脈絡之下注重外在的聯繫關係。思想史變成對
　　　於事件與行爲的關係研究，藉此尋繹出少數人所寫所言與多數人所際所爲之
　　　間的關係。另一類的學派則非常地堅持要在某些人所寫所言與其他人所寫所
　　　言之間建立起內在的關係。這一類的思想史所注意的不在事件的脈絡，其目
　　　的是爲了拓廣思想的脈絡，並使之體系化。它所尋求的是思想與思想之間的
　　　關係。則此二方式均與筆者的研究方式不同。請參見氏著，黃俊傑譯〈思想
　　　史及其相關學科〉臺北：食貨月刊，7 卷 3 期，民國 66 年 6 月，頁 142。

四、研究主題之展開

在全書的結構上，筆者指出《封神演義》的思想體系，是建構在天人合一的整體思維之上，其所關懷的核心問題，是天與人之間如何能適當溝通，使現實社會能重新安定，經由人與天地鬼神關係恒定，達成對死後世界恐懼的消除，及現實世界生活秩序的安排。《封神演義》所謂之「天」觀念，就其本體而言：是由一最高主宰至上神，所構成之整體性「天」，其形體為神所化生或分裂，其化生分裂之根源為「道」之分裂化生，而天的作用則經由氣的流通，得以不限時空、地點、自然、人文，而貫通於宇宙萬有。《封神演義》對於「天」的定義，其重點不在於「天」的自然科學義，即「天」是由什麼元素、物質構成？而是落在人事的角度，以建立社會秩序為目的。基本上，所探討的是人的問題，從人的問題涉及到天的意義，其基本架構是天人之間如何關聯的問題，以達成「天人合一」的理想境界。

在此總體思維之下，則是參雜了「氣的感通」系統思維、「天人類比」的類比思維、「奉常守變」的循環思維。「氣的感通」即認為人身中，有承自於天的「氣」，並可透過涵養、擴充等法，使個人的體氣與天氣交融；達成「天人合一」。認為宇宙是神的生活世界，而神的組織型態、來源，都是由人間制度、形象、屬性類比之。是謂「天人類比」的類比思維。因為生活世界中天上、人間、地下的仙、神、凡、聖、鬼等各類人等都受命於天，故世界秩序的混亂、失序，人的禍福、吉凶，只有天命可解決，人只要歸於天命即可達成和諧穩定的狀態。而天命又是循環出現，不曾有間斷，是謂「奉常守變」的循環思維。

「天命」為核心的總體思維，「神人共存」的世界觀，「存天命，去人欲」的行為價值觀，形成《封神演義》理論基礎。至上神化的「天」，所形成的「天命」，是社會組織構成原則，由神與人所共同構成。也是人人都應遵守的行為法則，制約每個人行動的價值標準，社會組織更替的標準，從之則吉，違之則凶，三者構成一個完整和諧的思想體系。

在這個思維方式之下，《封神演義》得以大肆「封神」，一方面建立起人神溝通管道的優先權，另一方面維持自認的「天命」秩序。進行一連串神祇的重整工作，將公認靈驗的神祇納入系統、編排組織順序，達成「天人合一」後個人生命、生活世界的秩序和諧。

其行為價值觀，立基於「天人合一」的思維之下，強調要「存天命，去

人欲」，社會才會安定有秩序。「天命」做為一種社會秩序的規範，透過「封神」的動作植入（internalzation）個人的意識之中，使人產生敬畏感，主動服膺，照做就有福，不依照就出毛病。因而形成一種社會共識，如果不依此習俗傳統而行，就會遭受周遭的人鄙夷或冷言相向，形成一種社會壓力制裁，從而遵循社會規範。

「天命」成為個人修持的唯一理據，解決社會失範、君王無道的唯一方法，一種至高無上的絕對法則。在書中，天命展現的理想在政治社會共同體的顯現，是由紂王之滅至武王之興，落在人間社會是指民豐物阜，市井安閒，來往行人謙讓尊卑的西岐世界，落在個人是指姜子牙式的一循於道，盡力修道，不敢違背天常，克勤天戒行事。

其規範的具體內容：是維繫政府組織的君臣，要遵守為君為臣之法；組成家庭的夫婦，要做好應該的本份；維繫家族生長的父子，要盡應盡的義務。這些內容的詳細規範就是所謂的「三綱」，代表著人間社會秩序井然的依據。

這樣的思維方式，是同於「天命」為詮釋起點，以生命的和諧為目的，其方法是養氣、鍊丹、修持，其規範是訴諸血緣親情、道德良知，所建立的「天命」社會。

五、結　論

經由主題的展開，筆者以為《封神演義》是以生活世界的和諧為目的，以人與天地鬼神的有效溝通（天人合一）作為詮釋起點，進而開出社會秩序、個人行為價值規範，鞏固整個生活世界的秩序。這種以道德、良知為實踐解決生活世界秩序的方法，已經成為中華民族的支援意識（subsidiary awareness），及解決問題的典範（paradigm）。〔註29〕

〔註29〕支援意識（subsidiary awareness）：是博蘭尼（Michael Polanyi）「默會致知」（tacit knowledge）觀念中的兩種影響個人知識思考意識之一，指無法表面說明，在與具體事例常接觸以後經由潛移默化而得到的。而民族文化命脈的延續，主要取源於此支援意識。此支援意識乃是經由文化與教育影響到個人，成為影響個人思考問題得到答案的重要因素。典範（paradigm）是孔恩（Thomas Khun）從博蘭尼的「默會致知」（tacit knowledge）發展出的觀念，典範有兩種意義，一方面，它代表一特定共同體成員所共有的信念、價值、技術等等所構成的整體；另一方面，它表示這個整體中的一種元素，被作為模型或範例使用的具體謎題解答，能夠替代明顯的規則，以作為常規科學其他謎題解答之基礎。孔恩的典範觀念，雖然原本是用來解釋科學研究方法論，不過孔恩本人認為典範觀念本來就是從其他學科中輾轉借來，不反對別的學科使

　　「封神」就是建立在此範型之下，解決生活世界混亂、不安，個人自我生命困惑，達成生命自我實現的目標。然而，此範型卻與現代市民社會（civil—society）強調公民權利、公民責任，服從法律、契約大不相同。所以接受現代西式教育的知識份子無法接受，以怪、力、亂、神、視之，但另一方面，它又存在於生活之中，成為解決問題的範型。〔註30〕

　　其實如何有效的接收現代西方文明優點，又不喪失本國文化的特色，一直是近代知識份子努力的方向，只是瞭解西方文明並不容易，在西方文明優勢之下，瞭解本國文明也變得非常困難，然而，不去瞭解本國文明內容，是無法有效地認清社會、文化的危機，遑論解決社會、文化問題，及吸收現代西方文明精華。

　　筆者提出論文的目的即在於此，希望能對《封神演義》本身所呈現的思想與意義，有合理性的解釋，產生有意義的意義結構，能解釋一些混沌不明的現象，及提出有意義的思考方向，能找尋出書中對人生的價值、人生的意義、人生的問題的看法，和書中所提出的解決方向。〔註31〕

　　　用。本文此處借用解釋中華民族思考問題、解決問題的基型。詳細資料請參
　　　見 Michael Polanyi Harry Prosch 原著，彭淮棟譯《意義》臺北：聯經出版公司，
　　　民國73年，第二章〈個人知識〉頁23～52。Thomas Khun 原著，王道還等譯
　　　《科學革命的結構》臺北：遠流出版公司，1991年新版三刷。頁234、251、
　　　269。
〔註30〕近年來臺灣社會重大社會事件頗多，其中牽涉到宗教、制度、感情、理性等
　　　等問題，不過大多數的人面對變局的想法，是心靈改革、歸依權威。便是此
　　　種範型的例證。我們雖有民主體制、監察制度，但是所謂的民主，最後常取
　　　決於絕對至高權力者，來解決政治上制度的不足，如我們的政治人物常說：「人
　　　在做，天在看。」並未從「天命」的咒術邏輯中解除。人們也並未養成遵守
　　　法律習慣，而是選擇性遵守。
〔註31〕梁娥（Sussane Langer）認為：一門哲學的特色，是由提出問題而不是所認
　　　定的答案決定的，答案只是一堆事實，問題則提供一個架構，將事實的圖象
　　　顯示出來。林毓生解釋何謂人文學科（humanities）時，認為人文學科不是人
　　　文科學，人文學科是用來找尋人生的意義、肯定人生的價值。這二位先生的
　　　看法對筆者啟示頗多。請參見 Susanne K Langer，《Philosophy in a New Key》
　　　Cambridge：Harvard University Press，1980.P4。本段文字中譯見張德勝《儒
　　　家倫理與秩序情結——中國思想的社會學詮釋》臺北：巨流圖書公司，1995
　　　年11月，頁35。林毓生《思想與人物·中國人文的重建》臺北：聯經出版公
　　　司，民國72年8月初版，頁4。

第二章　天命世界的思維基調
——天人合一

提　要

　　《封神演義》的思維基調是天人問題，書中對「天」的看法；就其本體而言：是由一最高主宰至上神，所構成之整體性「天」，其形體為神所化生或分裂，其化生分裂之根源為「道」之分裂化生，而天的作用則經由氣的流通，得以不限時空、地點、自然、人文，而貫通於宇宙萬有。《封神演義》對於「天」的定義，其重點不在於「天」的自然科學義，即「天」是由什麼元素、物質構成？而是落在人事的角度，以建立社會秩序為目的。基本上，所探討的是人的問題，從人的問題涉及到天的意義，其基本架構是天人之間如何關聯的問題！以達成「天人合一」的理想境界。

關鍵詞：封神演義、天人合一、思維方式。

一、前　言

　　評論《封神演義》的文字大半貶多於褒，而貶的方面泰半集中於天命思想部分。〔註 1〕然而在民間，《封神演義》卻是一部流傳久遠的通俗小說，改編成地方戲劇、電視、電影作品不計其數。一部小說之所以能流傳久遠，必定有其特殊價值。以往的研究者在研究《封神演義》時，多針對書中的作者、成書時間、故事來源、主題思想等等，從事研究。但對於《封神演義》書中的思想基礎為何？卻鮮少探討，本研究即是針對此問題展開思考，經由多方的探討，筆者發現《封神演義》背後的根本是以「天人合一」思維為基調的天命思想。本文嘗試去探討的是：以「封神」為宗旨所建構的天命世界，其內在思維方式及其架構。

　　《封神演義》的天命世界，其所關懷的核心問題，是天與人之間如何能適當溝通，使現實社會能重新安定，經由人與天地鬼神關係恆定，達成對死後世界恐懼的消除，及現實世界生活秩序的安排。於此，則《封神演義》所理解之「天」之觀念為何？「天」與「人」如何互相關聯？此互相關聯的「天人架構」實質內容為何？將關涉到整個《封神演義》的思想體系、內在思維方式，以下將分別加以論述。

二、《封神演義》中「天」的意義

　　綜合《封神演義》書中所敘述，「天」的意義為：具神性義主宰萬有一切之「天」，此主宰萬有一切之「天」，掌握宇宙萬有事物形成根源，行為及道德規範，茲敘述如下：

　　《封神演義》中認為宇宙的創生過程，是由一片混沌而到自然之天，書

〔註 1〕 如劉大杰先生認為《封神演義》文字雖頗通順，但思想幼稚。魯迅認為《封神演義》「似志在於演史，而侈談神怪，什九虛造，實不過假商周之爭，自寫幻想，較《水滸傳》固失之架空，方《西遊》又遜其雄肆，故迄今未有鼎足視之者也。」又據張靜二先生的統計，後代的小說史家、文學史家，和魯迅意見相似者，計有胡雲翼、黃公偉、蘇雪林、李曰剛、周億孚等五家，完全未提及《封神演義》者，計有馮沅君、吳雲鵬、胡毓寰、謝　量、歐陽溥存、趙景深、曾毅、兒島獻吉郎等八家。《封神演義》學術地位之低，由此可見。劉文見《中國文學發達史》，臺北：中華書局，民國 60 年，頁 962～963。魯文見《中國小說史略》臺北：風雲時代出版公司，1992 年 10 月五版，頁 209～210。張文見〈從天意與人力的衝突論封神演義〉漢學研究：第 6 卷一期，民國 77 年 6 月，頁 689～690。

中起筆便云：

　　混沌初分盤古先，太極兩儀四象懸〔註2〕

這裏包涵了兩種不同的解釋系統，首先，是盤古開天闢地的神話，這個神話
在古籍中有兩種典型，〔註3〕一是屍體生化型；敘述盤古死後，其屍體化生爲
五岳、日月、江海、草木、風、雷、電等自然現象。另一種是天地分裂型；
敘述天地起初混沌如雞子，盤古生其中，一日九變，後乃有天地。

　　此外，太極、兩儀、四象的系統，是指宇宙的起源由天地萬物的根源─
─太極，而生陰陽兩儀，陰陽和合而形成宇宙萬物。

　　此一系統的來源是易傳所云：「易有太極，是生兩儀，兩儀生四象，四象
生八卦。」〔註4〕這個宇宙起源的理論中，並沒有神的位置存在，爲了要和盤

〔註2〕《封神演義》一書，因目前並無善本，故採用坊間通行之三民書局本，文見
　　　　《封神演義》臺北：三民書局，民國85年10月，頁1。
〔註3〕根據日本學者高木敏雄在《比較神話學》一書中，就世界各國創世神話進行
　　　　研究，將它分爲大陸型及海洋型，其中大陸型又分爲屍體生化型和卵生型（天
　　　　地分離型），兩種亞型。葉舒憲先生認爲最早記錄盤古神話的三種文獻材料：
　　　　《五運曆年紀》、《述異紀》、《三五曆紀》，前兩者爲屍體生化型，後者爲卵生
　　　　型（天地分裂型），但是三者都不是原始型態的創世神話，屍體生化爲五岳之
　　　　説，約在五行説盛行以後，方有此説。而卵生型則更爲複雜，是更爲晚出的
　　　　説法。盤古神話原文及高木敏雄、葉舒憲先生看法，參見葉舒憲《中國神話
　　　　哲學》北京：中國社會科學出版社，1997年4月初版3刷，頁325～326。
〔註4〕《易・繫辭傳上》臺北：藝文印書館十三經注疏本，頁156～157。又陳鼓應
　　　　先生認爲：
　　　　《易・繫辭傳》與道家淵源頗深，他引用朱伯崑《易學哲學史》中看法，認
　　　　爲《繫辭》中的「太極」一詞，是從《莊子》中演變發展而來。《繫辭》的作
　　　　者將《莊子》形容空間最高的極限術語加以改造，用來表達六十四卦的最初
　　　　根源，此即「易有太極」的本義。「太極」作爲一種範疇，在易學史和哲學史
　　　　上經歷了一個發展過程，其最初的涵義指空間最高的極限，其次指六十四卦
　　　　的根源，而後方演爲實體概念，成爲説明世界的始基和本體的範疇。「兩儀」
　　　　的陰陽觀，也受《莊子》的影響，《莊子》內七篇中「陰陽」一詞出現了四次，
　　　　《莊子》全書中則出現了二十多次，而且，莊子認爲陰陽二氣充塞天地之間，
　　　　萬物由陰陽二氣交感而來，萬物自身包含著陰陽兩個方面，自然界及人類社
　　　　會中有陰陽對立的現象。這些看法均與《繫辭》相同。因此，《繫辭》陰陽説
　　　　是受了《莊子》的影響，有所提升而成。筆者則認爲類似陰陽、氣之類的觀
　　　　念，本就屬於中國固有思維之一，後世諸家繼承了此原始概念而各有發揮，
　　　　除非有第一手考古資料發現，否則很難論定先後、影響。而且，太極──兩
　　　　儀──四象──八卦系統，首出於《繫辭》，故此處直接論斷出於《繫辭》。
　　　　陳文見氏著《易傳與道家思想・易傳繫辭所受莊子思想的影響》臺北：臺灣
　　　　商務印書館，1994年，頁111～114，123、287。

古開天闢地神話配合,《封神演義》對兩者進行詮釋。第八十四回云:

> 高臥九重雲,蒲團了道真。天地玄黃外,吾當掌教尊。盤古生太極,
> 兩儀四象循。一道傳三友,二教闡截分。玄門都領秀,一氣化鴻鈞。
>
> 〔註5〕

這裏把太極視為盤古所生化,進而有陰、陽兩儀及萬事萬物,表示有一個至高無上至上神——盤古,創造並統攝整個宇宙萬有。但是,《封神演義》書中的宇宙主宰並不是盤古,而是鴻鈞道人。如此則產生解釋的矛盾,於是,書中以另一種方式來解釋盤古與鴻鈞的關係,盤古與鴻鈞之間是以一氣相承,稟氣而生,道隨之而傳。鴻鈞道人因而成為盤古的繼承者,天地萬物秩序的主宰者。而他的三教弟子(闡教、截教、人道),經由氣的修養,而得到掌管宇宙秩序、生長之源的「道」旨,進而和鴻鈞道人共同掌管宇宙萬物秩序。〔註6〕

「道」從盤古相承至鴻鈞,是因氣而生、而傳,這裡又牽涉到「氣」的思想系統,氣的概念出現在典籍,最早是在《左傳》、《國語》兩書中,《左傳》昭公元年論及了「六氣」,即陰氣、陽氣、風氣、雨氣、晦氣、明氣,「六氣」變化形成春夏秋多四時,產生金木水火土五行及相應的五味、五聲、五色,如果「六氣」變化失其常序,便會引起人體疾病。而社會制度的內容、人的情感、意志、思想也源於「六氣」。《國語·周語上》記載周幽王二年三川地區發生地震,周大夫伯陽父解釋為:「夫天地之氣,不失其序,若過其序,民亂之也,陽伏而不能出,陰迫而不能蒸,於是有地震。」則《國語》認為天地有陰陽二氣,二氣變化造成自然秩序失控,形成地震。所以在原始的概念

〔註5〕同註2書,頁854。

〔註6〕一般來說研究《封神演義》的學者,認為《封神演義》中的三教,代表道教的三個教派闡教、截教、人道。同源於鴻鈞道人這點,是無所爭議。但是,鴻鈞道人是否代表唯一、至高無上的權威。沈淑芳和鄭志明兩位先生的看法則不相同。沈淑芳在《封神演義研究》中:認為「鴻鈞道人是道教徒崇拜的唯一偶像,任何爭執過失,一經權威裁決,即成定讞,必須謹慎奉行。」鄭志明在〈封神演義的多重至上神觀〉中:認為「鴻鈞道人和元始天尊、通天教主、老子四人的師徒相稱,只是借用人間師徒的形式來說明道的傳承關係,實際上小說是並列著四種至上神,對這四個人物的介紹都從宇宙造化角度,言其至高無上的地位。」筆者則認為從引文看來,鴻鈞道人的主宰者地位無可置疑,但他的領導方式,則為無為而治,平時均是授令給眾徒執行。如「封神」即是由元始天尊得令,再授與姜子牙執行。因此,筆者認為是共同掌管宇宙秩序。沈文見《封神演義研究》臺北:東吳大學碩士論文,民國68年,頁90。鄭文見《神明的由來中國篇》嘉義:南華管理學院,民國86年10月初版,頁311。

中;「氣」是人的生命力的來源,也是自然界一切現象的來源,並且生生不息,持續變化。以後的思想家則繼承此一涵義,而各自有所詮釋。〔註7〕

《封神演義》中氣與道之間的關係,書中敘述並不清楚,大體而言,應該和下列書籍有關,如《黃帝內經》、葛洪《抱朴子》、陶弘景《眞誥》、宋元時期流行的內丹修眞理論。《黃帝內經》中將氣劃分成先天、後天兩種,即包括天地之氣、五行之氣、四時之氣的自然之氣,人由天地合氣而生成生理之氣,其修養境界可分爲先天的通天型態(修養眞氣的通天型態)、後天的通天型態(交融體氣天氣的通天型態)兩種。葛洪《抱朴子‧至理》中將氣認爲是「自天地至於萬物,無不須氣以生者也。」陶弘景《眞誥‧登眞隱訣》中認爲「道者混然,是生元氣,元氣然後有太極,太極則天地之父母,道之奧也。」內丹修眞理論認爲元氣從屬於道(太極、一),爲產生天地萬物的本源,人的生命之源;長生、成仙的關鍵即在復元氣、保道氣。從自然之氣至人生命之氣到道氣,從先秦典籍《左傳》、《國語》,至漢代醫書《黃帝內經》,魏晉南北朝、宋元道教書籍及理論,可以看出《封神演義》中氣的概念之傳承關係的由來。(盤古與鴻鈞之間是以一氣相承,稟氣而生,道隨之而傳。鴻鈞道人因而成爲盤古的繼承者,天地萬物秩序的主宰者。而他的三教弟子,經由氣的修養,而得到掌管宇宙秩序、生長之源的「道」旨。)〔註8〕

「天」既然由神所主宰及構成,並且經由氣的修養,「道」可以由「主宰

〔註7〕　這是張立文先生在《氣》一書中對《左傳》、《國語》兩書中,氣的概念的整理及看法,莊耀郎先生在其碩士論文《原氣‧氣的原始概念》中,也認爲兩書中所指之氣包涵自然之氣與人氣。筆者此處則是綜合轉引之,張文見張立文主編《氣》北京:中國人民大學出版社,1990年,頁21~26。莊文見氏著《原氣》臺北:臺灣師範大學大學碩士論文,民國73年,第二章,頁9~15。

〔註8〕　此處關於各書中對氣的看法,楊儒賓認爲《黃帝內經》中將氣劃分成先天、後天兩種,修養境界因此有先天的通天型態(修養眞氣的通天型態)、後天的通天型態(交融體氣天氣的通天型態)兩種。《黃帝內經》上通晚周的精氣說,下通宋元的內丹理論。文見《中國古代天人溝通的四種類型及其意義》臺北:臺灣大學博士論文,民國76年,第四章,頁93~115。葛洪《抱朴子》一書見註7張立文書,第三章第三節的看法,頁99~103。陶弘景《眞誥》見小野澤精一、福永光司等編李慶譯,《氣的思想》上海:上海人民出版社,1990年,頁265~267。內丹修眞理論得自於鄭志明《神明的由來中國篇‧封神演義的多重至上神觀》中認爲道教的內丹修眞理論,是《封神演義》的形上學理論。文見鄭志明《神明的由來中國篇‧封神演義的多重至上神觀》嘉義,南華管理學院,民國86年10月,頁317~318。筆者再整理諸家說法而成之,因爲是筆者自行整理串連故云「應該」和這些書籍有關。

神」處傳達到宇宙萬有，進而構成一個由「主宰神」分殊而來的各種神祇，（如五岳、日、月、星、火等神），構成了眾神的世界。如此，宇宙萬有的共同本源就是「道」，在「道」的支配之下，神的監督之下，氣的流通之下，日月星辰、山川大河、草木鳥獸、君臣百姓，彼此相應，互相關聯，共同向著道的命令前進，那就是「天命」。〔註9〕

此一至高無上的至上神，既然掌握了宇宙萬有固定的秩序，一旦不依其而行，便會發生災難，眾神不安其意，便會自相殘殺，一片血腥。國君不遵其令而行，就會倒行逆施，產生國家動亂。後果是違令之紂王，其下場是：「煙迷霧捲，金光灼灼掣天飛；焰吐雲從，烈風呼呼如雨驟。排炕烈炬，似煏如緇。須臾萬物盡成灰，說什麼棟連霄漢；頃刻千里化紅塵，……摘星樓下勢如焚，六宮三殿，延燒得柱倒牆崩，天子命喪在須臾。」〔註10〕一切的大好江山、錦衣玉食、六宮粉黛，都化作火焰，付之一炬。

而違令之三教教主，縱使法令再高強，也只能服下鴻鈞道人之仙丹，「若有先將念頭改，腹中丹發即時薨！」〔註11〕違背天命，就是死路一條。而遵天而行的一方則不然，當紂王自焚於摘星樓之時，武王正準備要告天地宗廟社稷祖宗，接受冊寶，嗣即大位，封官分土，大赦天下！姜子牙原是生來命薄，仙道難成之人，上山修行了四十年，也沒半點道行，只因成湯數盡，周室當興，故助元始天尊封神任務，扶助文、武王，後身為將相，得封國齊地。這一切的大逆轉，並不是姜子牙個人的努力，而是天命！應天則吉，逆天則凶，不分貴賤、仙凡！

此處的天命義，從掌握國家或個人命運之義，進而發展成為掌握國家或個人吉凶命義，而且是應之則吉，逆之則凶，完全沒有道理、脈絡、條件可循，只有天命運轉不息，宇宙萬物亦處在此中，若不知其運轉軌跡則亡！

〔註9〕 傅斯年先生在《性命古訓辯證》一書中，指出在甲骨文及早期金文中，尚無命字，而令字頻頻出現。歸納古鼎「金文」中令字的用途，均不出王令與天令二項。約自西周中葉開始（公元前約九百年），金文中始出現「命」字，命的原始意義是命令，沒有任何其他意義。《書經》與《詩經》中的命字除去原始意義之外，已經衍生了「上天所支配的國家或個人命運之意」。上帝安排個人或國家的命運時，可能採無條件的方式，人對之完全無可奈何（命字第二義）；也有可能採有條件的方式（命字第三義）。本文此指第二義之「天命」義。參見《性命古訓辯證》上海：商務印書館，民國27年。

〔註10〕 同註2書，頁995。

〔註11〕 同註2書，頁856。

　　從前文闡明，《封神演義》所謂之「天」觀念，就其本體而言：是由一至高無上至上神，所構成之整體性「天」，其形體爲神所化生或分裂，其化生分裂之根源爲「道」之分裂化生，而天的作用則經由氣的流通，得以不限時空、地點、自然、人文，而貫通於宇宙萬有。是則《封神演義》中，「天」的觀念，是由一至高無上至上神所構成之天，構成了天命流行的場域（field）。〔註12〕

三、《封神演義》天人架構

　　從上文的分析中，可以發現《封神演義》對於「天」的定義，其重點不在於「天」的自然科學義，即「天」是由什麼元素、物質構成？而是落在人事的角度，以建立社會秩序爲目的。基本上，所探討的是人的問題，從人的問題涉及到天的意義，其基本架構是天人之間如何關聯的問題，以達成「天人合一」的理想境界！

　　「天人合一」的思想模式，是中國思想、宗教的思考方式，隨著對天關係瞭解的不同，而有不同的類型。〔註13〕而《封神演義》的模式爲何？根據爲何？最終的境界爲何呢？

〔註12〕場域（field）依卜地峨（Pierre Felix Bourdieu）的說法是行動者在社會的活動空間。此處指一個由天命流行而構成的活動空間，卜氏說法見洪鎌德《社會學說與政治理論──當代尖端思想之介紹》臺北：揚智文化公司，1997年6月初版，頁60～62。

〔註13〕如楊慧傑先生將先秦主要典籍加以分析探討，分爲三種類型：A 天人感應、B天人合德、C 因任自然。第一型包括詩、書中所言的德、命符應說，及墨子、易傳的天人關係論，第二型包括孔、孟及中庸天人關係。第三型包括老子與莊子。韋政通先生將先秦兩漢時「天人合一」思想，分爲三種類型：A 儒家的天人合道論，以孟子爲代表，人由心性的工夫，以追求終極境界爲最高的目標，才能達成天人同德的境界。B 道家的天人不相勝論，爲莊子所建立，天是自然，也代表人的終極境界，人生的最高目標，即在因任自然，以求達到「與天爲徒」的境界。C 漢儒的天人感應論，爲董仲舒所建立，效法天神的天子，則天降祥瑞，天子如失德失道，則天降災害。張亨先生將天人關係分爲三型：A 天──自然與人的關係，B 天──帝神與人的關係，C 天──道與人的關係。將「天人合一」的模式分爲三種：A 天人合德型：以儒家爲代表。B 天人爲一型：以道家爲代表，C 天人感應型：陰陽家及董仲舒爲代表。楊文見《天人關係論──中國文化一個基本特徵的探討》臺北：大林出版社，民國70年1月，頁193～194。韋文見《中國思想史》臺北：水牛出版社，1997年，頁610～613。張文見《中國人的價值觀國際研討會論文集·「天人合一」觀的原始及其轉化》臺北：漢學研究中心，1991年5月，頁823、843。

首先，就「天人合一」的依據而言，《封神演義》云：

> 修仙者骨之堅秀，達道者神之最靈。判凶吉分明通爻象，定禍福分
> 密察人心。闡道法，揚太上之正教；書符籙，除人世之妖氣。謁飛
> 神于帝闕，步罡氣于雷門。扣玄關，天昏地暗；擊地戶，鬼泣神欽。
> 奪天地之秀氣，採日月之精英。運陰陽而煉性，養水火以凝胎。二
> 八陰消分若恍若惚，三九陽長分如杳如冥。按四時而採取，煉九轉
> 而丹成。跨青鸞直沖紫府，騎白鶴遊遍玉京。參乾坤之妙用，表道
> 德之慇懃。比儒者分官高職顯，富貴浮雲；比截教分五刑道術，正
> 果難成。但談三教，惟道獨尊。〔註14〕

這是借雲中子之口所述之言，人、地、天均為「至高無上的至上神」所主宰
及生成，甚致人的吉凶性命，社會的動盪與否？萬物的向榮與否？都是這「至
高無上的至上神」的旨意，亦即人類社會活動及生存之根源，即在於此，與
人的存在密不可分，故「天人」必須合一，方能判凶吉、定禍福。而進一步
更顯示了天與人在具體內容上完全合一，只要透過奪天地之秀氣，採日月之
精華，運陰陽、煉丹丸，人便可修鍊而成仙，進而達成「道」的生命境界，
成為神。

　　《封神演義》認為天與人之間本就可以互相感通，透過種種的修行，天
命與人力是可以合一的，甚至人也可以成為神，就天與人的關係而言，天命
是人活動的根據和標準，外在於人而作為人性的制裁。所以，雲中子要誇耀
闡教，認為人道雖享富貴高官，截教擁有五刑道術，都比不上闡教能真正修
成「道」的生命境界之神的地位。

　　天人雖可經由修行而為一，但是人之根器有異，有無法修行者，有修行
之後根器不深者，只好搬弄五刑道術，有違天而行者，都造成了天人無法合
一，甚至相異的地步，這例子在《封神演義》中比比皆是，其結果總是逆天
者亡。

　　因此，如何克服這種限制，通過「天人合一」，來達成「道」的生命境界，
便成為《封神演義》天人架構中，最重要的問題，首先，便是要修行，修天
地之秀氣，日月精華，陰陽和合，服食丹藥，才有成仙的可能。其理論基礎
是貫通天、地、人之間，有一「氣」的存在，掌握了氣的規律，人便能以此
為媒介感應「天命」，順著氣反溯而上，人更可復歸「道」的生活境界。然而，

〔註14〕同註2書頁44。

修行不是人人可以達成，要跟對師父，要自身有根器，否則，還是不能成仙、成神，如「三教大會萬仙陣」一回，老子見到通天教主的萬仙陣時，對通天教主的徒弟有一些看法，他說：

> 他教下就有這些門人！據我看來，總是不分品類，一概濫收，那論根器深淺，豈是了道成仙之輩？此一回玉石自分，深淺互見。遭劫者，可不枉用工夫，可勝嘆息！〔註15〕

慎選師尊是第一法則，有良心的師父，會像姜子牙師父元始天尊一般，告訴他根性淺薄，只能成人道，不必再在崑崙山蹉跎歲月，反之，則如通天教主的徒眾一般，是枉用工夫罷了。

那對於一般人或不從事修行的君王，該如何是好呢？《封神演義》提出要聽從有能力道士之言，書中的紂王在完全聽從妲己之見前，先有雲中子進劍除妖；雲中子見妖氣貫于朝歌，怪氣生於梵闕。因而進劍除妖，他對紂王進詩如下：

> 豔麗妖嬈最惑人，暗侵肌骨喪元神。若知此是真妖魅，世上應多不死身。〔註16〕

雲中子之言，不但暗示了妲己是禍亂之源，會造成紂王心智迷亂，為非作歹，也預言了將有一場大難，禍及許多人，但是紂王見妲己昏沈，臥榻不起，立毀寶劍，使得妲己妖光復長。連想稍延成湯脈絡的雲中子，也只能點首嘆氣，留下五則預言：明示成湯合滅、周室當興、神仙遭逢大劫、姜子牙合受人間富貴、諸神欲討封號。

在此之後，姜子牙下山，至朝歌為官，此時之紂王殺妻誅子，濫殺大臣，建炮烙、肉池、酒林、蠆盆、囚西侯，為惡甚多，但是姜子牙仍勸諫紂王：

> 今四方刀兵亂起，水旱頻仍，府庫空虛，民生日促；陛下不留心邦本，與百姓養和平之福，日荒淫於酒色，遠賢近佞，荒亂國政，殺害忠良，民怨天愁，累世警報，陛下全不修省。今又聽狐媚之言，妄興土木，陷害萬民，臣不知陛下之所終矣。臣受陛下知遇之恩，不得不赤膽披肝，冒死上陳。如不聽臣言，又見昔日造瓊宮之事耳。可憐社稷生民，不久為他人之所有，臣何忍坐視而不言？〔註17〕

〔註15〕同註2書頁833～834。

〔註16〕同註2書頁45。

〔註17〕同註2書頁174。

再一次，姜子牙又警告了紂王，已經民怨天愁，再不悔改，終將江山易主。這次的勸諫比起雲中子，是明白激烈許多，無奈紂王心神已亂，無法了悟。之後的殺伐更多，眾神也展開一場惡鬥。

由此可知，總有識得天命之道士會暗示天機，一般人若能聽從他們的意見，雖然不見得能力挽狂瀾，但多少能稍延劣勢。

於是，天雖是具有無限力量的絕對者，人處於天地之間，人可以用修行的方式，達成天人的感通及模仿，發揮天的秩序與命令，達成天、人、地秩序的安頓，天命與人心由此而和諧一致，這就是《封神演義》書中理想的天人架構模型。

四、天命流行與人自處之道

前文已提及，神性義之天的運行自有其主宰者，此主宰者生發萬物，並主宰命令萬物。人受到天命的限制，所以人個體生命能力有限，經由修行的方式，人可克服命運的限制，然而其限度又為何？天人之間相互作用的狀態，形成天命與人力的關係，也是人存在的實質關係。

對此，《封神演義》提出了天命為人命命定之主宰，天命為人力的依據二項論點，茲分述如下：

就人個體生命由天所賦與而言，則天是人生命的來源，具有主宰義，是無可置疑的，就人實現天的命令之必然性，則天又掌握人的吉凶之命，具有不可轉移的絕對性，亦是書中所強調。然而，就人生的現實面而言，每一個人雖有上述共同點，卻也有不同點。人之富貴、貧賤、禍福、死生各有不同。有人可為聖、有人為賢、有人為愚、有人為不肖。這些都是天所賦與的限制，造成個人生命的許多不同點。都歸結為天所與之限制！譬如說第十三回哪吒無端用乾坤弓、震天箭射死了石磯娘娘的弟子碧雲童子，又傷了彩雲童兒，結果石磯娘娘來復仇，哪吒抵抗不力，竟跑至師父太乙真人處躲藏，而太乙隱護哪吒，只為了天命所定，無所逃躲而已！太乙真人對石磯娘娘的回答，可以為證。他說：

> 哪吒在我洞裏，要他出來不難，你只到玉虛宮，見吾掌教老師。他教與你，我就與你。哪吒奉御敕欽命出世，輔保明君，非我一己之私。……今成湯合滅，周室當興，玉虛封神，應享人間富貴。當時三教僉押封神榜，吾師命我教下徒眾，降生出世，輔佐明君。哪吒

乃靈珠子下世，輔姜子牙而滅成湯，奉的是元始掌教符命。就傷了
你的徒弟，乃是天數。〔註18〕

可見天在人初生之時，早已賦與人不同的使命與限制，而有不同之命限。然
則天所賦與人之命是否是至正無私的呢？書中的看法顯然是否定的，太乙眞
人說自己無一己之私，一切只是天數，只是天爲了完成成湯當滅，周室當興
而活該碧雲童子當死，彩雲童兒當傷，石磯娘娘當誅。顯然天是有差等的、
有分別的限制了個別生命之命限。何以說有天之私，而無人之私！

　　人面對命限，該如何處理呢？前文已提及《封神演義》的作法是修行，
借吸收日月精華、天地之氣，來超越命限，或是遵行有修行得道者之開示，
來延緩命限的到來，但這些終究敵不過天命的限制，只能盡人事而聽天命了！
太乙眞人在與石磯娘娘殺伐時，作者借太乙之口所言，便頗有此意味。他說：

石磯乃一頑石成精，採天地靈氣，受日月精華，得道數千年，尚未
成正果；今逢大劫，本像難存，故到此山。一則石磯數盡，二則哪
吒在此處出身。天數已定，怎能逃躲。〔註19〕

類似的「天數已定，怎能逃躲」的口吻，不斷的出現在書中，於是，人所謂
知天命，不但是知天命之統攝人吉凶之命數，也代表了天對人命的限定。於
是要檢討的是天命與人之間的關係。

　　《封神演義》在討論天命時，已指出了天命的主宰義及限制義，並引申
出天以命責付於人，爲人所以能存在於世，並維持秩序安頓之根據。若是不
依天命而行，則必招致滅亡。故整本書充滿了與天命衝突，而招致毀滅之例。
〔註20〕天與人既然有如此密切之關係，則人一方面自覺生命之必然限定性，
另一方面則體認天命之必然規律性，如此，「天」便成爲行爲規範、道德意識
之準則，富貴功名之來源，人們只要能體現天的限制及主宰意義，當下便能
將道德規範內化（internalization），成爲個人的價值觀。這便是天人上下相互

〔註18〕同註 2 書頁 134。

〔註19〕同註 2 書頁 135。

〔註20〕如張靜二先生即認爲《封神演義》的主題，是天運循環。乃是透過天數與人
　　　　力的衝突展現。天數指自然運作的規律或法律，而人力指人（包括神仙妖怪）
　　　　的自由意志。而龔鵬程先生則認爲《封神演義》是：徹底承認天命的超越能
　　　　力，明顯地走入天命預設的架構中，去展示天意，成爲天命的執行者，作爲
　　　　天命在人間的具體展現。張文見註 1〈從天意與人力的衝突論封神演義〉，龔
　　　　文見《中國小說史論叢‧傳統天命思想在中國小說裡的運用》臺北：學生書
　　　　局，民國 73 年初版，頁 25。

溝通的意蘊之一。

　　而人道既然是天命的體現，則天命亦為人道的依據，在內容上，人所應遵守者為何？第九回中商容被金瓜處死之前，指摘紂王云：

> 今昏君不敬上天，棄厥先宗社，謂惡不足畏，謂敬不足為，異日身弒國亡，有辱先王。且皇后乃元配，天下國母，未聞有失德。昵比妲己，慘刑毒死，夫綱已失。殿下無辜，信讒殺戮，今飄刮無蹤，父子倫絕，阻忠殺諫，炮烙良臣，君道全虧。眼見禍亂將興，災異疊見。不久宗廟丘墟，社稷易主。〔註21〕

這裏所述包含兩個部份，一是敬天祭祖，二是君臣、父子、夫婦三綱的維持。紂王首先不敬上天之懿德，而自己褻瀆女媧娘娘，又大開殺戒，殺諫忠臣，並為個人的享受而累及人民、臣子，於君德不但有虧，也有違上天的好生之德，另外，身為人父，於父德亦有虧，身為人夫，則更是有失夫綱。在國在家的角色而言，紂王都是失敗者，所以宗廟將成丘墟，社稷將易主。天命亦將執行其肅殺的任務，使世界回歸正常的狀態。

　　由此可看出，書中人道的依據，有一部份是為維持基本生長單位——家，乃至於國家的平衡，如此，世界方能達成平衡。〔註22〕

　　另外一部份，則為死生、存亡、窮達、貧富、賢與不肖、毀譽等等，現實世界的喜、怒、哀、樂之慰藉，勸人不要把此現世的得失看得太重，一切由命定，由命滅，如此，才能平撫心中的不平，而超拔自己的靈魂。

　　綜合此二部分言之，則人道的依據在維持一個存在界的穩定，透過天命與人力的相貫通，達成整體的、根源性、終極性的和諧，完成天命的流行，與生活場域的安定。實現人道能符合天道的理想境界，維護世界秩序的控制力，還給予人生命的意義及安全感。

　　此外，人若是能透過道術修行，得享仙、神境界，亦能成為糾舉人間善惡的神，或是享盡人間福分的丞相，或是消遙於道術之中道士。使人能超脫死後的迷惘及不可知，這也是天人上下溝通的意蘊。畏死而樂生，是人之常情，經由天命的執行，人得到死後世界的訊息，因而得以在今世努力修行，

〔註21〕同註2書頁93～94。
〔註22〕林安梧先生曾分析中國傳統社會中，最基本的生長單位是家，同時一切的單位構成都是由此家的原型而擴充，從家庭而家族，而宗族，及至國族、國家。請參見《儒學與中國傳統社會之哲學省察——以血緣性縱貫軸為核心的理解與詮釋》臺北：幼獅文化公司，民國85年4月初版，頁34。

盼望肉體能成仙，構成今世生活的動源，天命和人力便在此一情況下達成有
意義的和諧。

五、結　論

　　綜合以上論述，則可知《封神演義》中所謂「天」的意義，是一生成宇
宙萬物，並主宰宇宙萬物吉凶之至高無上的至上神，且此神之權力來源—
「道」，因氣的流通轉移至其他神祇，（如盤古至鴻鈞、鴻鈞至三教教主），而
宇宙萬有間也因此充斥著神的旨義，謂之天命。而人處於宇宙萬有之中，受
到天命流行的宰制，所能做的就是經由修持，朝向天命的內容前進，才能逢
凶化吉，否則後果是人不勝天，自取滅亡。而書中所示人日常生活中應努力
的方向，是做好「三綱」的本分，君像君、臣像臣、子像子、夫婦各守其義，
此外，有根器者則可經由修行，成為神仙，得享「道」的生命境界。一般人
缺乏慧根，只要守好守分，依有修行的道士之指示行事，亦能在人間享有安
定的生活，反之，則眾神在天上一目了然，自有制裁！

　　這個諸神的世界，至高無上的至上神——鴻鈞道人，他繼承盤古的方法
是經由氣的修養，因而掌握了「道」的資源，成為至上神，他的子弟也是經
由此法而得道。是則只要有慧根，人人可依自身的修為努力，達成「道」的
境界，可以「肉身成道」。而不是只有「鴻鈞道人」的旨意，依此旨意去奉行，
才能成道。〔註23〕

　　因此，只要是能契合「道」之人或神，均能列入神界的殿堂，形成聯合
的神仙境界，而這神仙境界諸神，均能掌管某部份的人間事務及生殺大權。

　　《封神演義》中的思考模式，就其人物造型、題材、思想淵源而言，均
與道教的牽涉甚深。〔註24〕然究其根本探源，與其說是道教，不如說是中國

〔註23〕「肉身成道」的觀念，得自於林安梧先生註20書之附錄〈絕天地之通與巴別
　　　　塔——中西宗教的一個對比切入點的展開〉一文，筆者據此再申論《封神演
　　　　義》至上神觀。參見該書頁247～263。

〔註24〕沈淑芳先生曾就《封神演義》的題材加以研究，得出《封神演義》以道教封
　　　　神為主題，所援引的道教題材甚多，如八仙、玄天真武等信仰等，而書中對
　　　　道教的崇奉亦相當高，並認為書中所敘述道教參與革命戰爭，（指助周代殷），
　　　　乃是歷代道教參與政治史實的反映。尤其是明代諸多政治革命人物、故事，
　　　　均帶有道教色彩，（或有道士參與，或本身即道士。）是此之下的產物！而葛
　　　　兆光先生從道教對宇宙、社會、人的理論加以介紹，指出：「道」是自然、社
　　　　會、人共同的本源與結構，充斥了自然、社會與人類，在神奇的「道」的統
　　　　一支配之下，日月星辰、山川河海、草木禽獸、君臣眾庶，上下感應、彼此

人的價值觀中，本就有一個以「道」爲生命價值來源、人生最高原則的思考模型，只要依於此「道」而生之教，皆爲吾人所接受，是一「因道以立教」的思維方式。〔註25〕

《封神演義》思維方式的「終極關懷」（Uitimate Concern）〔註26〕，是用以解釋人類生活世界的種種疑惑，並提出解決之法，究其主題則是生命的安頓與死亡的超脫。人生活在此世界中，生命是有限、短促，如何才能化有限爲無限，短促爲永恒呢？依中國人的價值觀而言，是要契合那宇宙造化、生命價值之源——「道」，就《封神演義》而言，則是要經過修道，或是道士、仙人的接引，而溝通人神，有根器者得「道」而成仙，無根器者因道士的法術而解脫，修道是爲了生命的永恒與自在。其次是解除人間的災厄，神仙是凡人努力的理想境界，它們掌握了生命的價值之源，超越了生命限制，與天地同存。

在《封神演義》中，整個思想體系，不能離開此一「天人」的架構，而且進一步以天人架構爲基礎，把天人類比的宇宙結構、美好的（理想的）、苦難的（現實的）世界觀，加以綜合統一，成爲重新「封神」的理由，構成一個新的「天命世界」。

聯繫，並且都必須向著「道」的境界靠攏，遵循其軌跡運轉。否則就會生出災難。（如日食月食、洪水地震、妖異怪類、社會動亂、疾病流行、殺身之禍等）。而《封神演義》以道教之事爲骨架，將道教神仙與法律燴成一鍋，散溢出的都是道教的氣味。沈文見註6書，頁61～97。萬文見《道教與中國文化》臺北：東華書局，民國78年12月初版，頁1～53,416。

〔註25〕「因道以立教」的型模，是林安梧先生提出的中國宗教型模，他認爲儒、釋、道三教均可放於此型模中來處理。筆者認爲就《封神演義》的義理而言，是可以用此型模概括指稱之。林文見註22書頁256～260。

〔註26〕終極關懷（Ultimate Concern）是基督教神學家保羅‧狄利希（Paul Tillich）在《Love, Powerand Justice》一書中所提出，指的是人類與某種終極實體的基本終極關係。此終極關懷就人類這方面來說包含一種確切的態度，即終極地關心某人或物，亦指人所終極關心的對象（如上帝）。它具有賦與人類生命意義、方向、目的最高優先權，亦具有普遍性、絕對性、神聖不可侵犯性等性質。筆者此處是就終極關心的對象而言之。文見王秀谷譯《愛情、力量與正義》臺北：三民書局，1973年10月，頁111～126。又見Jacques P. Thirous原著，古平、蕭峰等譯《哲學——理論與實踐》北京：中國人民大學出版社，1989年3月，第九章宗教，頁335～338。

第三章　天人類比的宇宙結構

提　要

　　在天人同源同感觀念之下，《封神演義》以神爲主體，將人間的制度類比之宇宙結構，構成了「天人類比」宇宙世界。此宇宙世界共有天上、人間、地下三大部份，神仙、凡人、鬼等生活於其間；「天命」主宰此宇宙世界秩序，此宇宙世界組織結構、神明名稱、神明由來及作用，多本於民間傳統諸神，再重新以分封，《封神演義》一書中的宇宙觀，反映出中國民間對宇宙結構、宇宙秩序的共識。

關鍵詞：封神演義、天人類比、天命、宇宙觀。

一、前　言

　　上一章中，筆者探討了《封神演義》背後根本，是以「天人合一」思維爲基調的天命思想。以「封神」爲宗旨所建構的天命世界，其完整的呈現即爲一個眾神分佈的世界，代表了《封神演義》中對宇宙世界的產生及存在的認識模式，和人在宇宙中的角色及地位，人與宇宙之間互動關係的看法。因此，宇宙模式的建立，可探討的除了宇宙生成的原理與規則之外，還有人面對宇宙之態度，及生活世界的行動模式。〔註1〕

　　依此原則探討，實則第一章中所探討的「天人合一」思想，爲《封神演義》中對於宇宙產生及結構看法的形上學（Metaphysics），認爲天由神主宰，神不但生成宇宙萬物，且控制宇宙萬物吉凶，而此至高無上的至上神的權力來源「道」，會因氣的流通轉移至其他神祇，而宇宙萬有間也因此充斥著神的旨義，謂之天命。人處於眾神分佈，天命流行的宇宙中，所能做的就是經由修持養氣，朝向天命的內容前進，根器深者可因此邁向神的境界，平凡普通者亦可逢凶化吉，達成人間生活的安定。

　　然而，在這個組織嚴密，而且蘊涵了支配宇宙萬物生生不息力量的宇宙世界中，其組織結構分佈，則呈現出以神爲主體，將人間的制度類比之宇宙結構。這樣的「天人類比」結構，構成了《封神演義》中所描述的宇宙世界。〔註2〕

〔註 1〕 這裡對天命世界的宇宙模式的看法：來自於基辛（R.Kessing）對宇宙觀的定義。基辛認爲宇宙觀是一個民族對於世界的看法和假設——什麼實體及力量控制它？宇宙如何組成？人在宇宙中有怎樣的角色及地位。相關看法見 Kessing.Roger M.1981《Cultural Anthropology》New York：Holt.Rinehart and Winston pp509.

〔註 2〕 天人類比的宇宙結構，是呂理政先生對中國傳統宇宙認知模型的看法；他認爲中國人的宇宙觀是爲了解決社會人事而存，視天、人、社會爲一均衡而和諧的整體。因此，凡是結構上可以與宇宙相類比的人爲事物，也具有與宇宙一樣的特性，採用宇宙符號將人爲事物類比成宇宙結構的手段，成了操作的重要方式之一。此外，鄧啟耀先生認爲中國神話類比方式有五種；一是形態類比，若甲、乙兩類在形態上相似，即可進行類比。二是屬性類比，即以人類屬性類比萬物，如盤古死後屍體化生成爲世界的神話。三是以類度類，若兩類事物具有同構對應關係，這兩類事物表述方式、邏輯，也一樣對應，如天人合一、天人合德、天人交感等觀念，便是此思維下的產物。四是以己度物，從思維主體自身的情意、生活經驗，去揣度萬事萬物。五是用已知推未知，用以知的象徵、符號來解釋未知的超自然之謎。如用神農氏代表進入農業社會的象徵，之後就會產生神農如何發明農業的神話，以解釋爲何有農業

　　因此，本章所要探討的是此天人類比的宇宙結構內容、來源及類型。而《封神演義》中將宇宙世界分爲天上、人間、地下三大部份，其中有神仙、凡人、鬼等等處於其界，〔註3〕故本章將從天界、人界、鬼界三個方面，加以分別敘述。

二、天的結構及天上諸神

　　第十二回中透過哪吒的眼光，對於天界有一個詳細的描述：

> 初登上界，乍見天堂，金光萬道吐紅霓，瑞氣千條、噴紫霧。只見那南天門，碧沈沈琉璃造就，明晃晃寶鼎桩成。兩旁有四根大柱，柱上盤繞的是興雲布霧赤鬚龍；正中有二座玉橋，……天上有三十三座仙宮：遣雲宮、毗波宮、紫霄宮、太陽宮、太陰宮、化樂宮，一宮宮脊吞金獬豸；又有七十二重寶殿；乃朝會殿、凌虛殿、寶光殿、聚仙殿、傳奏殿，一殿殿柱列玉麒麟。壽星臺、祿星臺、福星臺，臺下有千千年不謝奇花；煉丹爐、八卦爐、水火爐，爐中有萬萬載常青的秀草。……靈霄寶殿，金龍攢玉門；積聖樓前，彩鳳舞朱門。伏道迴廊，處處玲瓏別透；三簷四簇，層層龍鳳翔翔。〔註4〕

這段敘述將天分爲三十三座宮，七十二重寶殿，其中有樓、有臺，是神仙辦公、居住的地方。而靈霄殿是諸神朝奏、論述公務的地方。此外，也有「天門」，爲各神上殿朝奏前之聚集地。但書中並未詳述三十三座宮的詳細名稱，以及用途和駐守管理神祇。

的發明。殷善培先生則認爲此五類嚴格來說只有：形態類比、屬性類比、用已知推未知三種思維方式。（因屬性類比與以己度物似乎沒有不同，形態類比與以類度類只是同一方式的不同運用。）呂理政先生的看法解釋天人類比何以能形成？鄧啓耀先生的看法解釋了天人類比的思維方法及類型。詳見呂理政《天、人、社會——試論中國傳統的宇宙認知模型》臺北：中央研究院民族學研究所，民國79年7月初版。第二章至第四章。鄧啓耀《中國神話的思維結構》四川：重慶出版社，1992年。殷善培《讖緯思想研究》臺北：政治大學博士論文，民國85年，頁136～138。

〔註3〕見《封神演義》第九十九回玉虛宮元始天尊誥敕中云：「嗚呼！仙凡路迥，非厚培根行者不能通；神鬼途分，豈諂媚奸邪之所可覬？——特姜尚依劫運之輕重，循資品之高下，封爾等爲八部正神，分掌各司，按布週天，糾察人間善惡，檢舉三界功行。」是則作者認爲世界分爲天上、人間、地下三大部份，由神仙主宰管理，人、鬼處於其中，接受神仙管理。文見《封神演義》臺北：三民書局，民國85年10月，頁1012。

〔註4〕同註3書頁126。

　　對於天界環境的形容，充滿了皇宮化的敘述，如琉璃碧瓦、龍盤石柱、玉麒麟殿柱，屋脊裝飾、伏道迴廊等等，簡直是人間皇室宮庭的天上版，再加上道教的象徵物品如煉丹爐、八卦爐等等，構成了天神的世界。

　　可以看出這個天神的世界是地上皇朝世界的翻版，《封神演義》作者認為此中最高統領——玉皇大帝，他統率著一班神仙管理人間、地下事務。〔註5〕人們因為相信天上有支配日、月、風、雨等一切自然現象，且能註定人的壽夭、生死，決定謀事成敗、吉凶的神仙。而幻想這天上的神仙世界與人間的皇朝世界一般，擁有政治體系與制度，並和人間一般，是以皇帝為首，自然居住處所設置、行政體系也和皇室制度一樣。〔註6〕

　　天上的日月星辰等物體，也被用來配置各種神仙，掌管自然秩序。第十五回云：

> 又因昊天上帝命仙首十二稱臣，故此三教並談，乃闡教、截教、人
> 道三等，共編成三百六十五位成神，又分八部：上四部雷火瘟斗，
> 下四部群星列宿。三山五岳、布雨興雲、善惡之神。〔註7〕

其中與日月星辰有關的神在斗部，斗部由被封為「北極紫炁之尊」的「金靈聖母」為首，按布週天，統領五斗吉曜八萬四千群星惡煞。所謂五斗群星吉

〔註5〕《封神演義》中並未明示玉皇大帝為仙首之最，但書中在第十二回敘述哪吒殺死東海龍王敖光之子敖丙，和夜叉李艮，敖光向李靖表示要上奏玉帝，問哪吒師父太乙真人要人，討回公道。則是以玉皇大帝為仙首之最，再加上第十五回又出現昊天上帝（玉皇大帝的俗稱）命仙首十二稱臣字句。第五十五回稱龍吉公主是昊天上帝與瑤池金母所生，因故被貶凡間。無疑表示玉皇大帝是靈霄寶殿之主，仙首之最。如此則與書中描述之宇宙最高主宰神——鴻鈞道人，互相矛盾。但觀書中所敘述鴻鈞承盤古所傳之「道」，而傳授與一干徒眾，他的徒眾如元始天尊等人亦列位仙首，而且鴻鈞所掌之「天命」，又掌管元始封神事項，處理神界新秩序。是以鴻鈞所代表的是根源終極系統之神，而玉皇大帝代表是行政處理系統最高神祇！故第十五回中云三百六十五位神，分成八部，乃昊天上帝所為，但天數之注定周興殷滅，卻是鴻鈞道人，而不是玉皇大帝；解決三教紛爭的也是鴻鈞道人。

〔註6〕中國在古代就有天帝崇拜，但是只是視之為至上神，並未將之類比為人間皇朝組織形象。反而是認為人間的天子是受命於天，如《書·康誥》「天乃大合文王殪戎殷。」《書·泰誓》「天乃佑命成湯」。而後漢儒董仲舒則談天人相應，認為「王者欲有所為，宜求其端於天」。《漢書·董仲舒傳》。大概在西漢以後，上帝成了神仙界的皇帝，其分工配置均與人間帝國相同。參見朱天順《中國古代宗教初探·天帝與天命》臺北：谷風出版社，1986年10月，第八章，頁245～268。

〔註7〕見註3書頁149。

曜又分正神和群星，正神名諱如下：

東斗星君：蘇護、金奎、姬叔明、趙丙

西斗星君：黃天祿、龍環、孫子羽、胡昇、胡雲鵬

中斗星君：魯仁傑、晁雷、姬叔昇

中天北極紫微大帝：姬伯邑考

南斗星君：周紀、胡雷、高貴、余成、孫寶、雷

北斗星君：黃天祥（天罡）、比干（文曲）、竇榮（武曲）、韓昇（左輔）、韓變（右弼）、蘇全忠（破軍）、鄂順（貪狼）、郭宸（巨門）、董忠（招搖）〔註8〕

在正神之下，又列有群星一百一拾陸位；二十八星宿；隨天罡星三十六位；隨地煞星七十二位；九曜星官、北斗五氣水德星君等屬下眾神。〔註9〕把社會上的統治制度和內容搬到天上，變成了星辰管轄的內容及負責人物。

而這五斗星君是來自道教的神仙體系，道書把五斗與護命延壽相關聯，《度人經》稱：

北斗落死，南斗上生，東斗主冥，西斗記名，中斗大魁，總監眾靈。

〔註10〕

這是說五斗星君掌管世人種種災厄的計算，成為人類命運與事務之主宰，而《封神演義》中承襲此一系統，但其箇中細節卻不相同，如以金靈聖母為斗部之首，而一般的信仰中是分立五斗星君，並未有主神統御之。北斗有七宮宮主解厄誕生，而《封神演義》中有九宮，名稱亦略有不同。又獨列伯邑考為中天北極紫微大帝，西斗列名五人亦與一般不同。至於屬下的二十八星宿和群星中的四象〈蒼龍、玄武、白虎、朱雀〉，則是在春秋戰國時期即有之說法。道教興起後將四象作為護衛神，四象原指四種動物，後來才被人格化，而《封神演義》中不但擴大群星為116種，並且連同二十八星宿等——加以人格化，各封人格神入座。

雷部則以雷祖聞仲〈九天應元雷神、普化天尊〉，率領雷部二十四員催雲助雨護法天君，名單如下：

〔註 8〕 見註 3 書頁 1016。

〔註 9〕 見註 3 書頁 1016～1021。

〔註10〕 轉引自馬書田《華夏諸神》〈道教卷〉臺北：雲龍出版社，1993 年 10 月初版，頁 63。

鄧天君忠、辛天君環、張天君節、陶天君榮、龐天君洪、劉天君甫、
董天君章、畢天君環、秦天君完、趙天君江、荀天君全、袁天君角、
李天君德孫天君良、柏天君禮、王天君奕、姚天君賓、張天君紹、
興雲神（彩雲仙）、金天君素、吉天君立、余天君慶、助風神（菡芝
仙）、閃電神（金光聖母）。〔註11〕

九天應元普化天尊在道教的說法中，是指黃帝，乃主雷神之神。其後則提及
在雷城有左右玉樞、玉府五雷使院，有雷鼓三十六面，三十六神司之。〔註12〕
這個雷公的組織有如官府一般。《封神演義》封神時，則另立雷部，以聞太師
為首，屬下有二十四名雷公催雲助雨護法。

雷神在世人的印象中，除了催雲助雨之外，主要是代天執行刑罰，擊殺
有罪壞人。這是從自然界中雷電迅疾，擊毀樹木、焚燒房屋、殺傷人畜現象
轉化而來的聯想。

二十四名雷公中，還包括了閃雷神與助風神，兩者均為女性，閃電神（金
光聖母），又稱電母，相傳是雷神的配偶或屬神。在明代小說中，《封神演義》
將其說成是金光聖母，而《北遊記》則將其姓名稱為朱佩娘，《西遊記》中亦
出現電母形象及名稱。一般認為電母的由來，是為了配合雷神的男性化而來。
以夫妻形式配合打雷時，先放電光，再打雷的動作。〔註13〕而助風神菡芝仙
亦為女性，則與風神魔禮青為男性，或有關聯！

另有立地水火風之相，護國安民，掌風調雨順之權的四大天王，其名單
如下：

增長天王　魔禮青，掌青光寶劍一口，職風。
廣目天王　魔禮紅，掌碧玉琵琶一面，職調。
多文天王　魔禮海，掌管混元珍珠傘，職雨。
持國天王　魔禮壽，掌紫金龍花狐貂，職順。〔註14〕

除了這些日月星辰之神，及職司雷、電、風、雨神之外，《封神演義》也替天
界的宮殿，配上了駐守神祇，有如人間的皇宮衛隊一般。如鎮守靈霄寶殿四
聖大元帥：

〔註11〕見註3書頁1014。
〔註12〕見註10書〈道教卷〉頁266。及呂宗力、欒保群編《中國民間諸神》臺北：
　　　　學生書局，民國80年，上冊，頁162～201。
〔註13〕見註10書〈俗神卷〉頁270～272。及註12呂書，上冊，頁202～203。
〔註14〕見註3書頁1023。

　　王魔、楊森、高友乾、李興霸〔註15〕

　　鎮守西釋山門，宣布教化，保護法寶；哼哈二將：鄭倫、陳奇〔註16〕

以上種種「天」中的主要神靈，及其僚屬，構成了如人間社會制度一般的龐大天神隊伍。

三、人間地理及人間諸神

　　人類生活的空間，在地理方面：則有居住於「洞天福地」之神，與掌管人間生活之神。所謂的洞天福地，是指神仙所居住的名山勝境，並且各洞天福地皆有一位得道成仙的仙官治之。〔註17〕書中闡教人士所居住的洞天福地有：

　　九仙山桃園洞廣成子、太華山雲霄洞赤精子

　　二仙山麻姑洞黃龍眞人、夾龍山飛雲洞懼留孫

　　乾元山金光洞太乙眞人、崆峒山元陽洞靈寶大法師

　　五龍山雲霄洞文殊廣法天尊、九宮山白鶴洞普賢眞人

　　普陀山落伽洞慈航道人、玉泉山金霞洞玉鼎眞人

　　金庭山玉屋洞道行天尊、青鋒山紫陽洞清虛道德眞君

　　靈鷲山圓覺洞燃燈道人、終南山玉柱洞雲中子

　　五夷山白雲洞散人喬坤〔註18〕

各教教主及神人所居之地則有：

　　女媧娘娘——女媧宮；伏羲、炎帝、軒轅——火雲宮

　　闡教教主元始天尊——玉虛宮；人道教主老子——大羅宮玄都洞

〔註15〕見註3書頁1022。

〔註16〕見註3書頁1023。

〔註17〕據李豐楙先生的解釋：洞天說及福地說是取自緯書中的說法，一種混合宗教、神話與擬科學的神秘輿圖說，將宇宙視爲有如人體結構的有機體。洞天說乃吸收緯書地理說的洞穴相通，相信輿內名山，洞穴相通，組織成爲一個龐大的世界，而其主要入口即爲洞穴，約略等於進入昆崙的神秘門戶。具有修煉場所、隔絕仙凡的象徵意義，（通過神秘的洞穴始能進入另一不同於人間的世界。）福地說也是取自緯書，《河圖》將沒有兵、病、洪水之地視爲人間的樂土。到司馬承楨時又集成七十二福地之說，後人對七十二福地內容又各有增刪。參見〈六朝道教洞天說與遊歷仙境小說〉、〈六朝仙境傳說與道教之關係〉二文。收於氏著《誤入與謫降——六朝隋唐道教文學論集》臺北：學生書局，民國85年。頁96、106～107、290～291。

〔註18〕見註3書頁435～438、454。49、147。

　　　　截教教主通天教主——碧遊宮〔註19〕

截教中人所居住的福地洞天，則有：

　　　　骷髏山白骨洞石磯娘娘；峨嵋山羅浮洞趙公明；火龍島羅宣

　　　　金鰲島、白鹿島十天君；白雲島金光聖母；蓬萊島一氣仙余元等

　　　　三仙島雲霄、碧霄、瓊霄三娘娘；呂岳、九龍島朱天龍、周信等

　　　　丘鳴山火靈聖母；十洲三島——住有神仙〔註20〕

其中女媧娘娘，伏羲、炎帝、軒轅三皇，及元始天尊、老子、通天教主、文殊廣法天尊、慈航道人，各代表了不同體系的神仙，而《封神演義》將他們融爲一爐。

　　　女媧造人補天是遠古的神話，最早記載女媧補天神話的著作是《淮南子》，但《淮南子・覽冥訓》只提到「女媧煉五色石以補蒼天」。未提及女媧造人之事，最早提及女媧造人之事是東漢劭《風俗通義》。《太平御覽》卷七十八引《風俗通義》文云：

　　　　俗說，天地開闢未有人民，女媧摶黃土作人，務劇，力不暇供，乃引

　　　　繩於泥中，舉與爲人。故富貴者黃土人，貧賤凡庸者　人也。〔註21〕

而《封神演義》在第一回中，就提及女媧娘娘，並由宰相商容道出三月十五日乃女媧娘娘聖誕，請紂王駕臨女媧宮降香；並云女媧之功德是採五色石，煉之以補青天。後來紂王進香之後，因貪圖女媧美貌，吟詩褻瀆之。故女媧意欲報復，但因紂王尚有二十八年氣數，而令千年狐狸精、九頭雉雞精、玉石琵琶精，三妖托身紂王宮院，惑亂紂王之心，俟武王伐紂，以助成功。是則《封神演義》中採取的是煉石補天系列神話，並未將女媧娘娘塑造成唯一至上神形象。（摶土造人）。

　　　伏羲、軒轅、炎帝三皇，也是來自於遠古神話，《易・繫辭傳》云：

　　　　古者包犧氏之王天下也，仰則觀象於天，俯則觀法於地，觀鳥獸之

〔註19〕見註3書頁1～7、95、716、725。

〔註20〕見註3書頁128～137、416～424、459～469、546～559、572～582、637～646、707～715、749～762、806～816。此外，十洲三島的地名出自於道教，道教認爲十洲三島是漂浮於大海之上的幾大塊陸地。道教典籍中記載十洲之名爲：生洲、祖洲、長洲、炎洲、流洲、鳳麟洲、玄洲、元洲、聚窟洲、瀛洲。三島之名有二說，其一爲蓬萊、方丈、瀛洲三島。其二爲崑崙、方丈、蓬丘三島。十洲三島之資料詳見於卿希泰編《道教文化新典・子編神仙》臺北：中華道統協會，1996年初版，頁97。

〔註21〕轉引自註6書，第七章〈中國古神譜〉，217。

文，與地之宜，近取諸身，遠取諸物，於是始作八卦，以通神明之
德，以類萬物之情。作結繩而爲罔罟。以佃以漁，……包犧氏沒，
神農氏作，斲木爲耜，揉木爲耒，耒耨之利，以教天下，……神農
氏沒，黃帝堯舜氏作，……黃帝堯舜垂衣裳而天下治。……〔註22〕

《易・繫辭傳》將三皇的順序列爲包犧（即伏羲）、神農、黃帝，他們分別是
教導人類占卦、漁獵、農耕、管理社會建立制度。

　　而正式提及三皇的名稱及功能的書，可能是伏生所著《尙書大傳》。〔註23〕

　　《尙書大傳》現已失傳，據東漢應劭著《風俗通義》所載：

《尙書大傳》云：燧人爲燧皇，伏羲爲戲皇，神農爲農皇也。燧人
以火紀，火太陽也，陽尊，故托燧皇於天；伏羲以人事紀，故托戲
皇於人。……神農悉地力，種　（穀），故托農皇於地。天地人道備，

而三五之運興矣。〔註24〕

雖然三皇的名稱並不相同，但是，三皇的功能都是實際生活的貢獻，（如發明網
罟、農耕等。），並沒有超人的神性，這一類的發明神，應該是人類對該事物的
創造發明，感覺應有創造者，而有之各式傳說，用來象徵時代的文明情況。

　　而後經過不斷傳說，炎帝神農氏、黃帝軒轅氏成爲中華民族的始祖神，
而黃帝更被神化爲「長有四面，生而神明，馭百神，制四方，主司風雨雷電，
創造天地萬物之神」。中華民族也稱爲炎黃子孫。〔註25〕

　　而《封神演義》中，分別在第一回提及女媧娘娘至火雲宮朝聖（伏羲、
炎帝、軒轅），第八十一回楊戩爲救姜子牙病危，前去火雲洞見伏羲聖人，求
解痘疹丹藥。而由神農拔草配置解痘疹之藥。另外，在第十一回、二十回、
二十四回、五十八回、八十三回中，提及至卜卦事時，均必稱伏羲。可見《封
神演義》中提及三皇，只重在卜卦及嚐百草治病的功能之上。

　　元始天尊、老子、通天教主三人，則是典型道教神祇，道教的神仙體系
中有一個最早存在並建立萬物的最高主神，此最高主神在不同時期、不同道
派中有不同的名稱，像元始天尊、太上老君（老子）、通天教主等等，都是「道」
的化身，他也掌管各種大大小小神仙。〔註26〕

〔註22〕《易・繫辭傳下》臺北：藝文印書館十三經注疏本，頁166～167。
〔註23〕這是朱天順先生考證的看法，見註6書，第七章〈中國古神譜〉，頁214。
〔註24〕轉引自註6書，頁214。
〔註25〕參見註10書〈俗神卷〉，頁1～7。
〔註26〕見註20卿希泰所著書，頁89。

　　元始天尊的名目最早出於晉代葛洪的《枕中書》，葛洪稱盤古爲盤古眞人，他開天闢地自號原始天王。《歷代神仙通鑑》對「元始」的解釋爲：

> 元者，本也。初也，先天之氣也。此氣化爲開闢世界之人，即爲盤古，化爲主持天界之祖，即爲元始。〔註27〕

元始天尊是道教至上神無可置疑，老子即太上老君，爲道之身，元氣之祖宗，天地之根本，是大道之主宰，也具備了至上神形象與條件。至於通天教主，有學者認爲是從道教的靈寶天尊改造而成，是道教的另一個至上神系統，其又稱「太上道君」、「靈寶君」，至於傳說則較罕見。〔註28〕

　　可是在《封神演義》中卻將三人並列爲鴻鈞道人之徒，三人關係爲同門師兄弟，有學者認爲可能是「三清」之意，但其後文（第七十八回）又稱「老子一氣化三清」，三清是老子變化而成。〔註29〕可能因《封神演義》乃是通俗小說，不是專論哲學、宗教書籍，故對於此一部分的敘述，非常的混亂。

　　書中所敘述闡教教主十二弟子中，亦有些許原爲佛教神祇，如五龍山雲霄洞文殊廣法天尊，其原型爲文殊菩薩，相傳文殊的坐騎爲一青獅，手持寶劍，而《封神演義》延用這個傳說，在第八十三回中敘述青獅乃虯首仙所化；且言乃是元始天尊吩咐：

> 就命廣法天尊坐騎，仍于項下掛一牌，上書虯首仙名諱。〔註30〕

同樣的手法也用在九宮山白鶴洞普賢眞人身上，普賢與文殊是釋迦佛的左右脅侍，坐騎爲六牙白象，是表其大慈力。《封神演義》中將他的坐騎，演化爲老子令靈牙仙現出原形，與普賢眞人爲坐騎。〔註31〕

　　至於普陀山落伽洞慈航道人，就是有名的觀世音菩薩，《封神演義》中形容他的化身爲：

〔註27〕 參見註10書，頁3～4。及註12呂書，上冊，頁11。

〔註28〕 見曾勤良《臺灣民間信仰與封神演義之比較研究》臺北：華正書局，1985年，頁55～151。

〔註29〕 這是鄭志明先生的看法，見氏著《神明的由來中國篇・封神演義的多重至上神觀》嘉義：南華管理學院，民國86年10月，頁305。三清是道教的創世理論之一，認爲「道」可衍化爲洪元、混元、太初三個不同世紀，這三個世紀各由三位至高無上神主宰，即三清境中的元寶君（元始天尊）、靈寶君（太上道君）和神寶君（太上老君）。這就是所謂「一氣化三清」。參見註10書〈道教卷〉，頁5。

〔註30〕 見註3書，頁838。

〔註31〕 見註3書，頁839。

面如傅粉，三首六臂。二目中火光焰裡見金龍；兩耳內朵朵金蓮生

瑞彩。足踏金鼇，靄靄祥雲千萬道；手中托杵，巍巍紫氣徹雲霄。

三寶如意擎在手，長毫光燦燦；楊枝在肘後，有瑞氣騰騰。〔註32〕

這正是一幅千手觀音像，他收服了金光仙，由元始吩咐以金光仙的原型金毛吼
為座騎。書中後又謂：

此乃是三大士收伏獅、象、吼；後興釋門，成於佛教，為文殊、普

賢、觀音，是三位大士。〔註33〕

靈鷲山圓覺洞燃燈道人，是佛教三世佛中過去佛，轉而成為民間的定光古佛，
且為民間宗教吸收引用，俗稱為「真空老祖」。〔註34〕

截教中的三仙島三位娘娘，及其兄趙公明，則是為民間信仰中之廁神與
財神，《封神演義》在第九十九回封三霄娘娘執掌混元金斗，專擅先後之天落
地轉劫，其後又附註言：

以上三姑，正是坑三姑娘之神。混元金斗即人間之淨桶。凡人之生

育，俱從此化生也。〔註35〕

坑三姑娘即廁神的一支，但所主並非廁事，而為問吉凶禍福、占卜之事之神；
《封神演義》中將三姑娘娘主管混元金斗，不論仙、凡、人、聖、諸侯、天
子、貴賤、賢愚，落地均由此轉運。〔註36〕

趙公明出現在傳說中由來已久，但形象則變化多端，在晉代干寶所著《搜
神記》中，是督鬼取人的冥神。在明代，他又成為八部鬼神或瘟神之一，在
《封神演義》中則專司迎祥納福，成為財神了。此一轉換可能始於元明間的
《三教源流搜神大全》。〔註37〕

掌管人間生活之神則有：

（1）善神——福正神柏鑑。

（2）冰消瓦解之神（惡煞）——飛廉、惡來。

（3）瘟神——呂岳率瘟部六位正神；東方行瘟使者周信、南方行瘟使者

〔註32〕見註 3 書，頁 840。

〔註33〕見註 3 書，頁 841。

〔註34〕這是鄭志明先生的看法，參見註 29 書，頁 308。

〔註35〕見註 3 書，頁 1024。

〔註36〕坑三姑娘或稱紫姑、七姑、丁姑，此信仰六朝已有，盛行於宋。謂其名為何
　　　媚，因遭嫉死於廁故為廁神；參見註 12 呂書，上冊，頁 486～494。

〔註37〕詳細論證見註 12 呂書，下冊，頁 725～733。及註 10 書〈俗神卷〉，頁 45～
　　　46。

李奇西方行瘟使者朱元麟、北方行瘟使者楊文輝、觀善大師陳庚、和瘟道士李平。

（4）太歲神——察人間過往愆尤。由殷郊率甲子太歲神楊任、日遊神溫良、夜遊神喬坤、增福神韓毒龍、損福神薛惡虎、顯道神方弼、開路神方相、值年神李丙、值月神黃承乙、值日神周登、值時神劉洪等組成。

（5）痘神——人間之時症，生死之修短。由余化龍父子及元配衛房聖母金氏率東、西、南、北、中央主痘正神：余達、余兆、余光、余先、余德組成。

（6）火神——巡察人間善惡。由羅宣率領尾火虎朱招、室火豬高震、嘴火猴方貴、翼火蛇王蛟、接火天君劉環組成。

（7）財神——迎祥納福。趙公明率領招寶天尊、納珍天尊、招財使者、利市仙官：蕭昇、蕭寶、陳九公、姚少司等人組成。

這些神仙所掌管的都是監視人間善惡，將善者賜福，惡者責付有司。其起源均相當的早，如火神中最有名氣的為祝融、炎帝、回祿、利市仙官在宋元時期已流行。

人間各高山大海也被封有神祇；分別是：

三山正神——黃天化

東岳泰山大帝——黃飛虎

南岳衡山大帝——崇黑虎

中岳嵩山大帝——聞聘

北岳恆山大帝——崔英

西岳華山大帝——蔣雄

四海龍王——敖光、敖順、敖明、敖吉

將山、海神化及人格化，認為大山、大海皆有神力，是神人和怪獸居住的地方。其淵源可溯及《尚書》、《山海經》、《妙法蓮華經》、《華嚴經》〔註38〕；漢人所撰《龍魚河圖》中即記載有五岳君神及將軍，可令人不病、卻百邪。分別是：

〔註38〕如《書・舜典》記載舜巡祭五岳山神，山海經記載各山神崇拜資料。見註6書頁69～71。《妙法蓮華經》記載有八大龍王，《華嚴經》記載有十大龍王。見註12呂書上冊，頁437～440。

東方泰山君神圓常龍（或云玄邱目睦）

南方衡山君神丹靈峙（或云爛洋光）

西方華山君神浩鬱狩（或云浩元倉）

北方恆山君神登明僧（或云伏通萌）

中央嵩山君神壽逸群（或云角普生）

東方泰山將軍唐臣

南方霍山將軍朱丹

西岳華陰將軍鄒尚

北岳恆山將軍莫惠

中岳嵩高中將軍石玄〔註39〕

《封神演義》承續前人的傳說，而另立新五岳山神及龍王。

四、地下結構及地下神祇

　　《封神演義》對地下的世界提的極少，只有封神時，提到加敕東岳泰山大帝黃飛虎，地府一十八重地獄，凡一應生死轉化人神仙鬼，俱從東岳勘對，方許施行。〔註40〕

　　是以《封神演義》作者；認為地下有鬼府十八重地獄，而其所在地為泰山，管理神為泰山山神，泰山是所有人生死的轉化站。

　　干寶《搜神記》中即已敘述泰山府君是主管陰曹地府之神，在道教典籍中，說他是盤古之後，母親彌輪仙女夜夢吞二日，覺而有妊娠。而泰山為什麼成為治鬼之神駐所呢？相傳是因為東方是萬物始成之地，故可知人生命之長短。〔註41〕

　　至於十八重地獄，是從佛教典籍而來，早在南朝時已有流傳，但地獄主為閻羅王，有判官十八人。而且十八地獄重酷刑充斥，是人類死後煉獄。《封神演義》此處加以比附為地獄結構，由泰山山神掌管。並未提及十八重地獄內容究竟為何？

〔註39〕 參見安居香山、中村璋八編著《重修緯書集成》東京：明德出版社，昭和53
　　　　 年，卷六（河圖、洛書），頁91～92。

〔註40〕 見註3書，頁1013。

〔註41〕 見註10書〈鬼神卷〉，頁11～12。及見註12呂書上冊，頁316～372。

五、結 論

《封神演義》的宇宙世界，其神仙體系的安排，是有歷史傳承關係，究其大概約有遠古神話神、道教神、佛教神及民間俗神。《演義》以其為骨幹，而自加增添，其中有不符原本教義之處，而亦融為一爐。〔註42〕

而在神明作用的敘述上，則是受到古代的神魔小說，如干寶《搜神記》、葛洪《枕中書》等影響，當時的宗教書籍；如《三教源流搜神大全》，亦有影響。更重要的一點是當時的神魔小說題材，幾乎都是以「封神」為宗旨。如《西遊記》包含佛道兩教，建立了以玉皇大帝為主的上、中、下八洞及五方五老系統。而《東遊記》則敘述八仙得道的故事。《南遊記》講述五顯靈官大帝成道故事。《北遊記》記北方玄天上帝出身及降妖故事。則明代盛行此神仙的故事小說，幾乎成為民間的共同意識了。

然而，神為什麼可以存在宇宙呢？以《封神演義》而言，首先建立了一個具有神性義，由神主宰控制的天，並推而敘述宇宙萬有均是「神」所創造，而神的權力來源「道」，會經由氣的流通轉移至其他神祇，「道」的具體呈現「天命」，也因氣的流通而充斥天地間。因此，書中所思考的重點是人如何安頓於宇宙之中，將有限的生命化為無限，在這個體系中，理想與現實互相滲透，彼此和諧。主體的世界與客體的世界無法區分，宇宙是精神世界的宇宙，構成了一個連續不斷的整體。

因此，天人得以類比，是因為天人同源同感，都是由「道」而來，既然天人同源同感，天人即是不二，沒有隔絕的。因為天人沒有隔絕，所以天人之間可以互相交通，達成天人合一的境界。在書中，天人合一是透過神，在神的監督之下，人得以達成天命所要求的行為。

這是理想的世界，是情感投射的世界，而不是事實邏輯的世界。「天」被人格化、社會化，而形成天神地祇。社會化的天神地祇，呈現了社會的制度狀態，如《封神演義》中將神分為上下八部，各有統掌之神，又列有副屬等。帝神的建立，更代表當時的皇朝統治狀態，天庭的外觀結構，也一如皇宮的景象。

〔註42〕鄭志明先生分為遠古的自然崇拜、古神話神、道教神、佛教神、民間神等五類。筆者只分四類是因為遠古的自然星辰崇拜，到了後期已從星體崇拜，轉而成為民間造神的對象，在《封神演義》中更是明顯，故只分四類。鄭文見註29書，頁300。

　　而「人」被理想化，認爲能因勤鍊苦修而羽化登天，或因遵守天規，擁有功德而死後入列神位。兩者互相配合而形成了社會化的「天」及神化的「人」，所共同構成由天命流行而造成的生活場域。(社會)。

　　當然，其中還夾雜了一些傳統的思想，如用五方說來劃分諸神，幾乎所有神都分爲北、南、西、東、中五位使者或正神，山川也分爲北、南、西、東、中五岳，大海也分成北、南、西、東、中五海龍王。

　　但是其思維的基調卻是此「存有的連續」本體觀，〔註43〕所以在第九十九回封神臺封神完畢之後，第一百回就是武王封列國諸侯，一共封了七十二國，各分列茅土有差。第一百回有讚子牙斬將封神，開周家不世之基的七言律詩；詩云：

　　　　寶符秘錄出先天，斬將封神合往愆。

　　　　敕賜崑崙承旨渥，名班冊籍注銓編。

　　　　斗瘟雷火分前後，神鬼人仙任倒顚。

　　　　自是修持憑造化，故教伐紂洗腥羶。〔註44〕

在此生活場域中，「天」指的是神鬼人共同體之終極根源，是福壽、功名、貧賤、富貴的根源，社會的不安是因場域中人未各盡其分，所以要重新釐定社會秩序，就要連同場域中各個秩序來源一起安定。天與國家政治及社會一起類比，且透過神仙施法互相感應；天人才能共體道旨。看似雜亂無章的神靈信仰，其實是整合在此一體之下。

　　由於這一觀念形成《封神演義》天命世界中，社會秩序的價值共識論（valu-econsensus theory）〔註45〕，進而影響到《封神演義》的世界觀；書中認爲生活世界的異化，是紂王所代表的現實社會所遭遇的問題，而復歸之道

〔註43〕存有的連續，是杜維明先生認爲中國哲學中三個基調之一，是把無生物、植物、動物、人類和靈魂統統視爲在宇宙巨流中息息相關，乃至互相交融的實體。這種可以用奔流不息的長江大河來譬喻的存有連續的本體觀，和以上帝創造萬物的信仰，把存有界割裂爲神凡二分的形上學絕然不同。參見《中國哲學史研究・試談中國哲學中的三個基調》1981年，第一期，1981年3月，頁20。

〔註44〕見註3書，頁1034～1035。

〔註45〕價值共識論（valueconsensus theory）是派深思（Talcott Parsons）等人所提出之理論；認爲人類生活中有以規範共認作爲社會秩序來源，指導所有成員的行爲；而且社會大眾亦認同這套規範，並自動自發地遵守。請參閱張德勝《儒家倫理與秩序情結——中國思想的社會學詮釋》臺北：巨流圖書公司，1989年9月，頁72、78、81、94。

則是借由法術感通天命，重整神、人、仙、凡秩序；下一章我們會進行詳細探討。

第四章　生活世界的異化及復歸之道

提　要

　　《封神演義》建立一個以「天人合一」的理念系統，及天人類比宇宙解釋系統，構成的以神靈爲主的天命世界，其範圍包括了天上、人間、地下三個世界，仙、神、凡、聖、鬼的各類「人」等生活其中，書中認爲生活世界的異化，是成員不遵守「道」（宇宙創生之源）的命令行事，要克服社會的失序，人心的異化，須達成與「道」（宇宙創生之源）的契合，才能重建生活世界的秩序。因此，書中描述了違反天命而行的現實世界（紂王）、遵守天命而行的理想世界（文王），藉由雙方的鬥法，強調天命的絕對權威，達成意識形態的植入。

關鍵詞：生活世界、世界觀、天命、意識型態。

一、前　言

　　承上章所分析，《封神演義》中的世界圖式，是一個以「天人合一」的理念系統，及天人類比宇宙解釋系統，構成的以神靈爲主的天命世界，其範圍包括了天上、人間、地下三個世界，仙、神、凡、聖、鬼的各類「人」等，其目的是爲達成與「道」（宇宙創生之源）的契合，來克服社會的失序，人心的異化（alienation）。〔註1〕

　　這樣的目的，構成了書中的整體結構，由人離開了「道」的總體，造成社會秩序的混亂，而要重新「封神」建立一個新的人文世界，而這個人文世界是合乎「道」（天命世界之道）的規範。〔註2〕因此，書中的故事分成兩個世界，一個是由紂王所代表的現實、混亂的世界，一個是由姜子牙輔佐文王，所代表的理想、美好的世界。

　　作品的這種內容安排，表現了作者的「世界觀」（world-view），所謂世界觀不是個人事實而是社會事實，是一群人的思想體系，這一群人是生活在同一的經濟和社會條件之中的人，也就是某些社會階層作家或哲學家透過語言，把這個他們能思考或感受到最終結果的世界觀，在其概念或感覺的層面上表達出來。是對現實整體的一個既嚴密連貫又統一的觀點。人類的行爲是一種嘗試，企圖爲某一特定狀況找出具意義的解答，並傾向於在行動的主體與這狀況的客體（環境）之間，創造出一種平衡來。〔註3〕

〔註1〕異化（alienation）一詞，最早由馬克斯在《一八四四年經濟與哲學手稿》提出，隨著時代的不同，而義涵逐漸因各家學者不同，而有分殊。筆者這裏是採用林安梧先生在〈語言的異化與存有的治療以老子《道德經》爲核心理解與詮釋〉一文中，對老子一書的詮釋，認爲從消極而負面的意思而言，指的是人離開了道的總體狀態，人悖離了人性的宅第，亡其宅（not at home）的狀態。書見《中國宗教與意義治療》臺北，明文書局，1996年4月，頁144～145。

〔註2〕龔鵬程先生對《封神演義》曾提出看法：他認爲紂王代表原始本然的世界，周朝則代表新人文精神發動所創設的社會世界，整個宇宙秩序必須重做安排，所以要封神，原始本然社會的主宰者紂王，觸怒了人類的始祖女媧，暗示人的意識萌發，鴻鈞道人，象徵道和天地，老子則是太極，截教通天教主和闡教元始天尊，代表陰陽二氣，陰陽二氣互相鼓盪，構成一場又一場的宇宙大戰，是無極而太極而陰陽而化生萬物的形象詮釋，整部《封神演義》所要表現的就是由原始秩序過渡到人文新秩序的歷程，而這個歷程的推動原理是天命。這個看法對筆者本章的見解影響極大。文見《中國文化新論‧文學篇一‧抒情的境界‧幻想與神話的世界——人文創設與自然秩序》頁340～341。

〔註3〕見何金蘭《文學社會學》臺北，桂冠出版社，1989年8月，頁151～152。何

換言之，我們可探討的問題，除了《封神演義》的世界觀之外，還可以探討《封神演義》結構中，與中國社會中某些政治、宗教結構的同源性。〔註4〕

本文的論述方向，將先論證《封神演義》中的現實世界與理想世界，而後論證其意義代表生活世界異化，人們應該用法術感通、執行天命的復歸之道。

二、《封神演義》中的現實世界與理想世界

《封神演義》以《武王伐紂平話》、《列國志傳》爲底本。〔註5〕在史事之外，大談鬼神之事。書中的鬼神來源，又包括了道教、佛教、民間傳說、遠古神話等。沈淑芳考述得一結論云：

> 封神演義的寫成，一則根據史傳上的記載，二則採取現成的通俗文學材料，三則吸收佛道教的信仰和神話，四則融合民間流傳的習俗和舊說，五則加上文人才士的編織創造，而後方才構築成一部長篇巨著。〔註6〕

由此可知，《封神演義》並不是一本單純的歷史小說，或神魔小說。而是作者有意識地以歷史、習俗、信仰、神話爲本，加上自己的思考、感受，創作出來的小說。《封神演義》中，描述了一個沒有秩序的世界的模式，（紂王無道），又描述了一個有秩序的世界（武王建國），展現了其重新安排「現實世界」的秩序與結構的意向。由此，我們可以反推作者心目中的「現實世界」與「理想世界」究竟如何？

氏此段文章旨在介紹法國文學社會學家呂西安・高德曼（Lucien Goldmann），所主張的「發生論結構主義社會學」。另可參見 Lucien Goldmann 著吳岳添譯《論小說的社會學》北京：中國社會科學出版社，1986 年。

〔註4〕 在前一章中，筆者已分析《封神演義》宇宙觀，與傳統宇宙觀之間的關係。

〔註5〕 沈淑芳先生曾就《武王伐紂平話》、《列國志傳》、《封神演義》三書，考述其卷數、回數、回目、故事情節和文字結構，而論斷出由《武王伐紂平話》至《列國志傳》、《封神演義》間的遞遷之跡。見《封神演義研究》台北，東吳大學碩士論文，頁 36～44。

〔註6〕 見註5書第二章：封神演義的故事來源。頁 24～66。另外，張靜二先生在〈從天意與人力的衝突論封神演義〉一文中，曾整理出有許多熱衷於探源的文家，認定《封神演義》採摭《詩經》、《尚書》、《禮記》、《左傳》、《國語》、《莊子》、《荀子》、《韓非子》、《呂氏春秋》、《淮南子》、《史記》、《漢書》、《論衡》、《潛夫論》、《隋書》、《舊唐書》、《法苑珠林》、《太公金匱》、《竹書紀年》以及佛家經典等一百八十餘種資料。見〈從天意與人力的衝突論封神演義〉，漢學研究，第 6 卷第 1 期，民國 77 年 6 月，頁 691。

（一）現實世界

紂王所代表的真實的、混亂的人生世界，在書中首先開始於紂王蓄意冒犯神明女媧娘娘，而引起一連串的殺伐與生民失業。綜合全書的內容，武王及其陣營的神仙，所犯之過錯茲敘述如下：

首先，集中描寫紂王好色，第一回中原本至女媧行宮上香，是爲祈求福德，使萬民樂業，雨順風調，兵火寧息。結果紂王見女媧娘娘容貌端麗，瑞彩翩翩，國色天香。因而神魂飄蕩，淫心徒起。且訴諸筆墨，在行宮粉壁上公然題詩，調戲女媧娘娘云：「梨花帶雨爭嬌艷，芍藥籠煙騁媚粧。但得妖嬈能舉動，取回長樂侍君王。」〔註7〕結果自從拈香回來之後，每日廢寢忘食，六院三宮之女，見之如塵飯土羹，鬱鬱寡歡。後來聽說冀州侯蘇護之女妲己豔色天姿，幽閒淑性。欲選入後宮。未料蘇護不從，且進諫忠言，惹得紂王勃然大怒，欲賜死蘇護。後降赦令蘇護還國，未料蘇護大怒，題詩午門云：「君壞臣綱，有敗五常。冀州蘇護，永不朝商。」〔註8〕才返回本國。紂王盛怒之餘，本想親征，隨後聽從魯雄、費仲之諫，派西伯侯姬昌、北伯侯崇侯虎出征冀州。結果崇侯虎戰死，姬昌致書蘇護，曉以三利三害。蘇護始願獻女。

妲己的到來，代表紂王的錦繡江山即將斷送。（書中稱妲己的魂魄被狐狸吸去，借此迷惑紂王。）一切的罪愆從此開始。妲己的例子，代表人被異化的模型；「魂魄」在《封神演義》書中是指構成人的內在本質，人一旦魂飛魄散，便無法成形。書中對此多有描述，如第十三回中敘述哪吒打死敖丙、李艮；剖腹、剔骨肉，還於父母。散了七魄三魂，一命歸泉。第十四回中敘述哪吒魂魄無依，太乙眞人吩咐哪吒云：

> 你回到錢塘關，託一夢與你母親：離關四十里，有一翠屏山，山上
> 有一空地，令你母親造一座哪吒行宮，你受香煙三載，又可立於人
> 間，輔佐眞主。可速去，不的遲誤。〔註9〕

第四十四回敘述姚天君設下落魂陣：

> 一日拜三次，連拜了三四日後，姜子牙就顚三倒四，坐臥不安。………
> 又過了七八日，姚天君在陣中把子牙拜去了一魂二魄。子牙在相府，
> 心煩意躁，進退不寧，十分不爽利，整日不理軍情，慵懶常眠。……

〔註7〕《封神演義》台北，三民書局，民國85年10月。頁5。
〔註8〕同註7書，頁13。第二回。
〔註9〕同註7書，頁138。

又過十四五日，姚天君將子牙精魂氣魄，又拜去了二魂四魄，子牙
在府，一時憨睡，鼻息如雷。……又過了二十日，姚天君把子牙的
二魂六魄皆已拜去了，只剩得一魂一魄，其日竟拜出了泥丸宮，子
牙已死在相府。〔註10〕

可見沒有了魂魄就不是人，不具備人該有的思考能力、不具備人性，自然不
能感通道的旨意，朝向天命的內容前進。所以哪吒為了執行成湯將滅、周朝
當興的天命，一定要蓮葉荷花還魂，姜子牙也要將草人尋回，魂魄才能入竅，
復行封神大業。妲己的魂魄被狐狸吸走，代表妲己已經不是人，不具備人所
應該具備的人性、智慧。他只是狐狸，是禽獸，是沒有仁義理智四端的偽形
人。而他所迷惑的紂王，未來的命運亦如同他一樣，是不能處於人性的根源
中的偽形人。紂王這位一國之君、人間世界領袖的異化，代表人間的世界即
將邁向異化之路的開始。

其次，是因好色導致人性盡失，暴政連連，臣子勸誠無效，而且變本加
厲荼毒勸誠的大臣。如第六回中描寫紂王造炮烙，將梅伯炮烙於九間大殿之
前，阻塞忠良諫諍之口。又屈斬太師杜元銑，殺姜皇后及老丞商容（諫紂王
欲殺太子而撞死階下。）碎醢姜桓楚之尸，羑里城囚西伯侯，剖比干心。這
些臣子想引君於道，卻都換來斧鉞之災。

在勸誠的大臣清除殆盡之後，朝中再也沒有可攔阻的力量。於是更加剝
削厚斂，使民生凋敝，朝綱不振。如造蠆盆，令萬民納蛇，萬民遭累。（第十
七回），築鹿臺，各州府縣軍民，三丁抽二，獨丁赴役。有錢者買閑在家，無
錢者任勞累死。萬民驚恐，日夜不安；家家閉戶，逃奔四方。可憐老少累死
不計其數，皆填鹿臺之內（第十八回），又造肉林酒池，任意荒淫。

面對朝政的紊亂，奉命征周將軍們想憑一己之力，扭轉頹勢。無論是知
為將行兵之道的魯雄、三山關總兵鄧九公、青龍關守將張桂芳、佳夢關魔家
四將、太師聞仲、三山關總兵洪錦、氾水關守將韓榮、界牌關守將徐蓋、潼
關守將余化龍、青龍關守將丘引、臨潼關副將卞金龍、澠池縣總兵張奎等，
個個能征慣戰，麾下不乏奇人異士，但是不識天機，助紂為虐，逆天行事，
無異螳臂擋車，終遭殺身之禍。

而三山五岳異能奇術之士也多人佐商，如九龍島四聖的異獸、楊森的開
天珠、高友乾的混天寶珠、鄧忠的開山斧、趙公明的乘虎提鞭、縛龍索、定

〔註10〕同註7書，頁428～429。

海珠，菡芝仙的風袋、彩雲仙子的戮目珠、雲霄娘娘的金蛟剪、混元金斗，呂丹的瘟丹、周信的頭疼磬、李奇的發躁幡、朱天麟昏迷劍、楊文輝的散瘟鞭、殷洪的紫綬仙衣、陰陽鏡、水火鋒等，件件都是致命武器、稀世珍寶。

此外，金鰲島十天君的十絕陣，三仙子所擺之九曲黃河陣，丘鳴山火靈聖母的火龍兵，通天救主的誅仙陣、萬仙陣等，法術威力驚人，足以使乾坤驚動，翻雲覆雨。但結果是出師未捷身死，個個丹心成畫餅。修鍊成空，魂歸封神臺，贏得封神榜上名；道行千年，道術通天盡無用，不識天機，逆天而行，亦難脫逃殺身之禍。

因為天命要亡殷商，造成慘烈的戰爭場面無數。以第五十一回姜子牙夜襲聞太師的大寨為例，由作者的描述來看，真是慘不忍睹！

> 征雲籠四野，殺氣鎖長空。天昏地暗交兵，霧慘雲秋廝殺。初時戰鬥，燈籠火把相迎；次後交攻，劍戟鎗刀亂刺。離宮不朗，左右軍卒亂奔；坎地無光，前後將兵不正。昏昏沈沈，月朦朧，不辨誰家宇宙；渺渺漫漫，燈慘淡，難分那個乾坤。征雲緊護，拼命士卒往來相持；戰鼓忙敲，捨死將軍紛紛對敵。東西混戰，劍戟交加；南北相持，旌旗掩映。狼煙火砲，似雷聲霹靂驚天；虎節龍旂，如閃電翻騰上下。搖旗小校，黑夜裏戰戰兢兢；擂鼓兒郎，如履冰俱難措手。周兵勇猛，紂卒奔逃。只見：滔滔流血坑渠滿，疊疊橫屍數里平。〔註11〕

據《封神演義》中所述：聞太師敗至岐山，收住敗殘人馬，點視止三萬有餘。而大軍出發時有二十萬人，經此一戰，所餘只剩七分之一士兵而已，真是不知又有有多少「春閨夢裡人」，所思所想之郎君，已成了「無定河邊骨」矣！而在內有徵役（造蠆盆、鹿臺）。外有兵戎，戰事頻起之下，百姓的生活不但無法獲得安寧，更得面對戰爭的威脅。

簡而言之，《封神演義》對現實世界的描述，是在上者剝削厚斂，戰爭連年，民生凋弊。而原因是君王之暴政（紂王之無道），而紂王之無道是觸犯天機，天意要亡商！歷來研究者對此的看法是《封神演義》「以封神為主旨，欲借武王伐紂的故事素材，刻意描寫暴政與仁政的對比，可見其目的在唾棄暴政；「然因囿於時代，仍無法突破專制政治的藩籬，它的最高目標僅止於傳賢的開明專制而已；」「反抗封建禮教和倫理觀念的精神」，「反映明代嚴峻慘刻

〔註11〕同註7書，頁506。第五十一回。

的法制與政術。」「一部隱喻歷史的撰作」。〔註12〕珎

　　但是筆者認爲，演義作者要說的其實是「生活世界」的異化，〔註13〕錞而且作者將此「生活世界」推到了天上、人間、地下三個世界，仙、神、凡、聖、鬼等各類人等，通通處於一定執的狀態，而造成生活世界的異化與毀壞，所以要對此現象做出狀況的詮釋和描寫，進而由此進一步描述異化的解決之法—重新展開一個新的生活世界。

　　作者安排了種種的敘述，來描寫這生活世界的異化，首先，是掌控世界秩序、生長之源的至上神——鴻鈞道人大弟子元始天尊的明示，他說：

　　　此時成湯合滅，周室當興，又逢神仙犯戒，元始封神，姜子牙享將

　　　相之福，恰逢其數，非是偶然。〔註14〕

這番話表示了以神仙和凡人、鬼魂所構成的天上、人間、地下，這三個同由道所出，同時感應天命的世界，已經即將悖離了天命的旨意，不在它所應行的軌道上，失去了應有的規律。所以，代表人間世界的領袖——紂王，首先異化。他好色先得罪女媧娘娘，復又廣徵天下美女，弄得君臣不合，大開殺伐。後來終於得到妲己，卻又受已經不是人的妲己所惑，紊亂三綱，殺妻、殺子，復又不聽大臣的勸誡，設炮烙重刑伺候大臣，屠殺大臣。等到朝中無人可勸誡時，他完全陷溺在酒池肉林、美女的聲色享受中，更進一步以他人之苦爲樂，（設蠆盆、剖孕婦、砍脛骨）完全失去人性，也失去了天命。而助他抵禦西岐的臣子，雖然是一片忠心，卻因不識生活世界的秩序，反而助長了生活世界的混亂與異化。而神界也是如此，神界的三大首領之一——通天

〔註12〕見註 5 書頁 70～71，111～124，李若鶯《封神演義與武王伐紂書之比較研究》
　　　　高雄，高雄師範大學碩士論文，民國 69 年，頁 254。黃秋雲〈封神演義是怎
　　　　樣的一本書〉，中國，文藝學習，第 10 期，1955 年，頁 26。陶希聖〈封神傳
　　　　之暴君放伐論〉台北，食貨月刊，復刊 2 卷 10 期，民國 62 年 2 月，頁 25。
　　　　金恒煒〈封神演義裏的政治諷喻——從炮烙認起〉台北，書評書目，第 65 期，
　　　　民國 67 年 9 月，頁 117～122。註 6 書 691～692。
〔註13〕必須說明的是，「生活世界的異化」一詞，語出於林安梧先生註 1 書及文，但
　　　　是「生活世界的異化」，在林先生該文的敘述中是指對《老子》一書的詮釋，
　　　　若用「生活世界的異化」只能說是對於亡其宅的「異化」現象做出表象的詮
　　　　釋與描寫，並未真正指出其爲異化的原因與理由。換言之，這是一個負面的
　　　　名詞。但是筆者認爲《封神演義》自建了一個以「天命」爲系統，神力爲主
　　　　宰的生活世界，生活世界異化代表人與神悖離了「天命」的狀態，也是「道」
　　　　的狀態，所以要重建整個生活世界，維持原有的秩序。故使用「生活世界的
　　　　異化」這一名詞來指稱。
〔註14〕同註 7 書，頁 149。第十五回。

教主，因為弟子陷入這場人間戰役中，死傷甚多，而替弟子出頭打抱不平，完全無視弟子有違天命在先，掀起一陣殺伐，神界死傷慘重；弄得天翻地覆鬼神愁。套用他的同門道兄老子在三教大會萬仙陣中對他的指點，他應該：

> 只當潛蹤隱跡，自己修過，以懺往愆，方是掌教之主；豈得怙惡不改，又率領群仙布此惡陣，你只待玉石俱焚，生靈戕滅殆盡，你方繞罷手，這是何苦定作此業障耶？〔註15〕

神仙原本是生活世界中的監督者，使人間能維持道的流行，現在連神界領袖之一的通天教主，都動了惡念，違背了作為神仙應有的職責，而欲使生靈戕滅殆盡，和眾神玉石俱焚，不但是有違天命，還失去了作為神明應有的條件。神仙也應是清淨無為，結果被通天教主一攪和，四教教主（元始、老子、通天、西方）都動了嗔癡煩惱，打得天翻地覆，華岳山崩，對於天命一事無成，自然無力執行天意，整頓生活世界的秩序。此二界之異化（紂王、四教教主及其手下），代表了生活世界的主宰者，人不像人，神不像神，造成了整個生活世界秩序混亂，人處於此毀壞的世界中，其狀況是民不聊生。須要鏟除在上位者（紂王）及重新分封諸神，職掌有司。天命才會重新正確執行於世，生活世界才能重獲滋養，達成理想的生活世界。

（二）理想世界

與紂王的暴虐行為相反的表現，是文王在西岐大行仁義，亦有一班奇術異能，身懷超技之士，替天行道，幫助文王對抗商朝的奇術異能之士，這兩者顯示了一暴一仁，一知天機一違天逆行的反比，具體的顯現就在國情及兩國交戰的戰況之上。大致來說文王陣營的優點如下：

首先，是文王施行仁義，禮賢下士，以百姓心為心，贏得眾望及民心、天命。第三回中蘇護大戰崇侯虎，兩人戰得昏天暗地，卻靠西伯（文王）的一封曉以利害的書信，剖析獻妲己的三利二害，而使蘇護罷干戈，進妲己，書中有詩稱讚文王之仁，一封書抵十萬師。詩曰：

> 舌辨懸河匯百川，方知君義與臣賢。數行書轉蘇侯意，何用三軍枕戟眠。〔註16〕

正是「仁人之言，其利甚溥。」可見作者心中君王要施仁義，臣子要盡賢能輔助君王。書中的故事自此之後便展開對比的書寫。紂王無道，狐媚朝歌之

〔註15〕同註7書，頁834。第八十二回。
〔註16〕同註7書，頁32。第三回。

時，正是殺忠良，近小人，紊亂綱紀，顛倒五常，污衊彝倫之際。照商容的
說法是：

> 不意陛下近時信任奸邪，不修正道，荒亂朝綱，大肆兇頑，近佞遠
> 賢，沈緬酒色，日事聲歌。聽讒臣設謀，而陷正宮，人道乖和；信
> 妲己賜殺太子，而絕先王宗嗣，慈愛盡滅；忠諫遭其炮烙慘刑，君
> 臣大義已無。陛下三綱污衊，人道俱乖，罪符夏桀，有忝為君，自
> 古無道人君，未有過此者。〔註17〕

宰相商容這本上奏，十足描繪出一幅無道人君的景況。但是文王卻在西岐勤
政愛民，聚文武講論治國安民之道第十回中描述紂王點員官，傳四鎮諸侯進
朝歌，以防反叛禍亂滋生，其中進西岐的員官所見之城內光景：

> 民豐物阜，市井安閒，做買做賣，和容悅色，來往行人，謙讓尊卑。
>
> 使命嘆曰：「聞道姬伯仁德」果然風景雍和，真是唐虞之世。〔註18〕

這段敘述，充分描繪出文王的仁德，西岐的民生富裕。之後的章節裏，紂王
盡殺比干等忠義之士，文王至渭水之畔聘賢士姜子牙。紂王造蠆盆、建鹿臺
勞民傷財，文王則對西岐人民以仁義而化萬民，建靈臺以占風侯，看驗民災。
無妻者給與金錢而娶；貧而愆期未嫁者，給與金銀而嫁；孤寒無依者，當月
給口糧，毋使欠缺。結果紂王治下之域，民貧軍乏，水旱四起，民心思亂。
文王治下之域則是人民安居樂業，好似唐虞之世。文王逝世，武王繼承父志，
所表現出的亦是仁君光景。紂王連孕婦都拿來剖腹，以供妲己與己玩樂之用，
武王卻在攻佔朝歌之後，將鹿臺聚居之貨財，給散與諸侯百姓，將鉅橋聚斂
之稻粟，賑濟與饑民，使萬民昭蘇，享一日安康之福。對於紂王之子武庚，
也以「罪人不孥」，上天有好生之德，而阻止殺伐之。

　　《封神演義》的作者，以文、武好施仁義之舉，描述了心中理想國君的
條件，與理想社會的景況。

　　其次，因文、武王施行仁義，禮賢下士，天命已在文、武王處，令「周」
代「商」管理天下，故有許多奇能異士順天應人，前來助周完成伐紂大業。
因此，相對於紂王陣營的奇能異士，文、武王陣營亦有許多奇術異能之士，
足以對抗並壓服成湯的奇術異能之士。如歸降的武將黃飛虎父子、鄧九公父
女，洪錦、鄭倫、崇黑虎、文聘、崔英、蔣雄等人。西崑崙度厄真人門下李

〔註17〕同註7書，頁93。第九回。
〔註18〕同註7書，頁98。第十回。

靖，使得一座三十三天玲瓏寶塔；長子金吒有遁龍樁；次子木吒有吳鉤劍，三子哪吒是蓮花化身，腳踏風火輪，手持火尖槍，另有混天綾與乾坤圈兩種寶貝。其他如韋護有降魔杵，黃天化有莫耶寶劍等寶物，龍吉公主有神鯨等武器。土行孫會地行術，楊戩有哮天犬，又練過九轉神功，有七十二術的本領。姜子牙能知五行之術，善察陰陽變化。元始天尊十二弟子中，赤精子有陰陽劍、水火鋒、紫綬仙衣；廣成子有番天印、落魄鐘、雌雄劍；玉鼎眞人有斬仙劍，慈航道人有清淨琉璃瓶，普賢眞人有吳鉤劍，文殊廣法天尊有遁龍樁；而太乙眞人有九龍神火罩，燃燈道人有定海珠和紫金鉢。接引道人和準提道人都是西方教主，老子與元始天尊，一爲人道教主，一爲闡教至尊，其法力更是深不可測，非尋常仙聖可比擬。

然而，周朝的勝利是因爲這些奇能異士法術高強嗎？這倒也未必，第四十二回中，聞太師與姜子牙正式面對面，聞太師責備姜子牙不諳事體，姜子牙的回答，就頗堪玩味，他說：

> 尚忝玉虛門下，周旋道德，何敢違背天常？上尊王命，下順軍民，奉法守公，一循於道。敬誠緝熙，克勤天戒，分別賢愚，佐守本土，不敢虐民亂政。稚子無欺，民安物阜，萬姓歡娛，有何不諳事體之處？〔註19〕

此處可以看出，姜子牙助周是知天意在周，而要順天之命，使百姓安居樂業，政治清明。也是因爲他「一循於道」，所以勝利是在周，而不是商。與諸士之法力如何沒有絕對的關係。同樣的看法亦出現在天界（神界），鴻鈞道人排解三教紛爭，說明立封神榜的理由是：

> 當時只因周家國運將興，湯數當盡，神仙逢此殺運，故命你三個共立《封神榜》，以觀眾仙根行淺深，或仙，或神，各成其品。不意通天弟子輕信門徒，致生事端，雖是劫數難逃，終是你不守清淨，自背盟言，不能善爲眾仙解說，以致俱遭屠戮，罪誠在你，非是我爲師的有偏向，這是公論。……今日我與你講明，從此解釋。大徒弟，你須讓過他罷。俱各歸仙闕，毋得戕害生靈。況眾弟子厄滿，姜尚大功垂成，再毋多言，從此各修宗教。〔註20〕

在「道」的流行之下，世人各修道奉行「道」的旨意，一旦不能遵守「道」

〔註19〕同註7書，頁410。第四十二回。
〔註20〕同註7書，頁856。第八四回。

旨，就會進入毀滅。天界也因此註定遭厄，欲重整度劫，而其所觀的乃是根行高下、淺深，而不是法術之高下、淺深。（這也是闡教與截教之差別）本來大家（天界諸神）都應幫助姜子牙，重建周朝及神仙秩序，但是因有個人之私，而展開一場大戰，這雖是劫數難逃，最後仍要依天而行，大家各安其位，各修宗教。封神是要留下好根行的神仙，除去壞根行的神仙，使天、地、人各正其分，各安其行。正如同滅商一般，表面上是順天意，骨子裡是應人事。維持生活世界的秩序。

綜合以上的分析，可以得知：《封神演義》中的理想世界——周朝，其建立之原則是順天應人，在順天應人的前提之下，作者賦予文王、武王（理想君主），許多身為君主的必要條件，如好施仁義、愛民如子、以民之所欲為先，不擾民暴虐等等，恰好與商朝所代表的現實世界，形成一仁政一暴政的反比。

三、《封神演義》的世界觀

現實世界與理想世界的刻畫，代表作者處於現實與理想的衝突中，儘管對現實不滿，我們卻無法不留在現實中，受現實所框限。特別是永恆與無限，是人所想擁有而不及的東西，當人置身於這種拉鋸戰中，就必須在現實整體中尋找一種具涵義、平衡的狀況，如此，就可在這平衡的狀況中改變世界，這就是作品中的世界觀。〔註21〕

現實之中包含一切令人痛苦之物：因為色令人起淫心，因為政治的暴虐無道，使人朝不保夕，因為上位者的剝削厚斂，使人日夜不安，飢餓不堪。生命如同幻影一般，不知何時生死？多麼希望能處於一個美好的、行仁政的社會，在那裡，可以足衣足食，安閒於市井之間，但是，這樣的渴望，對於生活在專制時代的老百姓而言；是可遇而不可求的。要如何超越這個困境呢？《封神演義》的作者提出了「天命」！在與「天命」的契合中，人重整了現實中的困境，而獲得了心理上的怡然自得。

於是作者重整了一個「天命世界」，原來世上的一切都是「天命」在人間的具體表現，人只是「天命」的執行者，神也是如此，唯有透過知曉「天命」而得到「天命」之助的行為，人，才能得到精神上的解脫。轉格為神，得到生命的無限與永恆。這也是書中對現實總體連貫而統一的世界觀。

〔註21〕這是從何金蘭先生〈文學社會學理論在中國文學的應用——以高德曼理論剖析東坡詞之世界觀〉一文中得到的概念，詳文見註3書，第六章，頁139～185。

　　從另一種角度來看：世界觀也是一種意識形態（ideology）的展現，蔣年豐先生曾整理歷來對意識形態的看法，而指出曼海姆（Karl Mannheim）對意識形態的補充，有其重要性。他認為意識形態是社會環境的產物。可分為「特殊」與「整體」兩類：前者是個別的人關於政治社會問題所持的主張，故不免因本身利益而對真實有所掩飾與歪曲；後者則指不限於階級的群體意識，它所反映的是一個時代的世界觀。具有遮蔽當前社會真象的作用之外，（是透過合法化的功能保障政治與社會體制，扭曲化功能來矯飾社會的矛盾與不公，認同整合的功能使民眾社會化，成就社會人格。）人常常正面地需要意識形態來證成他們的存在，並引導人追求理想，並進而推動社會變革的作用。〔註22〕

　　就意識形態的功能性，來看《封神演義》的世界觀，意義就更豐富了。首先，就合法化的功能而言：意識形態可以保障政治與社會體制。《封神演義》中的現實世界呈現出民生凋弊、君王無道的景況，理想世界所宣揚的是行仁政的「仁君」，曾經有學者大力讚揚《封神演義》的暴力放伐論，卻不免也有學者要感嘆：「僅只於推行開明的傳賢專制而已。」〔註23〕別若從合法化的功能來看，這倒也無可厚非，因為中國歷來的理想政治模型，就是傳賢的開明專制，書中所欲合法化的專制，與其說是「保障專制政治」，不如說是重述了理想典型政治，況且，在作者的時代及之前，中國的政治體系最多就只有傳賢的開明專制而已，那麼，何以能「以古託今」呢？倒是從宗教面來看，《封神演義》欲保障的可能是：作者所信奉的宗教的合法性，作者集民間造神運動之大成，將古神話神、道教神、佛教神、民間神集於一爐，塑造了一個井然有序的「天命世界」，其目的在於建構自己的宗教思想組合系統，幫民眾建構、灌輸宗教思想與信仰，只是其方法是符合傳統的民族文化意識，加以融合。使自己的宗教體系更加鞏固。

　　就扭曲化的功能來矯飾社會的矛盾與不公而言：在專制的統治之下，民眾是最無能為力的一群，以冥冥之中天命自有安排，來超脫現實中的不公不

〔註22〕這是蔣年豐先生在〈從興的現象學論《春秋》經傳的解釋學基礎〉文中，綜合余英時先生對曼海姆（Karl Mannheim）所寫之《意識形態與烏托邦》一書，意識形態與烏托邦問題的看法，再補充里克爾（Paul Ricoeur）《意識形態與烏托邦演講錄》一書的看法，而成此意見。
全文收入楊儒賓、黃俊傑編《中國古代思維方式探索》臺北：正中書局，民國85年，頁122～125。
〔註23〕詳見註10引文。

義而言：「謀事在人，成事在天。」使得社會的矛盾不公得以調適。人命與天
命相調和安頓，使得「諸惡莫作，諸善奉行」。天命的展現即是社會矛盾不公
的仲裁者。人得以維持生命的和諧，生活的寄託。

　　就認同整合功能而言：《封神演義》滿足了民眾認同的價值觀，即人生於
天地之間，存在、價值、知識的來源，是由生活世界上還於天地，達成天地、
人我、物己的感通，是整個社會共同體的依據。就身為社會人而言，認同並
整合這種社會認同的價值觀，使人由一自然人的角色，而蛻變成為社會人。

四、奧秘性感通的復歸之道

　　鄭志明先生提及《封神演義》的運作主中心時，認為道教的內丹修真理
論，是《封神演義》的形上學理論，到了明代，道教修真的觀念已逐漸普及，
深入到一般知識分子與民眾之間，成為全民共同傳承與創造的文化。因此「民
眾認為每一尊神在祈求的當下，都是至高無上的，都代表了道的存在。」這
是一種感通性的思維概念，所追求的是與神相感通的生命，進而達成我與神
之間心念的連結，完成生前死後的問題的解決。這是一種訴諸於外在不可知
力量，（神、道）採行奧秘性感通復歸之道。〔註24〕

　　在《封神演義》中，經由修道的實踐工夫，人才能達成與「道」（天命、
神）的同一性，甚至達到神的位階，進而超克一切人生問題，實踐與道之間
的關聯，是功利性的互動。是外加型態的修養工夫，只是畏懼天命（道）使
人丟失福祉。畏懼神使人一無有，而達成與神的心意連接，使人可溝通上天，
趨吉避凶。

　　問題是這種對「天」的敬畏，若不是產生於對人自身使命的理解和反思，
而同時能以敬畏恭謹的態度履行這種天道所賦與的使命，很容易肆無忌憚，
玩世不恭。打著天命的招牌，為所欲為。另一方面，也易對天命失望，因為
無論我如何努力，若天命不在我，我又能如何呢？而且，若整個生活世界都

〔註24〕鄭先生認為修真理論中，內丹煉成的修道者即是神仙，同是最尊無上的存在，
　　　或許天界的神仙有位階的高低，但是每一個都可以同時是「道」的化身，應
　　　無尊卑的區分，這也反映出民間的崇拜的心理，每一尊神在民眾祈求的當下
　　　都是至高無上的，都代表了「道」的存在。那麼，修真理論提供了民間更為
　　　完備的形上學體系，以「道」來整合各種至上神系統，進而教養民眾懂得返
　　　本尋根的追尋，企圖經由生命的內在脈動，契入到宇宙的核心來超生了死。
　　　詳見鄭志明《神明的由來中國篇・封神演義的多重至上神觀》嘉義，南華管
　　　理學院，民國 86 年 10 月，頁 317～318。

處於無秩序狀態，是天命使之如此，那人能如之何，只能靜待天命使世界恢復而已，人的主體性何在！

　　就《封神演義》中提出的「生活世界異化」而言，是主宰人間秩序的君王，沈迷於美色之中，造成殺妻誅子，眾臣非殺即辱，人民因爲君王的異化，而痛苦不堪，造成生命苦痛，生活世界整個失序。同時，掌管世界的神仙們也失序，失於不知天命，有的神助惡爲虐，有的則否，神與神之間一場大戰，造成天上、人間秩序的同時有待重整！

　　於是世界經由此重整而復歸，重回有秩序的狀態。人民的生活也得以安定。但是，這樣的描寫，只寫到了病症，並未描寫到病源，因爲世界雖然由重整而達到有秩序的狀態，但是根源性的原因並未解除，這次重整了次序，下次呢？若是又遭遇昏君，又當如何？如果要重整天命才能度過劫難？那麼，世界是否又活該再浩劫一次呢？

　　中國心性學的實踐傳統強調「生命之體驗」，「體驗」指的是「驗之於體」及「以體驗之」的兩個迴環，「驗之於體」指的是經由吾人自家生命的理解與詮釋，尋得了整個生命的目標，由存在的經驗而上遂於體的過程。「以體驗之」是以此上遂於體而尋得的座標，迴返於廣大的生活世界，去座標這個世界，這是由道體而下返於存在的經驗的過程。〔註25〕

　　問題是如果自家生命的理解與目標，都由外力（天命）來決定，整個生活世界也都由「天命」控制，人的自主性完全取消，人不用「參贊化育」世界，不用回歸自然之總體，無爲順成宇宙之源，而是趨吉避凶，窺探天機，只是使人更加「異化」，而不是復歸。

　　這種將人存在的基礎，建立在「至高無上的至上神」身上，強調與神奧秘性的感通，繼而邁向生命的自我實現，顯然犯了「道的錯置」的問題〔註26〕，這經由言說而展開的「天命世界」，所呈現的只是一對象化定執之域而不是常

〔註25〕這是林安梧先生對中國心性學實踐傳統的看法，心性學傳統的來源，是中國「因道以立教」的傳統。筆者認爲此處正可用來對比「奧秘性感通」言論之不足。詳細資料見註 1 書〈陰陽五行與「身心治療」──以王鳳儀《十二字薪傳》爲核心的展開〉頁 211～242。

〔註26〕「道的錯置」是林安梧先生評論中國社會的困結，由道統異化至政統，由「人格性的道德連結」及「血緣性自然連結」異化爲一切宰制之合理化及合法化基礎。筆者這裏指的是由道德性創生之源，轉爲咒術性宰制之源的「道」或「天命」。詳細資料請參註 1 書及《儒學與中傳國傳統社會之哲學省察》一書，臺北，幼獅出版公司，民國 85 年 4 月。

道（存有之道）。「道」或天命成了「宰制型的理性」，人的良知理性成了「他律型的順服倫理」〔註 27〕。因而心知的執著之病或除，但是「神明之執」又再起一「心知之執著」。少了人欲之糾纏，卻多了對咒術的順從。

況且，《封神演義》中所指稱之現實世界問題來源：皇權的異化，即皇帝不是一有德、有才能的聖君。但權力掌控於皇帝手中，於是「天命」起而抗衡，「天命」成了無上君權的抗衡系統，但是可能嗎？如果君王只是畏懼「天命」，而祈求政權不失，他實行的是功利之實的統治，也不一定要有德行、有才能。修道知天豈不快哉！歷史上有多少皇帝沈迷於道教或法術，足以為活生生的例證！

總而言之，筆者認為這「奧秘性感通」的復歸之道，做為一種「生命形式」的理解，心靈性活動的組合，展現的是一符應方式的排列，而不是因果的範疇結合，所呈現的是一種有意義的結果，而不是有效性的結果。因此，所達成之復歸之可能性，可能少之又少，較多的是透過此一「奧秘性感通」，人得以解釋科學所不能解釋之不可控制力量，規範人不能解除的人生秩序的不能盡如人意，以及人生來即不可避免的無法永恒與無限。在現實與理想之間，得到平衡的愉悅狀況。

五、結　論

「天命」、「君德」、「民祇」，構成了《封神演義》中世界安定的三大要素，而三者之間的關係是君王必須不斷敬德，以救天命而施政，其施政的目的在養民、教民。對於個人而言，追求與永恒的「天命」為一，進而行於人間、世上，其目的在於求一己之道德完善，福祿雙修。

然而，理想與事實間的差距頗大，黃宗羲在〈原君〉一文中曾述及帝王制度的由來，他說：

有生之初，人各自私也，人各自利也。天下有公利而莫或興之，有

〔註 27〕「他律型的順服倫理」、「宰制型理性」是林安梧先生對中國傳統社會倫理的看法，在林書中，「他律型的順服倫理」指的是現實世界的國君，以專制下的奴隸性、短暫性規約，取代超越位格神的恆定性、普遍性生命原則，成為最高掌控者；所建立的倫理規約。而現實世界的國君進入超越位格神的地位，「宰制型理性」才真正建立起來。筆者這裡使用此二名稱，來形容天命規約下所建立的倫理規範。因為書中的天命由至高無上至上神所掌控，主宰宇宙萬有吉凶，依之則生、違之則亡，既具有奴隸性，也具有恆定性、普遍性。林文見註 25 書，頁 146。

> 公害而或莫除之，有人者出，不以一己之利爲利，而使天下受其利，
> 不以一己之害爲害，而使天下釋其害。此其人之勤勞必千萬於天下
> 之人。〔註28〕

是謂「君」是以服務天下爲己任之人，當興公利，除公害。而後人之君則大
不相同，他說：

> 後之爲人君者不然，以爲天下利害之權皆出於我，我以天下之利盡
> 歸於己，以天下之害盡歸於人，亦無不可。使天下之人不敢自私，
> 不敢自利；以我之大私爲天下之大公，始而慚焉，久而安焉。視天
> 下爲莫大之產業，傳之子孫，受享無窮。〔註29〕

君權之弊在於公、私不分，以私心爲天下，將天下視爲一己之產業，這不也
是《封神演義》中現實世界之寫照，與其說是紂王，不如說是集歷代無道君
王之大成。《封神演義》中，又指出紂王無道，於是「天命」自除之，與黃宗
羲在〈原君〉中認爲君王有違替天下興利除弊之職，即是悖理失道。應爲天
下人反對。和《封神演義》相比，一重天命之他律面，一重人爲之自律面，
實一體之兩面。可見，中國傳統的政治觀，是環繞在以天、人、社會爲主，
以因道而立教爲中心的思想，以修德以事天，以爲民興利，爲理想君王的典
型，是上自知識分子，下至庶民百姓，所共同遵循的概念。

　　至於爲臣之道，《封神演義》中也有描述，從政的目的在爲天下萬民求治，
順天應人，而非爲君王一人服務，剝削天下萬民，這可見於聞太師與姜子牙
的對話！君王與臣子的關係，也非主僕的關係，而是「君壞臣綱」，臣則諫之，
甚至棄之。臣子是爲公理之所在而勸諫，甚至因此而就死。這也是一個深植
於民心的概型。

　　眞正深植的思想根源，還是天、人、社會爲一體，從追尋與宇宙創生之
源之契合，而轉而社會秩序之源、人生道德之準。雖然《封神演義》轉化了
此一思想，認爲要以法術契合鬼神以通天地，世界秩序的轉換，也是宇宙力
量的轉化，一場場的宇宙大戰，只爲重建人間的秩序，與人文秩序。

　　《封神演義》中所追求的解決「生活世界」異化之道，是尋求「奧秘性
的感通」，然而此一訴諸「利害」、「外加的」、「他律型的順服倫理」、「宰制型

〔註28〕見《明儒待訪錄・原君篇》，筆者所以摘錄黃宗羲之文，是因爲黃宗羲對中國
　　　政治檢討之深，是古人幾乎無可比擬，和《封神演義》相比，可見此一概念
　　　之深入人心。

〔註29〕同註28書。

理性」，實是一「生命形式」的理解，所呈現的是一種「有意義的符應思考」，對於解決異化之本源，並無很大的力量，反而對解釋科學所不能控制之力量，規範所不能解除之人生中之無可奈何，以及人生的缺憾——死亡與不能擁有永恆。可以得到平衡。

　　同時，因爲這一「世界觀」，具備了集體意識，所以也成爲一種「意識形態」，其所具備之合法性功能、扭曲性功能、認同整合功能。使人能正面面對社會，來證明自己的存在，並追求理想與社會變革。

　　在《封神演義》的世界觀中，所反映的社會事實多於個人事實，創作的主題是社會團體多於個人。這種社會特性大於個人特性的特點，是筆者集中於探討書中集體意識的原因，筆者認爲這才是《封神演義》受歡迎之處，在探討了《封神演義》的思維基調－天人合一及宇宙觀，和世界觀之後，下一章將會整合這三方面，進一步探討《封神演義》中最有趣的現象——封神。

第五章　結論：封神的意義

提　要

　　《封神演義》理論基礎是：「天命」爲核心的總體思維，「神人共存」的世界觀，「存天命，去人欲」的行爲價值觀。至上神化的「天」，所形成的「天命」，是社會組織構成原則，由神與人所共同構成。也是人人都應遵守的行爲法則，制約每個人行動的價值標準，社會組織更替的標準，從之則吉違之則凶。三者構成一個完整和諧的思想體系。

　　在這個思維方式之下，《封神演義》得以大肆「封神」，一方面建立起人神溝通管道的優先權，另一方面維持自認的「天命」秩序。進行一連串神祇的重整工作，將公認靈驗的神祇納入系統、編排組織順序，達成「天人合一」後個人生命、生活世界的秩序和諧。

關鍵詞：封神、天命、天人合一、生活世界。

一、前　言

　　「封神」的意義爲何？各家說法紛歧，沈淑芳研究《封神演義》主題思想之後，認爲有四點意義：分別是崇德報功——封爵的延伸、君權提高的象徵——由封禪發展而來、借宗教鞏固政治、農業社會的神道設教。〔註1〕則沈淑芳的研究成果著重於政治、社會面，指出了「封神」在明代政治、社會的意義。

　　但蕭兵從民俗神話學的角度切入，指出「封神」的濫觴是古代戰後饗祭國殤及敵軍陣亡將士，和初民的祭神求助作戰傳統，後來演變爲祈求轉禍爲福、風調雨順、國泰民安的儀式，並爲「講史」、「演義」系統的章回小說吸收，形成擬史詩性質的小說。〔註2〕

　　而鄭志明從民間信仰的角度入手，認爲「封神」的背後存在了一套整合的思想模式，來自於民間信仰的多重至上神觀，以修仙的宗教理念作爲核心來統合民間各種流傳的崇拜尊神，發展出精彩神話形態的小說。〔註3〕

　　沈、蕭、鄭三位先生之說看似不容，其實並不矛盾，何以能如此論斷呢？筆者認爲將視角集中於《封神演義》思維方式，加以分析研究，即可將三說融合。本文的前四章已將《封神演義》書中，所呈現的思維基調、宇宙觀、世界觀分析，此三者呈現出《封神演義》思維結構；經由此思維結構的闡釋，則可以回答何以三位先生的詮釋可並行不悖；與「封神」的意義何在。

　　因此，本文的論述方向，將先論述《封神演義》的思維結構，次分析此結構所呈現之「封神」意義。

二、《封神演義》思維結構

　　「思維是一種有秩序的意識活動，是認識的前提，並藉由語言表達，因此語言建構了觀念的世界，也形成了我們認識外界的地圖。思維是人腦對外部客觀世界的對象能動和具有創造性觀念反映。作爲思維主體的人不單是自

〔註 1〕見沈淑芳《封神演義研究》　臺北：東吳大學碩士論文，民國六十八年，頁98～108。文又見《中國古典小說研究專集三‧封神演義中封神意義的探討》靜宜文理學院主編，臺北：聯經出版公司，民國七十年。

〔註 2〕見蕭兵《黑馬——中國民俗神話學文集‧封神演義的擬史詩性及其生成》臺北：時報出版公司，民國八十年，頁408～412。

〔註 3〕見鄭志明《神明的由來中國篇‧封神演義的多重至上神觀》嘉義：南華管理學院，民國八十六年十月初版，頁297～324。

然存在物，不是孤立的生物個體，而是社會存在物，是在一定的社會關係中生存，運用社會所提供的語言、思想材料、思維成果和思維方法，具有自我意識並通過自覺的活動表現自己的社會性存在。」〔註4〕

換言之，「思維被普遍接受之後，具有相對的穩定性，成為一種不變的思維結構模式、程式和定勢，形成所謂思維慣性，並由此決定著人們看問題的看法和方式，決定著人們的社會實踐和一切文化活動。每一種思維方式都有自己要解釋或描述的秩序，亦即每一種思維方式都從自己的視角和方法去描述相應思維客體的深層秩序，並用此深層秩序去解釋同一類型思維客體的表層秩序。」〔註5〕

綜合前三章分析《封神演義》的思維方式，是以「天人合一」的思維為基調，加以「天人類比」的世界圖式、「氣的感通」系統思維、「奉常處變」的循環思維為主軸，從而展現出整體的思維架構。〔註6〕我們可以下圖示之：

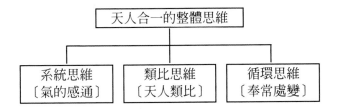

所謂「天人合一」的整體思維，在《封神演義》中是指：有一個有意志的人格神——盤古，創造生成宇宙萬物並統攝整個宇宙萬有。其後鴻鈞道人

〔註4〕 轉引自張浩《思維發生學》北京：學林出版社，1994年，頁3，夏甄陶、李淮春、郭湛主編《思維世界導論——關於思維的認識論考察》北京：中國人民大學出版社，1992年，頁1〜36。

〔註5〕 轉引自蒙培元《中國傳統思維方式的基本特徵》頁18〜34。文收錄於張岱年、成中英編《中國思維偏向》 北京：中國社會科學出版社，1991年。

〔註6〕 關於此思維架構之由來，除了前三章之分析結論之外，另外；羅熾、劉澤亮在《易文化傳統與民族思維方式》一書中，將中國民族的思維方式認為即易的思維方式，並分為四類；即1.天人合一的整體思維、2.奉常處變的循環思維、3.寓理於事的形象思維、4.得意忘象的直覺思維。彼此既相區別，又相聯繫。而殷善培在《讖緯思想研究》一書中；檢討羅、劉二位先生的方式，認為天人合一的整體思維與其他三種方式並非平行關係，而是統屬關係，天人合一的整體思維是另三種方式的根本。對筆者的啟迪極大，也使筆者構想出此圖。羅熾、劉澤亮文見《易文化傳統與民族思維方式》湖北：武漢出版社，1994年。殷善培文見《讖緯思想研究》 臺北：政治大學博士論文，民國八十五年，頁113〜133。

一氣相承，稟氣而生，道隨之而傳。鴻鈞道人因而成為盤古的繼承者，天地萬物秩序的主宰者。而他的三教弟子（闡教、截教、人道），經由氣的修養，而得到掌管宇宙秩序、生長之源的「道」旨，進而和鴻鈞道人共同掌管宇宙萬物秩序。

「天」是由神所主宰及構成；此至上神化的「天」，其權力來源為「道」，因氣的流通「道」會移轉至其他神祇，和至上神一起掌理宇宙秩序。故宇宙中也因此充斥著神的旨意，謂之「天命」。一旦不依令而行，便會發生災難，眾神不安其意，便會自相殘殺，一片血腥。國君不遵其令而行，就會倒行逆施，產生國家動亂。

人類社會活動及生存之根源，即在於此「天命」。與人的存在密不可分，故「天人」必須合一，方能判凶吉、定禍福。而天與人可互相感通，只要透過奪天地之秀氣，採日月之精華，運陰陽、煉丹丸，人便可修鍊而成仙，進而達成「道」的生命境界，根器深者可成神成仙，超脫肉體限制、現世的得失，逍遙於天地之中。根器淺者雖不能成神成仙，但可無憾存在於人間世界。

要達成此一目標，慎選師尊是第一法則，有良心的師父，會像姜子牙師父元始天尊一般，告訴他根性淺薄，只能成人道，不必再在崑崙山蹉跎歲月，反之，則如通天教主的徒眾一般，是枉用工夫罷了。對於一般不從事修行的人該如何是好呢？《封神演義》提出要聽從有能力道士之言，照著道士的預警行事，或許能減緩災難來臨的時間，及減輕災難的嚴重性。〔註7〕

而這個以法術修持和天地鬼神合一的整體思維，其構成主軸之一，是「氣的感通」的系統思維〔註8〕，即認為人身中，有承自於天的「氣」，並可透過涵養、擴充等法，使個人的體氣與天氣交融，達成「天人合一」。「氣的感通」之所以構成系統思維是因為中國民族思維中；「氣」是人的生命力的來源，也是自然界一切現象的來源，並且生生不息，持續變化。以後的思想家則繼承

〔註7〕 詳細的解釋請參閱本論文第二章〈天命世界的思維基調——天人合一〉。
〔註8〕 所謂系統性思維的特性有三：為關聯性、模糊性、包容性。關聯性是指形式與內容辨證關係。包容性是指系統可以吸收種種外來新因子，並予以定位所處理範圍，視為有因果關聯的整體。模糊性是指同一系統內，可能形成同一形式多種內容，或同一內容多種形式，是因從不同視角處理，而造成模糊性的，保持開放及適應形勢。而《封神演義》中的氣的感通修養形式，顯然是符合此三原則。關於系統性思維的解釋，請參見金觀濤、華國凡《控制論和科學方法論》臺北：谷風出版社，民國七十七年，第三章。劉長林《中國系統思維》北京：中國社會科學出版社，1991年，附錄。及註6殷書頁136。

此一涵義，而各自有所詮釋。而有集志養氣、內丹養氣等不同工夫論修養理路。而《封神演義》中的工夫論則是偏向於內丹說。〔註9〕

在天人合一、氣的感通思維之下，天人因同感同源於「道」，故可以類比。《封神演義》中將宇宙描繪成一神的生活世界，而神的組織型態、來源，都是由人間制度、形象、屬性、類比而產生，書中將各式各樣的神明融爲一爐，（如盤古、女媧、老子、玉皇大帝、文殊菩薩等等。）形成天人同構的關係，神與人共同構成由天命流行而產生的生活世界〔註10〕。

奉常處變的循環思維，在《封神演義》中指的是：由人離開了「道」的總體，造成社會秩序的混亂，而要重新「封神」建立一個新的人文世界，而這個人文世界是合乎「道」（天命世界之道）的規範。因爲生活世界（天上、人間、地下）仙、神、凡、聖、鬼等各類人等的異化，造成世界秩序的混亂，人只要歸於天命即可解決生活世界、生命的失序，達成和諧穩定的狀態。而天命又是循環出現，不曾有間斷。如同書中所言是：

> 此時成湯合滅，周室當興，又逢神仙犯戒，元始封神，姜子牙享
>
> 將相之福，恰逢其數，非是偶然。所以五百年必有王者興，其間必
>
> 有名世者，正此之故。〔註11〕

天命循環，人類社會也因此處於天命的連續狀態中，天命超越了時間，具有可逆性、連續性。且具有強制主宰性，掌握了一切吉凶禍福。故人面對危機

〔註9〕 莊耀郎先生的研究指出：有關「氣」的概念最早的典籍見《左傳》、《國語》；是人的生命力的來源，也是自然界一切現象的來源。以後的思想家則繼承此一涵義，而各自有所詮釋。楊儒賓先生認爲《黃帝內經》中將氣劃分成先天、後天兩種，其修養境界可分爲先天的通天型態（修養眞氣的通天型態）、後天的通天型態（交融體氣天氣的通天型態）兩種。而老子、莊子的思想中含有先天的通天型態修養成份，管子、孟子思想中精氣擴充與萬物備存的想法，與《黃帝內經》有相同的脈絡，《黃帝內經》上通晚周的精氣說，下通宋元的內丹理論。而道教著作葛洪《抱朴子》、陶弘景《眞誥》中皆認爲天地間萬物中遍佈著氣，道經由氣而傳承。而鄭志明先生則認爲《封神演義》來自於內丹理論。這些說法是本文此處論述依據。莊文見氏著《原氣》臺北：臺灣師範大學大學碩士論文，民國73年，第二章，頁9－15。楊文見氏著《中國古代天人溝通的四種類型及其意義》臺北：臺灣大學博士論文，民國76年，頁93～115。鄭文見註3書頁318。葛洪《抱朴子》、陶弘景《眞誥》看法，參見本論文第二章〈天命世界的思維基調──天人合一〉。

〔註10〕 詳細的解釋請參閱本論文第三章〈天人類比的宇宙結構〉。

〔註11〕 《封神演義》 臺北：三民書局，民國八十五年十月，頁149。詳細的分析請參閱本論文第四章〈生活世界的異化及其復歸之道〉。

時，只要依天命而行（常），自然可安度危機（變）。

「天命」為核心的總體思維，「神人共存」的世界觀，「存天命，去人欲」的行為價值觀，形成《封神演義》理論基礎。至上神化的「天」，所形成的「天命」，是社會組織構成原則，由神與人所共同構成。也是人人都應遵守的行為法則，制約每個人行動的價值標準，社會組織更替的標準，從之則吉違之則凶。三者構成一個完整和諧的思想體系。〔註12〕

因為天命（或稱道），超越了時間而具有永恒性，同時始終與人類一起生活，是人類世界政治組織、自然秩序、文化習俗的穩定根源。而「神」是承接此天命（道），掌管宇宙秩序的神仙，因此，只要是承接天命的都是神，都擁有天命所賦與的使命。換言之，「天命」是高於眾神之上的絕對原則；〔註13〕也是生活世界的共同權威。

「神」既然是共同權威的執行者，那麼，神祇的確認、安排，就代表著一種社會的共識（common sense），若能將公認合於道或天命者納入神祇系統，使之成為穩定的系統；成為社會共同體的權力來源，宗教的體制才得以建立。

總而言之，《封神演義》以「天人合一」為基調的整體思維系統，是形成須要重新「封神」的思維基礎，立足於此基礎之上，才能進一步瞭解「封神」的意義。

三、以「與道合一」思想型態解決社會人生問題

一般來說；研究《封神演義》的學者都認為：《封神演義》最主要的思想是「三教歸一」，是三教同源論的再創造。但是對「三教」內容為何？卻有看

〔註12〕 金觀濤及劉海峰先生曾分析中國社會的意識型態結構系統，認為社會觀、價值觀、哲學觀三者構成穩定的結構，而且各家的內容不同。金先生的分析著重儒、道、墨三家，而筆者認為《封神演義》書中的思想也可以如此分析，故用以分析之。文見氏著《興盛與危機──論中國封建社會的超穩定結構》臺北：風雲時代出版公司，民國78年，頁288～294。

〔註13〕 這是從韋伯（Max Weber）對中國宗教的看法而來，他認為中國民族將自然法則和儀式法則合二為一；融於道的統一性中，把超時間的和不容變更的東西提高到宗教上至高權力的地位。
而林安梧先生也有類似看法，認為中國宗教傳統是一「因道以立教」傳統。韋伯的看法見Max Weber 著洪天富譯《儒教與道教》江蘇：江蘇人民出版社，1993年，頁35。林安梧的看法見《儒學與中國傳統社會之哲學省察──以血緣性縱貫軸為核心的理解與詮釋》臺北：幼獅出版公司，民國85年4月初版，頁256～260。

法上的歧異，〔註14〕筆者認爲這些看法上的歧異，正代表了「三教合一」並不是最終極的原因；真正的原因是凌駕在眾神之上的「道」，追求與此「道」合一，並進而達成宇宙萬有的和諧秩序之根本思維模式。換句話說：世界的穩定和諧與天地的穩定和諧，有一定的必然關係，人處於天地之間，不能自絕於天地之外；而是應透過種種努力，追尋契合那天地秩序進行的根源之道，轉爲人的價值來源之道，以便和諧、圓滿生活在此道流行的生活世界中。

　　而在《封神演義》一書中，如前文所分析「道」即是天命，是生活世界的創生之源、秩序之源，神只是天命的執行者，秩序的管理者；不是秩序的創生者。所以神一樣要接受天命管理，若有不遵天命行事，一樣要遭受懲罰。而人只要能照天命行事，一樣能擁有有秩序的生活，甚至超脫肉體之軀限制，成爲神仙，逍遙於天地之中。

　　在這個思維方式之下，《封神演義》或是《西遊記》等神魔小說得以大肆「封神」，一方面建立起人神溝通的管道，另一方面維持自認的「天命」秩序。借用博蘭尼（Michael Polanyi）的話來說：這種「與道合一」解決人生、社會問題的思想型態，早已成爲中國民族思維的支援意識（subsidiary awareness）〔註15〕，形成獨特的價值系統。

　　所以，《封神演義》一方面廣納各方神祇，將世上公認的靈驗的神祇納入神界，以符合「以道合一」的價值觀，另一方面也積極加以系統化，突顯個人心中所認定的神祇系統，展現與描述出具體的人生意義。〔註16〕

〔註14〕關於三教所指爲何？目前看法有兩種，一種認爲三教指的是儒、道、釋，其理論可遠溯於南北朝，宋代開始興旺，而極盛於元明，至清季有不絕。持這種看法的學者頗多，如魯迅、柳存仁、沈淑芳、蕭兵等人。而鄭志明則認爲所謂三教是指闡、截、人道三教，都是鴻鈞道人的弟子，不過也吸收了民間三教合一的觀念，如第七十三回謂：「紅花白藕青葉荷，三教原來是一家。」而闡、截、人道三教教主，因皆爲鴻鈞道人弟子，故可稱爲一家人。魯迅的看法參見《中國小說史略》臺北：風雲時代出版公司，1992 年 10 月五版，頁209～210。沈淑芳的看法參見註 1 書頁 121～127。柳存仁及蕭兵的看法參見註 2 書頁 380～388。鄭志明的看法參見註 3 書頁 310～311。

〔註15〕支援意識（subsidiary awareness）：依博蘭尼的看法是指無法表面說明，在與具體事例常接觸以後經由潛移默化而得到的。而民族文化命脈的延續，主要取源於此支援意識。此支援意識乃是經由文化與教育影響到個人，成爲影響個人思考問題得到答案的重要因素。詳細資料請參見 Michael Polanyi Harry Prosch 原著，彭淮棟譯《意義》臺北：聯經出版公司，民國 73 年，第二章〈個人知識〉頁 23～52。

〔註16〕林毓生先生認爲文藝的中心關懷在於追尋人生意義，與尋求指引人生之意

　　《封神演義》吸收了遠古神話中神祇、（如女媧娘娘、伏羲、炎帝、軒轅。）、道教神（如元始天尊、通天教主、太上老君。）、佛教神（如觀世音菩薩、文殊菩薩、普賢菩薩。）、民間神（如玉皇大帝、二郎神、趙公明。）將這些公認得道的神祇，統一於「道」的化身——鴻鈞道人之下，加上元始天尊令姜子牙重新「封神」，訂立了一個三百六十五位正神、八部、三界的系統；代表了作者認為能溝通天道，維持人生秩序的人生系統。換言之，其目的是使人神定位，各得其分。

　　其所建立的系統若以圖示如下：

封神演義神仙系統

道
|
盤古
|
鴻鈞道人
|
三教教主、西方教主、玉皇大帝、女、三皇
|
各教主屬下徒眾、管理天上、地下、地上事物諸神

　　很明顯的將民間多種至上神系統，融合在鴻鈞道人之下，如女媧補天、三皇創造文明、元始天尊主宰道教，是為宇宙本原元始至尊，老子也是道教傳說中的大道主宰，與日月同在，具備至上神條件，而太上老君、元始天尊、靈寶天尊合稱「三清」，同為道教至尊之神。玉皇大帝在民間是天公，乃靈霄寶殿之主，掌管宇宙一切的至上神。西方教主則是指佛教教主，也是宇宙至尊大神，以及民間崇拜的五岳大帝等等，《封神演義》不分系統，一律吸收，

義：而此活動是經由展現與描述人生中具體的事情而進行的。所謂「展視」與「描述」與宗教和哲學的活動不同，宗教訴諸人的企求、恐懼，與對宇宙的神秘感，而哲學則在於說理。文藝的展現活動也包括了對宇宙神秘感的感受。筆者這裡用來解釋《封神演義》「封神」的動作。並認為其他類似動作的小說；如《西遊記》、《北遊記》、《東遊記》等等，也可概括於此原型中。林文參見《思想與人物‧黃春明的小說在思想史上的意義》臺北：聯經出版公司，民國72年8月初版，頁371～384。

但卻有意貶低他們的作用。如女媧原是「搏土造人」、「鍊石補天」的大神，《封神演義》中面對紂王的瀆褻，卻只能因為「天數尚存」而徒呼負負，後來見紂王氣數將盡，竟做起令眾妖魅紂的不光明之事來了。一點都沒有至上神應有的能力與形象。三皇更慘，原本至少是文明的創始人，在《封神演義》中，卻落得端坐火雲宮中，等人來索討藥物，以助天命的人了。（第八十一回）。要不然就是言卜卦之事時必稱的口頭禪。（第十一、二十、二十四、五十八、八十三回均提卜卦必稱伏羲）。玉皇大帝在民間可是宇宙主宰，但在《封神演義》中，卻只形容為仙首之最，命仙首十二稱臣，使三教並談，編成二百六十五位正神、八部，就存而不論了（第十五回）。更難堪的是後來姜子牙封神，所奉的不是他的命令，所更動的可能全是他任命的神祇，〔註17〕用現代的政治術語來說：可謂之不流血政變。至於西方教主與五岳大帝下場也不好，西方教主在《封神演義》中是專門用來打仗用，只在三教內鬨時，奉天命之感召，前來拔刀相助，雖然鴻鈞道人對他十分禮遇，但是總是處於鴻鈞道人所掌握的「天命」之下，矮人一截（第八十二回）。五岳大帝更是助商將軍敗戰後，由姜子牙加以分封的神祇。

可見《封神演義》作者雖將眾神納入，卻有意自成系統，編成了一個以「道」為根源的鴻鈞道人，統攝全體神祇，展現了他對神祇權威的認定。也表示了他認定的權力獨占者是鴻鈞道人。鴻鈞道人所代表的系統，才是宇宙人生的主宰者，也是人生意義的指引者。〔註18〕

綜合以上的分析，不難發現「封神」是在「與道合一」的前提之下，進行一連串神祇的重整工作，其目的在展現書中所敘述的人生意義之真實性、權威性、其預設的人生意義是：人生於天地之間，如何以法術修養溝通天地鬼神，達成「與道合一」的人生、宇宙秩序和諧。其思維方式是來自於民族傳統的思維模式，即「天人合一」的總體思維，參雜了「氣的感通」的系統

〔註17〕此處言可能，是因為《封神演義》並未明示原有的神祇系統內容為何，只說是昊天上帝所編定。

〔註18〕沈淑芳認為《封神演義》是以神道設教，並將社會各種崇拜編列成一個系統。鄭志明認為《封神榜》以封神的方式將社會中流傳的數百多種神明重新加以分封與定位。但忽略了其原本有的孕乳與發展方向。蕭兵則認為《封神演義》的三教同源論十分古怪，基本上是民間術士和藝人的觀念而經過文人點竄者，所以不免鄙陋而混亂。筆者認為《封神演義》的作者，是在「與道合一」即是神的立場之下，刻意「封神」展現自己觀念中的神祇系統。沈文請見註1書頁105～108，鄭文見註3書頁264。蕭文見註2書頁385。

思維、「天人類比」的神話思維、「奉常處變」的循環思維。構成「天命」的世界觀，「天命」的行為價值觀。以上種種，統合為一，方有「封神」的動作及目的產生，也是為什麼通觀歷史，「封神」的動作不斷的原因。

四、「天命規範」的植入

經過了上述分析，我們可以發現《封神演義》一書中，認為政治社會共同體秩序規範；與宇宙世界共同體、及個體人生規範一致，都是「天命」，都是以「神」為主導，而天子君相所主導的人間政府，亦受「天命」的制約。要「存天命，去人欲」，社會才會安定有秩序。

而其規範的實際內容，是敬天、祭祖、遵行三綱〔註 19〕。換言之，不外忠孝、仁愛、孝悌等等德行。是以此重建社會秩序的方法，達成秩序的重整。所以紂王不行仁義毀壞三綱，終導致天下易主，成為奉天命、行仁義的武王的手下敗將。《封神演義》對生活世界的異化，如何拯救的看法是：君守君綱、臣守臣綱、夫守夫綱、婦守婦綱、父守父綱、子守子綱，加以契合根極之源——天命，如此形成整套「存天命，去人欲」的內容。

此一內容的成立，本是建構在「小農社會」、「宗法社會」、「天民倫理」之上，〔註 20〕是由血緣性的自然社會總體，父子、君臣、夫婦所形成的政治社會共同體，而思考出的感通型倫理法則。

但是由於帝王專制的結果，使得三綱成為扭曲、不平等的系統，天子成

〔註 19〕關於此規範內容詳述，請參見第二章〈天命世界的思維基調——天人合一〉。
〔註 20〕所謂「小農社會」是從經濟制度角度來論中國社會結構，中國傳統經濟制度是地主經濟與小農經濟的結合，其中又以為地主耕種的佃農，及小自耕農佔大多數。「宗法社會」是從宗族制度言中國社會，是由血緣構成宗族之法決定身份及權利，由嫡長子繼承家族土地與地位，及祭祀始祖的權利，無論君主與庶民都是如此。「天民倫理」是林安梧先生對中國傳統社會倫理的解釋，他認為在中國傳統宗法社會之下，人民之為人民是一天民，是一皇民，是一良民，是一宗法社會之民，而不是公民社會下的公民，都只是順著血緣性縱貫軸而展開的倫理，所謂的天民，是指一居於自然狀態之下的自然民，（自然狀態指未進入社會以前的狀態），處於此狀態之人，不是依循契約來處理彼此之間的權利與義務，是以一種自然的理性來處理彼此關係。而中國社會狀態是基於此自然狀態的引申，立基於「天人合一」的格局之下的引申，使得天人、物我、人己都能連結的理性，強調由人的主體通於整個宇宙道體，依其根源之創生動源而發，又稱為根源的倫理，以道德思想為核心，亦可稱為道德思想意圖的倫理。關於小農社會、宗法社會請參見周谷城《中國社會之結構》臺北：文學史料研究會，民國 19 年，費孝通、吳辰伯《皇權與紳權》上海：觀察社，民國 37 年。天民倫理參見註 13 林書，頁 190～195。

為絕對的權力權威，「天命」的絕對接受者，「天命」成為帝王專制控制的令符，王朝興衰的控制者，政治社會共同體的秩序規範者，社會問題的解決者。此皆因長期的帝王專制之下，皇帝與人民之間的不平等，「天命」成為政治上、社會上解除宰制的唯一力量，於是形成一絕對順從的倫理法則。

　　「天命」做為一種社會秩序的規範，透過「封神」的動作植入（internali-zation）個人的意識之中，使人產生敬畏感，主動服膺，照做就有福，不依照就出毛病。因而形成一種社會共識，如果不依此習俗傳統而行，就會遭受周遭的人鄙夷或冷言相向；形成一種社會壓力制裁；從而遵循社會規範。〔註21〕

　　「天命」一方面成為與絕對王權相對抗的唯一力量，另一方面內縮成為個人修持的唯一理據，並成為解決社會失範、君王無道的唯一方法，成為一種至高無上的絕對法則。天命展現的理想在政治社會共同體的展現，是由紂王之滅至武王之興，落在人間社會是指民豐物阜，市井安閒，來往行人謙讓尊卑的西岐世界，落在個人是指姜子牙式的一循於道，不敢違背天常，克勤天戒行事。三者之間通過「天命」形成一「咒術的實踐因果邏輯」。〔註22〕「天命」隨時控制著人的生活世界；唯有和此一力量融合為一，生活世界的秩序方能安定，人才有生活的意義。

　　《封神演義》做為一本「大眾文化」（mass culture）的小說，〔註23〕

〔註21〕艾朗遜（Elliot Aronson）將遵循規範的動力分為三類：一是就範（compliance），專指在威逼或利誘的情況之下的遵循；二是認同（identification），個人認同某人或某群體，從而遵循其所信守的規範；三是植入（internalization），通過教化過程，把社會的規範內植於個人心中。而費孝通亦指出：中國的小農社會中，習俗這一類的傳統，是在不必知之但照辦之，生活就能得到保障的辦法，自然會隨之而發生一套價值。艾朗遜之理論轉引自張德勝《社會原理》臺北：巨流圖書公司，1986年，頁239～240。費孝通文見《鄉土中國》上海：上海觀察社，1947年，頁54～55。
〔註22〕「咒術的實踐因果邏輯」一詞：是林安梧先生對中國文化實踐傳統的看法，是指以為經由一種特殊的神秘途徑，能與冥冥中的絕對者融合為一，進而由此冥冥中的絕對者發出一巨大的力量，直接作用於吾人所處的生活世界之中，使得吾人的生活世界所發生的事件；受到此冥冥中的絕對者之直接控制。以一超越的咒術之絕對作為一切因果的歸依。筆者認為《封神演義》中的「天命」，可以此為歸類。文見註13林書頁200～217。
〔註23〕大眾文化（mass culture）又稱市民文化、市井文化、娛樂文化、通俗文化、商業文化、消費文化，一般是相對於精英文化（elite culture），而有貶義。李豐楙先生從晚明通俗讀物的出版市場觀察晚明通俗小說熱潮，（從1592年至

強調的是實用功利的目的，除了前述之規範的植入，也就是道德教化目的之外；另一方面，也是一種情感的宣洩。訴諸一般人的良知或情感，使之從生活世界的異化中復歸。

　　所謂良知與情感，就是對前述規範的遵行，形成一種若不遵行則對不起自己良心的道德意識。〔註 24〕這在《封神演義》書中例子比比皆是；如第六十三回中，殷郊（紂王之子），奉師命投拜西岐姬周，助姜子牙伐紂，被申公豹嘲笑亂倫忤逆，百年之後，無面目見成湯諸王在天之靈。殷郊回應說：

> 老師之言雖是，奈天數已定，吾父無道，天命人心已離，周主當興，吾何敢逆天哉！況姜子牙有將相之才，仁德散布于天下，諸侯無不響應。我老師曾吩咐我下山助姜師叔東進五關，吾何敢有背師言，此事斷難從命。〔註25〕

「天命」在此取代了人內在良知，形成一種違天則亡的道德意識，超越了骨肉親情，「應天順人」，「以有道伐無道，以無德讓有德的想法」，藉著殷郊之口表達出來。難怪書中的西岐奇能異士，個個殺人不手軟，因為他們「替天行道」罷了。

　　而聞太師又是另外一種典型：聞太師用盡計謀要保住成湯帝業，三年征伐西岐，全是為國為民，沒有一點私心，直到為國捐軀後，一點真靈還申訴紂王云：

> 老臣奉敕西征，屢戰失利，枉勞無功，今已絕於西土。願陛下勤修仁政，求賢輔國；毋肆荒淫，濁亂朝政；毋以祖宗社稷為不足重，人言不足信，天命不足畏，力反前愆，庶可挽回……。〔註26〕

1650 年，30 年間共產生了 50 部通俗小說，其中至少 18 部被魯迅列為神魔小說。）是基於明代江南的市場經濟需求，也基於通俗讀物市場正如流行文化，會刺激整個市場機能，從而導致當時的市民階層接受。本文則從李先生的觀點，稱其為大眾文化。並無其他貶義。李文見《許遜與薩守堅──鄧志謨道教小說研究》〈八、出身與修行：鄧志謨道教小說的敘事結構與主題〉臺北：學生書局，1997 年 3 月，頁 315。

〔註24〕這裡借用了詹森（H.M. Johnson）對社會規範植入個人之後的成效之看法。他說：「個人植入規範之後，覺得有需要去遵循。否則，他的良知會找他麻煩。」文見註 21 張書頁 239。

〔註25〕見註 11 書頁 628～629。

〔註26〕見註 11 書頁 516。

相信很多讀者看到這裡，都會覺得聞太師可憐，本身盡忠報國，無大過錯，奈何天命如此；好似此回卷首開卷詩所云：

　　縱有丹心成往事，年年杜宇泣東風。〔註27〕

這種徒有滿腔抱負，卻無法施展的遺憾，相信很多人都感同身受，更不要說許多人是出世之後，就感受到人世間的不公平，從智能的高低到家境的好壞、際遇的落差、生死的瞬間、生活的世界；樣樣半點不由人，只好嘆曰：都是命啊！難怪中國有句俗語：「怨天尤人。」怨的是捉摸不定難以揣測的天命啊！

　　《封神演義》中以「封神」為手段，將這樣的信念訴諸情感，轉化為個人道德良知，達成規範的植入效果，社會倫理秩序也更加鞏固；形成市井社會中牢不可破的「天民倫理」原則，這種方法維持了近二千年的中國社會秩序！

五、結　論

　　綜合以上的分析，可以發現「封神」是建立在「天人合一」的整體思維之下，藉著「與道合一」的原型，來整理神祇的系統，重建「道」（天命）的秩序，達成社會規範的植入。

　　其思維的文化基礎，是中國文化中「因道以立教」的傳統，其社會背景是小農社會、宗法社會，其所建立的倫理原則是「感通型的天民倫理」。

　　這個文化社會背景，和現代社會以公民為個人單位，以自我限定的公民倫理為準則，限定個人和社會的權力，以「契約」達成社會組織的穩定，是南轅北轍的背景，所以，也讓許多人覺得荒謬、怪力亂神。再加上《封神演義》一書的文學價值不高，藝術手法不夠，民國以來簡直被蓋上「低俗」二字，直接打入冷宮。〔註28〕

　　從《封神演義》思維中得到的啟示是：這種訴諸於內在的自我修養，及

〔註27〕見註 11 書頁 510。

〔註28〕這可以從五四以來，民間文學大翻身，受到極大的重視及研究，但是至今研究《封神演義》的期刊論文，數量並不多，比起《西遊記》、《三國演義》、《水滸傳》、《紅樓夢》等章回小說而言：簡直是「門前冷落車馬稀」，而且論及到它的作者，對它的價值也多所保留。如沈淑芳肯定其有印度史詩的功用，近代科幻小說的價值，非一般通俗小說可比擬，但是在民智猶未全開的今日，研究此類指導民間信仰的神怪通俗小說，其實為破除迷信的當務之急！蕭兵肯定《封神演義》的史詩性，卻也感嘆它的雅俗雜陳、瑕瑜互見，主要思想鄙陋而混亂。沈文見註 1 書頁 142～143。蕭文見註 2 書頁 373～432。

外在的恐懼意識，並不能解決生活世界的異化問題，然而它又流傳極廣，影響一般民眾的修養意識、處事意識，直接影響到處世做人的態度。所以它的價值不能單從小說史評論，從其思維方式加以考察，也許較可觀察出：《封神演義》一書的意義、主旨，與中國文化的關係，及吾人面對神魔小說時，開啟另一層的觀察角度。

參考書目

一、《封神演義》文本

1. 《繡像仿宋完整本封神榜演義四卷》臺中：瑞成書局影印本。
2. 《封神傳十卷》臺北：世界書局，民國 48 年。
3. 《封神演義》臺北：文化圖書公司，民國 53 年。
4. 《封神演義》臺北：河洛出版社，民國 66 年。
5. 《封神演義》臺北：桂冠圖書公司，民國 77 年。
6. 《封神演義》臺北：三民書局，民國 85 年 10 月。

二、後人研究《封神演義》書籍

1. 孔另境編《中國小説史料》臺北：中華書局，民國 51 年 3 月。
2. 朱秋鳳《封神演義的神話譜系》臺北：師範大學碩士論文，民國 87 年。
3. 沈淑芳《封神演義研究》臺北：東吳大學碩士論文，民國 68 年。
4. 李若鶯《封神演義與武王伐紂書之比較研究》高雄：高雄師範學院碩士論文，民國 69 年。
5. 曾勤良《臺灣民間信仰與封神演義之比較研究》臺北：華正書局，1985 年。
6. 孫楷第《中國通俗小説書目》臺北：鳳凰出版社，民國 63 年。
7. 錢靜芳《小説叢考》臺北：長安出版社，民國 68 年。
8. 鄭志明《神明的由來‧中國篇》嘉義：南華管理學院，民國 86 年 10 月。
9. 衛聚賢《封神榜故事探源》香港：自印本，民國 49 年。
10. 蕭兵《中國文化的精英——太陽英雄神話比較研究》上海：藝文出版社，1989 年。

11. 蕭兵《黑馬——中國民俗神話學文集》臺北：時報出版公司，民國 80 年。

12. 龔鵬程、張火慶《中國小說史論叢》臺北：學生書局，民國 70 年。

13. 龔鵬程等《中國文化新論・抒情的境界》臺北：聯經出版公司，民國 73 年初版。

三、後人研究《封神演義》專文

1. 李光璧〈封神演義考證〉臺北：中和月刊論文選集第四集，臺聯國風出版社。

2. 金恒煒〈封神演義裏的政治諷喻——從炮烙認起〉臺北：書評書目，第 65 期，民國 67 年 9 月。

3. 柳存仁〈元至治本全相武王伐紂平話明刊本列國志傳卷一與封神演義之關係〉香港：新亞學報，4 卷 1 期，1959 年 8 月。

4. 柳存仁〈毘沙門天王父子與中國小說之關係〉香港：新亞學報，2 卷 2 期，1958 年 2 月。

5. 陶希聖〈封神傳之暴君放伐論〉臺北：食貨月刊，復刊 2 卷 10 期，民國 62 年 2 月。

6. 康士林著（Nicholas koss）呂健忠譯〈由重出詩探討《西遊記》與《封神演義》的關係〉臺北：中外文學，14 卷 11 期，民國 75 年 4 月。

7. 張政烺、胡適〈封神演義的作者〉北平：獨立評論週刊，第 209 期，民國 25 年 7 月。

8. 張靜二〈從天意與人力的衝突論封神演義〉臺北：漢學研究，6 卷 1 期，民國 77 年 6 月。

9. 黃秋雲〈封神演義是怎樣的一本書〉中國：文藝學習，第 10 期，1955 年，頁 26。

10. 顧肇倉〈封神演義考〉文化與教育旬刊，第 57 期，民國 24 年 2 月。

11. 龔鵬程〈以哪吒為定位看封神演義的天命世界〉臺北：中外文學，第 9 卷 4 期。

四、其他專著部份

（一）中文著作

1. 《周易》臺北：藝文印書館十三經注疏本。民國 78 年。

2. 朱天順《中國古代宗教初探》臺北：谷風出版社，1986 年 10 月。

3. 杜維明《中國哲學史研究・試談中國哲學中的三個基調》1981 年，第一期，1981 年 3 月。

4. 牟宗三《知識與民主》臺北：幼獅文化出版公司，民國 75 年 1 月。

5. 呂宗力、欒保群編《中國民間諸神》臺北：學生書局，民國 80 年。

6. 呂理政《天、人、社會——試論中國傳統的宇宙認知模型》臺北：中央研究院民族學研究所，民國 79 年 7 月初版。

7. 李豐楙《誤入與謫降——六朝隋唐道教文學論集》臺北：學生書局，民國 85 年。

8. 李豐楙《許遜與薩守堅——鄧志謨道教小說研究》臺北：學生書局，1997 年 3 月。

9. 何金蘭《文學社會學》臺北，桂冠出版社，1989 年 8 月。

10. 林安梧《存有・意識與實踐——熊十力實用哲學研究》臺北：東大出版公司，民國 82 年。

11. 林安梧《當代新儒家哲學史論》臺北：明文書局，民國 85 年。

12. 林安梧《中國宗教與意義治療》臺北：明文書局，1996 年 4 月。

13. 林安梧《儒學與中國傳統社會之哲學省察——以血緣性縱貫軸為核心的理解與詮釋》臺北：幼獅文化公司，民國 85 年 4 月初版。

14. 林毓生《思想與人物》臺北：聯經出版公司，民國 72 年 8 月初版。

15. 金觀濤、華國凡《控制論和科學方法論》臺北：谷風出版社，民國 77 年。

16. 金觀濤、劉青峰《興盛與危機——論中國封建社會的超穩定結構》臺北：風雲時代出版公司，民國 78 年。

17. 周谷城《中國社會之結構》臺北：文學史料研究會，民國 19 年。

18. 莊耀郎《原氣》臺北：臺灣師範大學大學碩士論文，民國 73 年。

19. 馬書田《華夏諸神》〈道教卷〉、〈俗神卷〉、〈鬼神卷〉臺北：雲龍出版社，1993 年 10 月初版。

20. 洪鎌德《社會學說與政治理論——當代尖端思想之介紹》臺北：揚智文化公司，1997 年 6 月初版。

21. 韋政通《中國思想史》臺北：水牛出版社，1987 年。

22. 陳鼓應《易傳與道家思想》臺北：臺灣商務印書館，1994 年。

23. 殷善培《讖緯思想研究》臺北：政治大學博士論文，民國 85 年。

24. 傅斯年《性命古訓辯證》上海：商務印書館，民國 27 年。

25. 魯迅《中國小說史略》臺北：風雲時代出版公司，1992 年 10 月五版。

26. 葛兆光《道教與中國文化》臺北：東華書局，民國 78 年 12 月初版。

27. 夏甄陶、李淮春、郭湛主編《思維世界導論——關於思維的認識論考察》北京：中國人民大學出版社，1992 年。

28. 黃宗羲《明儒待訪錄》臺北：金楓出版社，1987 年。

29. 黃俊傑、楊儒賓編《中國古代思維方式探索》臺北：正中書局，民國 85 年。

30. 張立文主編《氣》北京：中國人民大學出版社，1990 年。

31. 張岱年、成中英編《中國思維偏向》 北京：中國社會科學出版社，1991年。

32. 張浩《思維發生學》 北京：學林出版社，1994 年。

33. 張德勝《社會原理》臺北：巨流圖書公司，1986 年。

34. 張德勝《儒家倫理與秩序情結──中國思想的社會學詮釋》臺北：巨流圖書公司，1989 年 9 月。

35. 葉舒憲《中國神話哲學》北京：中國社會科學出版社，1997 年 4 月初版 3刷。

36. 費孝通《鄉土中國》上海：觀察社，民國 37 年。

37. 費孝通、吳辰伯《皇權與紳權》上海：觀察社，民國 37 年。

38. 楊儒賓《中國古代天人溝通的四種類型及其意義》臺北：臺灣大學博士論文，民國 76 年。

39. 楊儒賓等編《中國人的價值觀國際研討會論文集》臺北：漢學研究中心，1991 年 5 月。

40. 楊慧傑《天人關係論──中國文化一個基本特徵的探討》臺北：大林出版社，民國 70 年 1 月。

41. 鄧啟耀《中國神話的思維結構》四川：重慶出版社，1992 年。

42. 劉大杰《中國文學發達史》，臺北：中華書局，民國 60 年。

43. 劉長林《中國系統思維》北京：中國社會科學出版社，1991 年。

44. 羅熾、劉澤亮《易文化傳統與民族思維方式》湖北：武漢出版社，1994年。

45. 卿希泰編《道教文化新典》臺北：中華道統協會，1996 年初版。

46. Jacques P. Thirous 原著，古平、蕭峰等譯《哲學──理論與實踐》北京：中國人民大學出版社，1989 年 3 月。

47. John Higham 著，黃俊傑譯〈思想史及其相關學科〉臺北：食貨月刊，7 卷3 期，民國 66 年 6 月。

48. Lucien Goldmann 著，吳岳添譯《論小說的社會學》北京：中國社會科學出版社，1986 年。

49. Max Weber 著，洪天富譯《儒教與道教》江蘇：江蘇人民出版社，1993 年。

50. Michael Polanyi Harry Prosch 原著，彭淮棟譯《意義》臺北：聯經出版公司，民國 73 年。

51. Paul Tillich 著，王秀谷譯《愛情、力量與正義》臺北：三民書局，1973 年10 月。

52. R.G. Collingwood 原著，陳明福譯《柯林烏自傳》臺北：故鄉出版社，民國

74 年 3 月。

53. Thomas Khun 原著，王道還等譯《科學革命的結構》臺北：遠流出版公司，1991 年新版三刷。

54. 小野澤精一、福永光司等編李慶譯《氣的思想》上海：上海人民出版社，1990 年。

（二）英文著作

1. Kessing.Roger M.《Cultural Anthropology》New York：Holt.Rinehart and Winston，1981.

2. Susanne K Langer，《Philosophy in a New Key》Cambridge：Harvard University Press，1980.

（三）日文著作

1. 安居香山、中村璋八編著《重修緯書集成》東京：明德出版社，昭和 53 年。